CŒUR DE DRAGON

J'AI LU

UN ROMAN DE
CHARLES EDWARD POGUE
D'APRÈS UN SCÉNARIO DE
CHARLES EDWARD POGUE
ET UNE HISTOIRE DE
PATRICK READ JOHNSON
&
CHARLES EDWARD POGUE

CŒUR DE DRAGON

TRADUIT DE L'AMÉRICAIN
PAR NATHALIE SERVAL

ÉDITIONS J'AI LU

Collection créée et dirigée
par Jacques Sadoul

Pour Julieanne, ma muse et gente dame.

A la mémoire d'Hotspur, mon modèle pour Draco,
et de mon père, qui m'enseigna l'Ancien Code.

Titre original :

DRAGONHEART
Published by arrangement with MCA Publishing Rights,
a division of MCA, Inc. Published by Price Stern Sloan, Inc.,
a member of the Putnam & Grosset Group, NY

Ceci est l'histoire d'un chevalier qui, en tuant un dragon, parvint à vaincre le mal.

Chroniques de Glockenspur, consacrées aux événements du règne du roi Einon, tels qu'ils furent rapportés par frère Gilbert.

PREMIÈRE PARTIE

LE CHEVALIER

Dans le cercle de la Table
Et sous l'épée sacrée
Le chevalier promet
De se soumettre au Code
Éternel comme la Table
Un anneau par l'honneur scellé.

L'Ancien Code.

1

LA FIN D'UN ROI

Les lames se choquèrent à un doigt du sourire de Bowen, frottant l'une sur l'autre dans un froissement d'étincelles. Les yeux de Bowen eux-mêmes avaient l'éclat de l'acier.

– Pas mal, apprécia-t-il.

Il dégagea d'un geste vif, expédiant son adversaire casqué dans la poussière.

– Mais pas assez bien pour sauver ta vie, prince.

Afin de souligner son trait, Bowen appuya la pointe de son épée sur le blason – une tête de dragon fichée sur un glaive – ornant la cotte d'armes de l'homme à terre.

Un juron jaillit du casque du prince et sa botte repoussa la cuisse du chevalier. D'un même mouvement, il esquiva la lame de Bowen et se remit sur pied. Il se fendit, Bowen le contra et détourna sa lame de sa poitrine nue.

– C'est mieux !

Le prince sourit derrière la visière de son casque. Bowen comprit l'avantage qu'il pouvait en tirer : tout à la joie du compliment, le prince avait baissé sa garde. La lame de Bowen fendit l'air et frappa le prince… du plat de l'épée.

– Tu es mort, Einon !

Le prince Einon chancela. Poussant un nouveau juron, il chargea furieusement Bowen qui, dans un éclat de rire, para sans difficulté à sa manœuvre grossière.

– Tu confonds encore la résolution et l'emportement. Bats-toi avec ta tête, pas avec ton cœur ! reprit-il en ponctuant ses railleries de coups frappés à plat.

Pourtant, Einon avait bien assimilé les automatismes. Son impétuosité seule expliquait sa maladresse et accentuait la domination de Bowen.

Bowen recula à travers les ruines du vieux château romain jusqu'à un mur branlant sur lequel il grimpa tout en parant aux coups désordonnés d'Einon.

– Tu permets que je m'assoie ? Cela m'épuise de te voir t'agiter ainsi.

Un grognement inintelligible franchit la visière du casque. Bowen détourna la lame qui le visait et, d'une détente du poignet, il envoya Einon rouler dans l'herbe haute. Le casque tinta contre une pierre.

– Ce n'est pas en restant le nez dans la poussière que tu trouveras la victoire, lança Bowen au prince.

Après avoir appuyé son épée contre le mur, il saisit sa gourde et but à longs traits, laissant l'eau se mêler à la sueur sur sa poitrine nue. Puis il leva les yeux vers le soleil qui commençait à descendre derrière les montagnes. Ses pâles rayons dévalaient le versant escarpé, débusquant la citadelle du roi Freyne dans l'ombre où elle se terrait. L'or du soleil lui-même ne parvenait pas à égayer la sinistre bâtisse. À la lumière du jour, celle-ci préférait la sombre étreinte des rochers. À la fois fruste et primitive, elle convenait on ne peut mieux à son maître.

Comme bâtisseur, Freyne n'égalerait jamais les puissantes légions qui avaient édifié le mur de pierres sur lequel Bowen était assis. Même en ruine, le vieux château célébrait encore les conquérants qui l'avaient élevé. Ceux-ci avaient laissé dans tout le pays des témoignages de leur grandeur : de larges routes, des murailles grandioses et un sang généreux. De ce dernier était issu un roi dont l'héritage surpassait encore celui de ses ancêtres... Un héritage qui avait un jour uni toute l'Angleterre dans un rêve commun, un rêve adressé au cœur et à l'esprit.

De ce roi, de ce passé ne subsistaient plus que des ruines. Des cendres de la Rome impériale s'étaient levés des seigneurs comme Freyne, dont l'appétit de conquêtes n'avait pour moteur que leur rapacité. Non, Freyne n'avait rien d'un bâtisseur. Perchée parmi les collines, sa forteresse – Bowen ne pouvait se résoudre à lui donner le nom de château – évoquait quelque sombre oiseau de proie prêt à enlever dans ses serres une contrée apeurée.

Bowen avala une autre gorgée pour chasser l'amertume de sa bouche. Il entendit Einon se relever et le charger à nouveau. Tout en buvant, il empoigna son épée de la main gauche et décocha à Einon un coup qui le jeta sur les genoux.

Le prince devenait négligent ; il n'était même plus amusant de jouer avec lui.

– Ce n'est pas sur le champ de bataille qu'il faudra t'agenouiller mais à l'église, le jour de ton couronnement.

De son épée, Bowen donna deux coups rapides sur les côtés du casque pour le faire tinter. Einon secoua la tête, poussant un véritable rugissement. Sans même se relever, il lança à toute volée son épée dans les jambes de Bowen. D'un bond, celui-ci sauta sur le mur et la lame érafla la pierre. Einon riposta d'un coup vicieux dirigé vers le haut auquel Bowen para avec la gourde, pestant intérieurement contre la piètre démonstration du prince. L'outre percée déversa son contenu sur la tête casquée d'Einon.

– Du calme, petit prince. Rappelle-toi : du sang froid dans tes veines, du sang chaud sur ta lame.

Mais la douche n'avait pas tempéré l'humeur d'Einon et son épée était toujours aussi désespérément maladroite. Bowen esquiva une nouvelle attaque avec un rire sarcastique. Au même moment, une pierre roula sous son talon.

L'herbe au pied du mur amortit sa chute. Einon escalada le mur et lança d'un ton plaintif :

– Messire Bowen ?

À cette question angoissée, Bowen comprit qu'il détenait l'avantage. Immobile, les yeux fermés, il attendit qu'Einon approche.

Le prince sauta du mur et Bowen entendit l'herbe bruisser sous ses pas. Plus près, encore plus près… La candeur du jeune homme rendait la chose presque trop facile. Les paupières mi-closes, Bowen l'observait à travers la masse de cheveux blonds couvrant son visage. Einon se pencha sur lui, la visière relevée. Une expression grave et anxieuse se peignait sur son visage d'adolescent boutonneux. La fatigue et les rayons du soleil rougissaient sa peau claire. Le garçon n'avait pas hérité de la beauté de sa mère. Au physique, il était le digne fils de Freyne. Mais, pour le reste, Bowen était bien décidé à ce qu'il ne ressemble pas à son père.

– Messire Bowen ?

Bowen réprima un sourire. C'était la même voix timide qui l'abreuvait d'injures quelques minutes plus tôt.

Einon s'agenouilla près du chevalier. Un bruit attira alors son attention, un bruit de galop approchant dans son dos.

Comme le garçon se détournait, Bowen se dressa tel un ressort et pointa son épée sur sa gorge :

– Encore mort, prince ! Combien de fois devrai-je te le répéter ? gronda-t-il par-dessus l'épaule du jeune homme.

– Ne tourne jamais le dos à un ennemi, sauf s'il est mort, récita mécaniquement le prince.

Mais la leçon était terminée.

– Cette fois, ça y est, dit Bowen en désignant les cavaliers qui venaient de pénétrer dans la cour anciennement pavée.

Einon ôta son casque et passa la main dans sa tignasse blond pâle trempée de sueur. Bowen lança un regard noir aux cavaliers qui s'approchaient : deux soldats et une grosse brute de chevalier – messire Brok –, tous équipés pour la bataille. Einon savait aussi bien que Bowen la raison de leur venue :

– Les paysans se sont révoltés.

– Ils sont *toujours* en révolte, rectifia Brok avec un sourire aigre. Cette fois, c'est une rébellion.

Les hommes de Brok rirent tout fort de son trait d'esprit tandis que leur chef braquait son sourire sur Bowen. Brok détestait Bowen qui le lui rendait bien.

– Le roi Freyne convie son fils à assister à sa noble victoire.

– Noble ? railla Bowen. Écraser de pauvres bougres apeurés...

– De la racaille ! corrigea Brok.

Son cheval s'ébroua nerveusement en l'entendant élever la voix.

– C'est l'ordre du roi que le prince vienne ! Son chaperon est également invité à regarder.

Ayant dit, Brok cravacha sa monture et s'éloigna avec ses hommes en direction du couchant. Bowen se dirigea vers son cheval, attaché à une poutre vermoulue auprès de celui d'Einon. Il prit sa tunique sur sa selle et entreprit de la passer.

– Pourquoi l'avez-vous laissé vous insulter ? demanda Einon d'une voix déçue. Vous, un chevalier de l'Ancien Code ! Vous n'avez quand même pas peur de lui !

– Ni de lui ni de ses opinions, s'esclaffa Bowen en secouant sa crinière inculte pour l'aider à franchir l'encolure de son pourpoint.

Bowen avait déjà fait ses preuves contre Brok, quand il s'était agi de désigner le mentor du prince. Freyne aurait choisi Brok sans hésiter si la reine Aislinn n'avait soutenu Bowen, un chevalier de l'Ancien Code. Freyne n'avait consenti à ce qu'ils s'affrontent que parce qu'il était persuadé que Brok l'emporterait sur le jeune chevalier tout récemment entré à son service. Il se trompait. Ce jour-là, Bowen aurait pu ôter la vie à Brok, mais il lui avait fait grâce. Brok ne le lui avait jamais pardonné.

Bowen enfila son surcot de cuir. En bouclant sa ceinture, il vit qu'Einon fixait son emblème – une épée dressée à l'intérieur d'un cercle doré – d'un œil maussade. Bowen souhaitait que le garçon respecte le symbole, non qu'il le considère avec dépit. Il lui avait enseigné la formule – « Dans le cercle de la Table et sous l'épée sacrée » – mais Einon n'était encore qu'un enfant, et les enfants n'ont que faire des subtilités de langage. Pour eux, l'honneur est l'honneur et une insulte ne doit pas demeurer impunie. Bowen lui fit la seule réponse possible, sachant qu'il ne s'en satisferait pas :

– Je n'en attendais pas moins de Brok, l'homme lige du roi.

Sa voix n'exprimait que trop son dégoût ; Bowen en prit conscience en voyant Einon se renfrogner. Pas facile d'être le fils d'un tyran barbare… et encore moins de le servir. S'étant aperçu que Bowen l'observait, le garçon parvint à sourire :

– Quand je serai roi, vous serez mon homme lige, Bowen.

– Je le suis déjà, mon prince.

Après une tape affectueuse sur l'épaule du jeune homme, Bowen l'aida à se mettre en selle.

Le fracas de la bataille – cliquetis des armes, hurlements, hennissements des chevaux – faisait éclater dans la nuit une symphonie de violence et de mort.

Une fumée grise souillait le ciel noir que l'incendie teintait de reflets sanglants. Soudain, un éclair doré déchira le brouillard pourpre : une couronne roulant au sol, dans le sang et la boue.

Un chevalier en armure s'écroula près d'elle, manquant se faire piétiner par les hommes et les chevaux. Une tête de dragon fichée sur une épée ornait son surcot. Un filet de sang coulait de sa bouche, maculant sa barbe et se mêlant à la boue qui l'avait éclaboussé lors de sa chute. Le roi Freyne avait reçu un coup mortel.

Dans son agonie même, son regard vitreux ne pouvait se détacher de sa couronne. Sa main gantée se tendit vers le cercle doré mais retomba sans avoir pu l'atteindre. Ses lèvres s'entrouvrirent sur un flot de sang bouillonnant.

– Père !

La plainte désespérée d'Einon perça le vacarme et, piquant des deux, le prince s'élança vers le champ du carnage. Des guerriers en armure se colletaient avec une foule bigarrée, armée d'outils agricoles. C'était une faux, maniée par un paysan à la barbe rouge, qui avait renversé le roi de son cheval ; Einon avait tout vu depuis une colline. Bowen avait insisté pour qu'ils demeurent là-haut sans prendre part au combat, malgré le désir d'Einon. Le garçon brûlait par-dessus tout de voir Bowen en action, car il était la plus fine lame parmi les chevaliers. Le meilleur… et le moins aimé. Pour Einon, cette impopularité était due à la jalousie, mais il savait aussi que les autres encaissaient mal le mépris dans lequel les tenait Bowen. C'était le même mépris qu'il manifestait pour ce combat. Pourtant, sa place était sur le champ de bataille. S'il s'était trouvé à ses côtés, le roi n'aurait pas succombé aux coups de ce chien rouge.

Einon savait que son mentor se trouvait quelque part derrière lui – il l'avait entendu crier son nom en dévalant la colline – mais il se réjouissait de l'avoir perdu dans la confusion : Bowen n'aurait fait que l'entraîner à l'écart alors qu'il devait rejoindre son père.

Einon traversa au galop le rideau de fumée jusqu'à l'endroit où gisait le roi. Il mit pied à terre, se fraya un passage jusqu'à son père, posa une main sur sa poitrine et la retira vivement en frissonnant : elle était poisseuse de sang ! Hébété, Einon regarda tour à tour sa main, son père… et la couronne.

Ébloui par les reflets d'incendie qui dansaient sur son flanc – on aurait dit des doigts dorés l'invitant à approcher –, il étendit un bras tremblant par-dessus le corps inerte de son père et l'arracha de la vase avec un bruit de succion.

Elle était plus lourde qu'il ne le pensait. Comme il la ramenait vers lui, des doigts gainés de métal se refermèrent sur le diadème et tirèrent. Einon fut déséquilibré et son regard plongea à travers le cercle doré dans les yeux terribles de son père ! De saisissement, il recula, arrachant la couronne à l'étreinte opiniâtre du roi. Durant quelques secondes, les doigts de Freyne griffèrent convulsivement le vide puis son bras battit l'air et retomba sur sa poitrine. Ses lèvres sanglantes exhalèrent un soupir rauque et son regard se figea à jamais sur son héritier, exprimant un étonnement sans bornes.

Einon s'écarta du cadavre de son père, tenant toujours la couronne. Les reflets avaient repris leur sarabande sur celle-ci mais une ombre massive se glissa dans le dos du prince, ternissant son éclat.

– Voilà que le porcelet se vautre dans la boue avec son vieux verrat de père !

Einon fit volte-face et vit un géant penché sur lui. La barbe et la chevelure du rebelle étaient du même rouge que le sang qui dégouttait de sa faux. Il était flanqué d'un gaillard large de poitrine et aussi massif qu'un ours, l'œil gauche barré d'un tissu sanglant, et d'un garçon dégingandé, à peine plus âgé qu'Einon. Le jeune homme, coiffé d'un seau découpé à la façon d'un casque, lançait au géant roux des regards indécis tandis que les autres se massaient derrière eux.

– Tu peux remercier Riagon, Porcelet, railla l'ours borgne. Son coup de faux a fait de toi un roi.

Sa boutade suscita l'hilarité d'une partie de la troupe.

– Tais-toi, Hewe ! commanda Riagon en fixant Einon avec haine. Le prochain coup fera de toi un mort.

Riagon leva sa faux. Einon eut un mouvement de recul. Du coin de l'œil, il vit Tête-de-seau se détourner vivement. Einon aurait voulu pouvoir en faire autant, mais son regard ne pouvait quitter la lame au-dessus de sa tête, toute souillée du sang de son père. Comme la mort allait fondre sur lui, il se sentit brusquement tiré en arrière. La lame passa à un doigt de sa tête et ne fit qu'entailler le dos de sa main. Einon grimaça de douleur et laissa échapper la couronne. Par miracle, il était vivant ! Bowen hissa le garçon sur la selle derrière lui et se retourna vers Barbe-rouge.

Baissant la tête pour éviter la lame qui sifflait à ses oreilles, il empoigna le manche de la faux et, tirant d'un coup sec, le fit basculer vers Barbe-rouge. Atteint à la mâchoire, le rebelle lâcha son arme et s'écroula dans les bras de Tête-de-seau.

– Ne tourne jamais le dos à un ennemi, sauf s'il est mort ! gronda Bowen tandis qu'Hewe l'Ours le chargeait. Tu n'apprendras donc jamais ?

Bowen repoussa Hewe d'un coup de pied et poursuivit la leçon tout en assommant un autre rebelle avec le manche de la faux :

– Tu as oublié tout ce que je t'ai enseigné ?

– Assez de sermons, des actes ! Tuez cette racaille ! explosa Einon sous le coup du chagrin, de la frayeur et de l'humiliation.

Et, arrachant la faux des mains de Bowen, il la brandit devant un nouvel assaillant. Bowen récupéra l'arme et estourbit le paysan avec le manche.

– Inutile de les tuer ! l'admonesta Bowen et, s'étant débarrassé de la faux, il piqua des deux pour quitter au plus vite le champ de bataille.

Bowen arrêta son coursier au flanc de la colline, au pied d'un arbre mort. Il sauta à terre et se retourna afin d'examiner la main d'Einon resté en selle.

– J'ai parfois l'impression de gaspiller ma salive avec toi, reprocha-t-il d'un ton où perçait l'inquiétude. Sers-toi de ta tête…

– …Si tu ne veux pas la perdre, récita timidement Einon, sans parvenir pour autant à amadouer Bowen.

– Sinon, ta première bataille risque fort d'être la dernière… Si on peut appeler ce carnage une bataille !

Bowen cracha par terre et considéra avec mépris la mêlée en contrebas. Les paysans ne manquaient pas de bravoure, mais le combat était par trop inégal. Lentement mais sûrement, les troupes royales allaient les écraser. Écœuré, il détourna la tête et son regard croisa celui d'Einon, empreint d'un trouble profond.

– Est-ce pour ça que vous refusez de vous battre, Bowen ? demanda le garçon d'un ton respectueux.

La mine sévère de Bowen se détendit sous l'effet d'un sourire auquel succéda un rire franc et massif :

– Qu'ai-je fait d'autre à l'instant, jeune coq ?

– Je voulais dire « avec ça ».

Einon se pencha en selle, saisit la poignée de l'épée de Bowen, la tira de son fourreau et la leva devant ses yeux emplis d'une admiration enfantine :

– La plus noble lame du royaume !

– Trop noble pour tremper dans le sang de malheureux sans défense.

Bowen déchira un bout de sa manche et s'en servit pour éponger l'estafilade sur la main d'Einon. Le garçon grimaça.

– Mon épée est faite pour te protéger, pas pour prendre part aux massacres de ton père.

– Vous parlez d'un mort, marmonna Einon d'un ton blessé. Et du roi.

Bowen accueillit en silence son reproche masqué. La violence des instants qu'il venait de vivre lui avait fait oublier le chagrin d'Einon, tout comme à celui-ci. Mais sa remarque étourdie venait de rouvrir la plaie. La lèvre d'Einon tremblait des efforts qu'il faisait pour contenir ses larmes.

– Maintenant, c'est toi le roi, le consola Bowen en essuyant ses larmes avec son chiffon rougi. Sois courageux, Einon. Et n'oublie pas la leçon de cette journée : un carnage n'est pas une bataille. Il t'appartiendra de restaurer l'Ancien Code pour que ta couronne retrouve l'éclat de l'honneur et que nul ne soit jamais tenté de se révolter contre elle. Alors, tu seras un plus grand roi que ton père.

Bowen tourna son regard las vers la bataille qui faisait toujours rage. Des silhouettes enchevêtrées se découpaient sur la nuit et la fumée, éclairées par les flammes.

– Je vous promets que je serai plus grand que lui, Bowen. Et nul ne prendra jamais les armes contre *ma* couronne.

Le ton âpre d'Einon fit se retourner Bowen. Durant une fraction de seconde, il lui sembla voir briller un éclair de noirceur dans son regard. Mais sans doute étaient-ce les ombres et le reflet de l'incendie, car ses yeux s'agrandirent subitement :

– La couronne ! s'exclama-t-il.

– À quoi bon une couronne, si tu n'as plus de tête pour la porter ?

Bowen s'empara des rênes du cheval, précédant la réaction d'Einon. Il n'était pas question que le garçon aille se faire blesser – ou corrompre – dans cette tuerie.

– Avant de songer au butin, il faut être sûr de sa victoire, mon prince.

– Ton roi, le corrigea Einon avec effronterie. Je veux récupérer mon bien !

Ayant dit, il donna un grand coup du plat de l'épée de Bowen sur la croupe du cheval. La bête hennit et se cabra, arrachant les rênes de la main de Bowen.

– Einon !

Le claquement des sabots étouffa le cri de Bowen et, piquant des deux, Einon dévala le flanc de la colline jusqu'au lieu du combat.

À travers l'écran de fumée, Bowen apercevait Einon se dirigeant vers le cadavre de son père, toujours étalé dans la boue. Il s'était jeté à sa suite dans la mêlée et, quoique sans armes, il n'avait rencontré qu'une faible opposition. Les troupes royales avaient mis les rebelles en déroute et la plupart préféraient fuir à la vue d'un chevalier. Seul un imbécile l'avait menacé d'un bâton qu'il s'était fait arracher des mains avant de le prendre dans le ventre et de s'écrouler, le souffle coupé. Un autre s'était rué sur lui avec un couteau, sans parvenir à l'arrêter.

Toujours galopant, il vit Einon s'approcher de la couronne plantée dans le sol bourbeux, s'incliner presque à ras de terre et ramasser son trophée à la pointe de l'épée de Bowen.

– Einon !

Trop tard ! Une silhouette dégingandée et coiffée d'un seau venait de se laisser tomber sur le cheval d'Einon depuis une hauteur. Einon lâcha l'épée qui alla se piquer dans le sol. Les deux garçons chutèrent dans la boue, bras et jambes mêlés. Le casque de fortune de l'agresseur roula loin de lui, libérant une cascade de cheveux roux. Sitôt relevé, Einon tendit la main vers l'épée encore vibrante de Bowen.

Secouant ses boucles rousses, Tête-de-seau fit volte-face vers Einon, tournant le dos à Bowen sur le point de les rejoindre. Par-dessus l'épaule du garçon, il vit Einon saisir la poignée de l'épée, se retourner vers son ennemi puis s'immobiliser, bouche bée… D'un geste vif, le rebelle lui ravit l'épée. Retrouvant ses esprits, le jeune roi se cramponna de toutes ses forces à son bras. La lame jaillit alors de la boue et Tête-de-seau se jeta en avant, la plongeant dans la poitrine d'Einon. Fixant son adversaire d'un regard hébété, celui-ci se dégagea, vacilla et finit par s'abattre, face contre terre.

Poussant un cri de rage et de douleur, Bowen fondit sur Tête-de-seau, empoignant d'une main sa longue chevelure et le désarmant de l'autre. D'un même mouvement, il tira le jeune rebelle vers lui, leva son épée afin de le frapper… et connut alors la même hésitation qu'Einon.

Tête-de-seau était une fille !

Elle pouvait avoir un an ou deux de plus qu'Einon et même la crasse ne parvenait pas à masquer la beauté de son visage nimbé d'une chevelure flamboyante. Bowen tremblait de fureur et de stupéfaction, comme tétanisé. Les yeux immenses de la fille exprimaient la terreur mais aussi une résignation insoutenable. N'espérant aucune pitié, elle ne songeait même pas à demander grâce.

Poussant un cri douloureux, il la repoussa violemment. Elle tournoya sur elle-même et retomba sur le sol où elle demeura étendue, levant vers le chevalier des yeux emplis d'étonnement. Voyant Bowen la menacer de son épée brandie, elle détala dans la nuit sans demander son reste.

– Bowen, gémit Einon, la bouche pleine de terre.

Il gisait tout près de son père. Bowen s'agenouilla et le retourna délicatement. Ce faisant, quelque chose tinta sur la boucle en métal de sa ceinture : la couronne. Einon la serrait entre ses doigts, toute poisseuse de sang… Le même sang qui s'écoulait de sa poitrine, barrant d'un long ruban pourpre la tête tranchée du dragon de ses ancêtres.

– Bowen ? murmura de nouveau Einon.

Serrant contre lui le garçon à demi évanoui, Bowen essuya la boue qui maculait son visage.

– Je suis là, mon prince… Mon roi !

2

PÈLERINAGE AU CLAIR DE LUNE

– Mort, madame…

Aislinn voyait le sang qui s'écoulait de l'épaule de Brok se répandre sur le sol, formant une mare à l'ourlet de sa robe. La présence de cette brute au pied de l'autel de sa chambre avait quelque chose d'incongru, à la limite du sacrilège. Le protocole seul, et non la piété, expliquait sa venue. Brok n'était pas là pour adorer la grande croix d'argent décorant la sainte table, ni les deux dragons qui la flanquaient dans leurs cadres dorés. S'il était à genoux, c'était parce qu'il avait interrompu la reine dans ses prières. C'était devant elle, non devant Dieu, qu'il se prosternait.

– Le roi Freyne, votre époux, n'est plus, grommela Brok d'une voix rauque et essoufflée.

Aislinn baissa vers lui un regard impassible. À l'évidence, il avait longtemps combattu et chevauché. Il était las et crotté. Il la dévisageait sans vergogne, guettant sa réaction, mais elle accueillit la nouvelle avec une résignation stoïque. Lui ayant fait signe de se relever, elle se retourna vers l'autel, se signa et alluma le cierge à la base de la croix. Les yeux incrustés de pierreries des dragons brillaient de reflets étranges dans la lumière jaune de la flamme et leurs ombres s'étiraient sur le mur incurvé de la minuscule alcôve, encadrant celle de la croix tels deux gardiens.

Aislinn marcha jusqu'à la fenêtre ouverte d'où montait la lointaine rumeur de la bataille. Des foyers d'incendie trouaient le manteau noir de la plaine. Soudain, une inquiétude s'empara d'elle et ses lèvres se mirent à trembler.

– Le prince ? demanda-t-elle à Brok.

– Avec messire Bowen.

– Dieu soit loué !

Son soupir de soulagement se perdit dans le fracas de la porte ouverte à la volée. La lumière d'une torche se répandit sur le sol de la chambre par l'embrasure, découpant la silhouette d'un chevalier tenant une forme inerte dans ses bras.

Saisie d'un pressentiment poignant, Aislinn dévala les marches de l'autel et se précipita. Une larme sillonna la joue encrassée de Bowen quand Aislinn étouffa un cri à la vue du corps meurtri de son fils.

– Pardon, Majesté, murmura Bowen d'une voix étranglée.

Aislinn se raccrocha à la porte.

– Ce n'est pas votre faute, dit-elle avec une amertume contenue. Les cruels excès de son père sont la cause de sa mort.

Elle lui désigna le lit de la main. Bowen traversa la chambre sans adresser la parole à Brok qui s'était levé pour l'aider. Délicatement, il déposa le garçon parmi les fourrures. Aislinn s'assit au bord du lit et aperçut la couronne sanglante qu'Einon serrait toujours sur sa poitrine. Comme elle tentait de la lui enlever, il bougea et un murmure franchit ses lèvres :

– Ma couronne…

– Il vit ! s'écria Aislinn.

– Plus pour longtemps, madame, fit Bowen en s'agenouillant au pied du lit. Il n'y a plus rien à faire.

Aislinn se retourna vers son fils et palpa sa plaie d'une main ferme.

– Pas encore, annonça-t-elle d'une voix étrangement calme et teintée d'espoir.

La lune écarlate rampait dans le ciel nocturne tel un loup en maraude, couvant d'un œil gourmand le mince serpent de lumière niché entre les montagnes.

– Dans le cercle de la Table
Et sous l'épée sacrée
Le chevalier promet
De se soumettre au Code
Éternel comme la Table
Un anneau par l'honneur scellé…

La voix claire de Bowen couvrait le vent et l'écho lointain de la bataille. Aislinn baissa les yeux vers le chevalier et sourit. Il menait son cheval par la bride afin de marcher aux côtés d'Einon, couché sur une paillasse portée par quatre gardes, tandis que Brok guidait le cheval de la reine sur le sentier serpentant parmi les ruines de l'oppidum.

À la lumière vacillante des torches et sous le clair de lune étrangement pourpre, les vieilles pierres semblaient surgir de la nuit telles des sentinelles aux aguets pour barrer la route à leur procession. Bowen les préférait inondées de soleil et blanchies de tout mystère. Quelques heures plus tôt, Einon bondissait parmi elles, l'épée au poing et la bouche pleine de jurons. Bowen aurait donné sa vie pour l'entendre à nouveau l'insulter.

– Répète après moi, Einon.

Bowen rattrapa la couronne qui glissait au gré des soubresauts de la civière et la replaça entre les mains du prince.

– Un chevalier est brave par devoir…

– Brave… par… devoir, marmonna Einon.

– Et son cœur empli de vertu…

– Vertu…

– Sa force soutient le faible, son épée défend l'opprimé…

Le murmure d'Einon se fondit en un gémissement. Bowen le secoua :

– Tu dois rester éveillé ! Récite le Code…

– Code… exhala Einon en serrant machinalement la couronne.

– Bien ! Son épée défend l'opprimé…

– Sa bouche ignore… le mensonge…

– Oui ! Son courroux… ?

– Son courroux pourfend le méchant, dirent-ils d'une seule voix, puis Einon laissa une fois de plus échapper la couronne et glissa dans l'inconscience.

– Einon ?

Bowen se pencha vers lui. Il respirait toujours, mais à peine. Aislinn était folle d'imaginer qu'il allait survivre à son transport. Il se demanda si la science du clan de la reine pouvait réellement sauver Einon. Et d'abord, pourquoi ce voyage nocturne ? Où les emmenait-elle ?

Assise très droite sur sa selle, la reine fixait le chemin devant elle. Le vent caressait ses cheveux blonds, dégageant son cou gracile et sa joue lisse. La nuit formait un écrin pour sa beauté mélancolique.

Ses ancêtres étaient originaires des terres situées au-delà de la mer du Nord. Certains les taxaient tout bas de sorcellerie, mais ces propos faisaient sourire Aislinn. Ce que les uns nommaient magie, disait-elle, n'était que sagesse pour les autres.

Bowen fut brusquement tiré de ses réflexions par une mélopée à la fois obsédante et plaintive dont l'écho se propageait à travers la montagne. Le cortège s'immobilisa.

– Poursuivez, leur dit Aislinn d'un ton placide.

Si son visage ne trahissait toujours aucune émotion, ses yeux bleus s'étaient mis à briller. En se retournant, elle surprit le regard de Bowen fixé sur elle. Elle le dévisagea comme si elle avait pu lire dans ses pensées et, bizarrement, son sourire triste effaça toutes ses craintes.

– Le bien ne périt point... murmura-t-elle. Toi aussi, chevalier, tu dois poursuivre. Enseigne le Code à mon fils.

Bowen s'exécuta :

– Le bien ne périt point
S'il reste un homme qui s'en souvienne
Les paroles ne s'envolent point
S'il reste une voix pour les redire
Le Code à jamais resplendit
S'il reste un cœur pour nourrir sa flamme.

Ils cheminèrent une heure de plus sous la conduite d'Aislinn. Par intervalles, l'étrange melopée se faisait de nouveau entendre. Les collines répercutaient son écho dans l'espace, de sorte qu'elle paraissait provenir de partout.

Ils atteignirent bientôt l'entrée d'une grotte. Cette fois, la mélodie désespérée montait tout droit de sa bouche obscure. Bowen sut alors qui était le chanteur et il se mit à redouter la magie d'Aislinn :

– Je sais qui habite cette caverne. Je reconnais l'infecte puanteur du dragon.

– Ce n'est pas lui qui sent ainsi, le reprit Aislinn, mais les péchés des hommes.

Elle prit sa torche à l'un des gardes et disparut à l'intérieur. Bowen et Brok échangeaient des regards indécis quand la voix de la reine surgit des ténèbres :

– Venez. Vous n'avez rien à craindre.

Bowen souleva dans ses bras le corps inerte d'Einon et s'enfonça dans l'inconnu derrière Aislinn. Avec un soupir réticent, Brok s'avança à son tour, faisant signe au reste de le suivre.

3

LE DRAGON

Même les torches ne parvenaient pas à dissiper l'obscurité. Leur clarté tremblotante éclairait un sol bourbeux d'où émergeaient des ossements. La vapeur qui s'élevait de ce cloaque bouillonnant serpentait à travers un dédale de stalactites et de rochers.

Le regard perçant de Bowen scrutait la lugubre pénombre, cherchant l'indice d'une présence qu'il finit par détecter dans le fin fond de la grotte : un chatoiement iridescent accompagné d'un chant plaintif et solitaire. Aislinn s'avança, pleine d'humilité :

– Ô tranquille seigneur…

Sa voix résonnait dans la grande salle vide. Le chant cessa aussitôt. Bowen perçut les chuchotements inquiets des gardes. Il n'avait pas quitté des yeux la tache de lumière au fond de la caverne. Elle semblait s'être intensifiée, esquissant les contours d'une forme encore imprécise. D'un geste, Aislinn intima aux hommes l'ordre de se taire.

– Ta chanson est bien triste, remarqua-t-elle d'un ton respectueux.

– Aucune étoile ne brille dans le ciel, ce soir.

La voix était aussi énorme et terrifiante que le corps d'où elle émanait. En même temps, elle exprimait une mélancolie étrangement apaisante.

– Nulle âme n'éclaire cette sombre nuit, juste la lune… la lune sanglante.

Bowen, qui avait suivi la reine, déposa Einon sur une pierre plate au pied de la corniche sur laquelle était perchée la créature. Il demeura debout près du garçon dans une attitude protectrice, la main sur la garde de l'épée, surveillant le dragon tapi au-dessus d'eux. Celui-ci était couvert d'écailles qui jetaient des reflets irisés à chacun de ses mouvements. Il tendit le cou, étudiant la femme qui se tenait à ses pieds :

– Aislinn… La fille d'Athelstun.

– Oui, seigneur, répondit la reine, visiblement flattée que le dragon l'ait reconnue. Aislinn, dont le peuple te révérait et t'appelait son ami.

– Autrefois, siffla le dragon. Fini… L'homme est inconstant. Il a peur. Il oublie.

– Je ne t'ai pas oublié, moi, répliqua Aislinn. Et je n'ai pas peur.

– Tu réchauffes la couche d'un homme dont les ancêtres furent les premiers à nous reléguer dans des grottes humides et obscures.

– Ce n'était pas un mariage d'amour, seigneur dragon, mais de politique… Mes fiançailles ont été baignées par le sang de mon peuple. Comme le tien, il fut exilé et massacré.

– Ma couronne ! chevrota Einon dans son délire.

La caverne tout entière résonna de son cri, comme s'il avait jailli d'un millier de poitrines.

« Couronne, couronne, couronne... »

Aislinn et Bowen s'agenouillèrent près du garçon pour le réconforter.

– Tiens-toi tranquille, Einon, murmura Aislinn d'une voix douce en lui caressant le front.

– Jamais ! marmonna Einon en cherchant fébrilement la couronne.

– Ses cheveux... Rouges comme le feu, comme le sang.

Einon retomba, à demi inconscient. Seul Bowen savait où l'avaient entraîné ses hallucinations. Lui seul avait vu la meurtrière aux cheveux rouges... La meurtrière qu'il avait laissée échapper. Devinant un mouvement dans son dos, il se détourna brusquement.

Le dragon s'était penché au-dessus de la corniche. Son œil à peine ouvert étincelait dans la pénombre tandis qu'il fixait le prince, son surcot taché de sang... et la tête tranchée du dragon sur celui-ci.

– Le fils de Freyne, fit-il d'un ton las.

– Non ! s'écria Aislinn en se retournant vers le dragon. C'est *mon* fils !

– Est-ce pour lui que tu es venue, toi, la femme du tueur de dragon ?

– Pas sa femme, sa veuve, rétorqua-t-elle. Je t'en prie, reprit-elle d'une voix radoucie. Ce chevalier – elle désignait Bowen – est son mentor. Il lui a appris l'Ancien Code. Et moi, je lui enseignerai tes usages.

Le dragon dirigea alors son regard lumineux sur Bowen. Fasciné, celui-ci ne vit pas tout de suite la patte aux griffes puissantes qui fondait sur lui... Il porta la main à sa rapière, mais la griffe du dragon vint seulement effleurer l'épée qui ornait son surcot, représentée à l'intérieur d'un cercle.

– L'Ancien Code... soupira le dragon.

Comme il éloignait sa patte de sa poitrine, Bowen remarqua que la griffe du milieu était sérieusement ébréchée. Le dragon émit un sifflement qui ressemblait étrangement à un rire et leva sa patte mutilée devant ses yeux brillants :

– Un vieux souvenir du père de ce garçon, commenta-t-il avec une ironie amère.

Son regard sembla alors se voiler et se posa, menaçant, sur la poitrine ensanglantée du garçon... et sur le dragon décapité.

– La plaie est profonde...

Aislinn acquiesça et échangea avec le dragon un regard d'intelligence. Suivit un long silence durant lequel le dragon parut examiner la requête de la reine :

– Sais-tu bien à quoi tu t'engages ?

– Je le sais, dit Aislinn en s'agenouillant. Je jure que mon fils croîtra en bonté et en équité dans l'ombre de ta sagesse.

Le dragon inclina la tête vers Einon :

– Lui aussi doit jurer. Chevalier, ton épée.

À la fois surpris et méfiant, Bowen se tourna vers la reine qui opina lentement, l'invitant à obtempérer. À contrecœur, il dégaina son épée et la tendit à Aislinn mais la patte écailleuse du dragon émergea à nouveau de l'ombre et saisit la lame entre ses griffes. D'instinct, Bowen lâcha prise.

Le dragon brandit l'épée au-dessus d'Einon, projetant sur le corps immobile du garçon l'ombre d'une croix stylisée. Einon s'agita et étouffa un cri à la vue de l'énorme créature penchée sur lui, mais la reine lui murmura des paroles apaisantes :

– N'aie pas peur, mon enfant. Il va te sauver.

– Mais d'abord, tu dois jurer sur la croix formée par cette épée, reprit le dragon. Jure de mettre un terme aux cruautés et à la tyrannie de ton père. Si tu dois vivre et régner, jure de le faire avec miséricorde. Jure que tu viendras me trouver afin que je t'enseigne l'ancienne sagesse, et que les miens retrouveront la liberté de déployer leurs ailes à la lumière du jour… que l'homme et le dragon seront de nouveau frères, comme aux jours anciens. Jure-le !

« Jure-le, le, le, le… »

L'écho de la voix sifflante du dragon se propagea dans la nuit. Il tendit la poignée de l'épée à Einon qui la serra convulsivement.

– Je… jure, exhala le jeune roi en se redressant afin de baiser le pommeau de l'épée.

Mais avant que ses lèvres aient pu la toucher, ses doigts lâchèrent prise et il retomba. Bowen le recueillit dans ses bras.

– Einon ? fit-il en le secouant. Einon ?

Il étendit le garçon sur la pierre et recula, titubant sous le poids de son chagrin :

– À quoi bon vos bavardages et cette momerie inepte ? C'est trop tard ! Il est mort, cracha-t-il entre deux sanglots étouffés.

Il lança à la reine un regard lourd de rancune :

– Qu'est-ce qui vous a pris de nous conduire auprès de cette créature du diable et de vous mêler de sa maudite sorcellerie ?

– Tais-toi ! commanda la reine. Ne dénigre pas ce que tu ne comprends pas.

– Je sais reconnaître le mal... Et je sais que votre fils est mort !

Dans un accès de furie, Bowen empoigna l'épée afin de l'arracher au dragon. Mais quand il tira, les griffes du monstre raclèrent la lame avec un bruit strident, creusant un profond sillon de la garde jusqu'à la pointe.

– Paix !

Le souffle puissant du dragon tint Bowen à distance, éteignant du même coup toutes les torches. La caverne se trouva plongée dans une obscurité complète, si ce n'étaient le chatoiement des écailles du dragon et le regard incandescent qu'il fixait sur Bowen... Un regard dénué de colère, bizarrement serein.

– Paix, chevalier de l'Ancien Code... Contemple les prodiges d'une gloire plus ancienne.

Lâchant l'épée, le dragon plaça la griffe ébréchée contre sa poitrine et la planta entre ses écailles. Un flot rougeoyant s'épancha de sa poitrine lacérée... Ce n'était pas du sang, mais de la *lumière.* Avec un grognement, le dragon fouilla la plaie et en tira une boule écarlate et palpitante. La blessure se referma sur-le-champ.

Il plaça le globe étincelant au-dessus d'Einon qui battit des cils, ouvrit les yeux et sourit. La bête se pencha délicatement et le flot de lumière rouge s'écoula dans la plaie du garçon.

– Une moitié de mon cœur pour que tu sois à nouveau entier, déclama le dragon d'une voix sonore. Que ma force purifie ta faiblesse. À présent, vis et rappelle-toi ton serment.

Le dragon éloigna sa patte et souffla un mince trait de feu sur la plaie d'Einon. Bowen allait voler au secours du garçon quand le sourire paisible de celui-ci l'en dissuada. Le jeune roi n'éprouvait aucune douleur ; la flamme ne faisait que cautériser sa blessure.

À la fin de l'opération, une cicatrice noire de fumée balafrait la poitrine du garçon. Étouffant un sanglot, Aislinn étreignit son enfant ressuscité. Einon tenta de se redresser, mais le dragon l'en empêcha :

– Repose-toi. Dors et restaure tes forces, ordonna-t-il en couvrant le visage du garçon de sa patte écailleuse.

Quand il la retira, Einon dormait d'un sommeil paisible. Un nouveau jet de flammes tira alors Bowen de son ébahissement.

Les torches se rallumèrent brusquement dans les mains des gardes stupéfaits. La reine fit signe à Brok d'approcher la civière. Les porteurs s'avancèrent et déposèrent le roi endormi sur la paillasse. Aislinn se retourna vers le dragon et lui fit une profonde révérence. Comme le dragon hochait sa tête chatoyante, elle se releva et entraîna son escorte vers l'entrée de la grotte. Indécis, Bowen considéra la marque que l'ongle du dragon avait imprimée sur sa lame, puis à son tour il se prosterna devant la mystérieuse créature perchée sur sa corniche.

– Je n'ai servi le père que pour le bien du fils, expliqua-t-il d'une voix que l'émotion étranglait. Tous mes espoirs reposent sur lui. Accorde ton pardon à un idiot incrédule. Tu peux me demander tout ce que tu voudras. Mon épée et mon bras t'appartiennent.

Mais le dragon s'était déjà retiré dans les profondeurs de son antre. Seul un lointain reflet irisé troublait l'obscurité par intervalles.

– Rappelle-lui seulement son serment, chevalier de l'Ancien Code.

Tout en fourrageant dans sa barbe drue, Brok observait Bowen et la reine qui chevauchaient devant lui avec les porteurs de torches. À un moment, Bowen se pencha et montra du doigt une arche croulante parmi les ruines de la citadelle romaine. La reine regarda d'un air connaisseur, sourit et entama une conversation animée avec le chevalier.

Le degré d'instruction d'Aislinn exaspérait Brok. L'architecture, les arts et les lettres n'avaient pas de secret pour elle. Rien à voir avec les femmes dont il avait l'habitude, de solides ribaudes plus portées à plaisanter, à festoyer et à se livrer à des ébats bruyants. Il n'avait jamais compris pourquoi Freyne avait épousé cette fleur délicate. Certes, la beauté d'Aislinn avait de quoi enflammer n'importe quel homme, mais de là à la faire monter sur son trône…

Brok cracha par terre. Il ne connaissait rien à l'architecture, aux arts et aux lettres et, à dire vrai, il s'en moquait. Aussi n'eut-il pas conscience de recourir à une métaphore quand il se fit la réflexion que son avenir à la cour était comme les queues des chevaux qu'il voyait balancer devant lui : souillé de crottin.

Bowen était le mentor du roi et il avait l'oreille de la reine. On n'allait pas tarder à s'ennuyer ferme à la cour. Adieu, ribaudes et beuveries. Bientôt, ce ne seraient plus que gracieusetés, sempiternelles citations de l'Ancien Code et, pire encore, sortilèges et dragons. Freyne serait retourné en enfer s'il avait su que le sang de son ennemi héréditaire coulait à présent dans les veines de son fils et successeur… Bien sûr, ce sang-là n'en était pas vraiment. Sur le moment, Brok aussi s'était laissé éblouir mais maintenant qu'il avait retrouvé l'air libre et un environnement familier, son cœur était plein de crainte et de dégoût. Il comprenait mieux à présent pourquoi Freyne avait anéanti le clan d'Aislinn, ce ramassis de sorciers.

Brok se souvenait très bien de ce dragon ; il avait pris part à la chasse au cours de laquelle Freyne l'avait blessé, des années plus tôt. Le roi était furieux qu'il lui échappe. Brok caressa le projet d'organiser bientôt une nouvelle chasse, afin de rapporter à Freyne le trophée qui lui revenait. Quelles belles funérailles ce seraient ! Quel monument grandiose sur sa tombe !

Évidemment, ce ne serait pas du goût du nouveau monarque et de sa mère, ni de leur bras droit… Justement, Brok gardait un souvenir cuisant du bras droit de Bowen. Il lança un nouveau crachat. La nuit avait été longue ; il était rompu de fatigue. Mieux valait ne plus songer à tout ça… Cela lui faisait trop mal à la tête.

Un tintement survint à point nommé pour le distraire de sa rumination : la couronne avait glissé des mains d'Einon et heurté un rocher en tombant. Réveillé en sursaut, le jeune roi se dressa tel un ressort, une lueur sauvage brillant dans ses yeux. Brok fit signe aux porteurs de s'arrêter et s'agenouilla au pied du brancard :

– Sa Majesté se sent bien ?

Einon passa machinalement la main par la déchirure de son surcot et palpa la cicatrice sur sa poitrine. À ce contact, la mémoire lui revint et il sourit :

– Très bien. Là, dit-il en désignant la couronne à terre.

Brok la ramassa et la lui tendit. Avec un regard incandescent, le garçon s'en saisit et la posa sur sa tête. Elle était trop grande pour lui, mais Einon ne parut pas s'en rendre compte.

– Sa Majesté désire-t-elle autre chose ?

– Oui.

Émergeant de sa royale rêverie, Einon adressa à Brok un sourire sinistre qui lui réchauffa le cœur : le sourire de son père…

Brok regarda Bowen et Aislinn qui avaient pris de l'avance, n'ayant pas remarqué que les autres s'étaient arrêtés, puis il se retourna vers le roi qu'il trouva en train de se lever. Il se pencha vers lui afin de l'aider, mais Einon l'écarta. Il flageolait sur ses jambes, mais il tenait debout.

– Les Romains ont bâti ici un grand château, dit-il en contemplant les ruines baignées de clair de lune. Le mien sera encore plus grand.

Brok perçut dans le ton du garçon une détermination qu'il jugea encourageante :

– Il faudra beaucoup d'hommes pour reconstruire cette ruine, monseigneur.

– Certainement…

Einon sourit à nouveau et Brok en fit autant. En définitive, son avenir à la cour n'était peut-être pas aussi compromis qu'il le craignait.

4

LE ROI RESSUSCITÉ

Les lueurs de l'incendie léchaient les franges grises de l'aube. Kara balaya une mèche de cheveux roux de son visage et changea de position sur sa branche. À travers le feuillage protecteur de l'arbre, elle pouvait voir brûler son village. Des femmes poussaient des plaintes, des enfants grelottaient dans le matin glacé en jetant des regards apeurés vers les cadavres qui jonchaient les sentiers boueux entre les huttes... Des amis, des voisins, des connaissances de toujours. Riagon, son père, ne se trouvait ni parmi les morts ni parmi les hommes auxquels les gardes passaient des chaînes et des carcans.

Elle se demanda combien de temps allait se passer avant qu'il soit découvert. Il avait été le premier à voir approcher les cavaliers et avait insisté pour qu'elle fuie, malgré ses protestations. Elle avait obéi sans toutefois s'éloigner, cherchant un refuge dans l'épaisse frondaison d'un grand chêne. Elle avait perdu la trace de son père quand les gardes royaux avaient fait irruption dans le village, incendiant tout sur leur passage. Les velléités de résistance avaient vite sombré dans la panique générale. Riagon s'était évanoui dans la fumée, les flammes et la bousculade.

Elle vit la brute imposante qui paraissait diriger le commando éperonner son cheval et s'avancer parmi les décombres d'une des huttes. En fouillant de l'épée parmi les débris, il mit à jour une trappe qu'il fit soulever par deux soldats. Un géant roux et hirsute apparut alors, blotti parmi les fromages dans une minuscule cave.

La brute enfonça son épée dans la fosse... Kara étouffa un cri, mais il visait seulement les fromages. Il en piqua un à la pointe de son épée et mordit dedans à belles dents, laissant à ses deux larbins le soin d'extirper l'homme de sa cachette.

Kara fut tentée de se précipiter mais, quand les gardes lui emprisonnèrent le cou dans un carcan avec deux autres captifs, Riagon leva les yeux vers le chêne et elle le vit secouer imperceptiblement la tête.

Elle hésitait encore à enfreindre son ordre quand la silhouette d'un cavalier émergea de la fumée à hauteur de la brute et de son prisonnier.

C'était le prince... Celui que son père avait appelé Porcelet et qu'elle avait blessé. Comment avait-il survécu ? Elle n'était pas près d'oublier le bruit qu'avait fait la lame en s'enfonçant dans sa poitrine. Pourtant, c'était bien le Porcelet, sa couronne posée de guingois, qui toisait maintenant son père avec un plaisir malin. Mais l'expression du jeune roi n'était rien comparée au mépris glacial que lui opposait le captif. Le

Porcelet frotta la cicatrice sur sa main ; Riagon surprit son geste et sourit :

– Tu te souviens de moi, mon gars ? Je regrette de ne pas t'avoir causé une impression plus profonde.

La Brute tira sur le lacet de cuir qui nouait la tignasse de Barbe-rouge et appliqua la lame de son épée sur sa gorge :

– Ta tombe aussi sera profonde.

– Non ! commanda le Porcelet, puis il demanda :

– La fille ?

– Elle a dû fuir avec le reste, grogna la brute.

– À moins que vos bouchers ne l'aient déjà tuée, suggéra Riagon. Cherche-la parmi les morts, Porcelet.

– C'est *toi* qui iras l'y chercher.

Cette fois encore, le jeune roi siffla son chien :

– Suffit, Brok !

Brok éloigna sa lame de mauvaise grâce.

– Je ne veux pas de martyrs, reprit le jeune roi avec un regard haineux à l'adresse de Riagon. Et puis, la mort est une délivrance, pas un châtiment.

Le rebelle ne broncha pas quand le Porcelet arracha une torche à l'un des gardes. La flamme faisait paraître la peau d'Einon encore plus pâle ; on aurait dit un mort tout droit sorti de l'enfer.

– Il y a de l'insolence dans ton regard, dit-il avec un sourire mauvais. N'oublie pas que je suis ton roi et ton vainqueur… Et aussi le dernier homme qu'il t'est donné de voir.

– Dommage, lança Riagon dans un ultime défi. Ta couronne est de travers, Porcelet.

Le garçon jeta la torche à la brute en criant :

– Brûle ces yeux arrogants !

Brok ramassa la torche en souriant. Quand la flamme s'approcha de son visage, Riagon, pâle mais digne, tourna son regard vers le chêne et vers Kara, lui enjoignant de se tenir tranquille.

Pour la première fois de sa vie, elle lui désobéit.

– Non ! hurla-t-elle en sautant de l'arbre.

Mais personne ne l'entendit, car une voix plus puissante venait de s'élever dans l'aube grisâtre.

Bowen déboula en trombe sur son cheval en poussant un cri sauvage. Avant que Brok ait pu comprendre ce qui lui arrivait, la lame de son épée avait renversé la torche et fait voler en éclats le carcan de bois des trois prisonniers.

– Fuyez !

Les trois hommes n'avaient pas attendu son encouragement pour déguerpir en direction de la forêt. Jusque-là, les hommes d'Einon étaient restés confondus devant l'audace de Bowen. Le premier à réagir éperonna son cheval et s'élança vers Barbe-rouge qui s'était arrêté net en voyant sa fille accourir vers lui.

– Vite, Kara ! lui cria-t-il en se retournant vers l'homme qui le chargeait.

Mais Bowen s'interposa, renversa le garde et saisit la bride de son cheval.

– Prends le cheval ! lança-t-il au géant d'un ton brusque.

C'est alors qu'il reconnut la fille. Il ne fut pas le seul :

– Il me faut ces deux démons, Bowen !

Einon galopait vers eux en tirant l'épée.

– Arrête-les, ou c'en est fait de ta tête !

– Filez ! fit Bowen en jetant les rênes au paysan.

Barbe-rouge sauta en selle, hissa sa fille derrière lui et lança son cheval vers la forêt tandis que Bowen attendait Einon de pied ferme, partagé entre l'angoisse et l'incrédulité.

Sitôt réveillé ce matin-là, il s'était rendu dans les appartements royaux afin de prendre des nouvelles d'Einon. Il ne l'avait pas trouvé. Ses recherches l'avaient conduit aux écuries où un palefrenier, ayant surpris une conversation entre Brok et ses hommes, l'avait informé de ce raid punitif. Le gaillard avait cru comprendre que le jeune roi mènerait lui-même l'expédition, mais Bowen avait cru à une erreur. S'il était venu jusqu'au village, c'était pour stopper Brok, non pour retrouver Einon. Jamais son élève n'aurait pris part à une telle vilenie. Alors même qu'Einon fonçait sur lui, il restait persuadé qu'il s'agissait d'un cauchemar et qu'il se réveillerait à la seconde où leurs épées s'entrechoqueraient.

Si le choc eut bien lieu, le cauchemar demeura et Bowen fut bien obligé de riposter.

– Comment oses-tu me défier ?

Fou de rage, le jeune homme faisait pleuvoir sur lui des coups désordonnés.

– Einon ! Tu n'es plus toi-même !

La mort dans l'âme, Bowen para à l'attaque tout en suppliant :

– Tu as été ensorcelé ! Ne fais pas cela ! Rappelle-toi le Code…

– Le roi est au-dessus du Code !

Consterné par cette déclaration, Bowen baissa un instant sa garde ; Einon en profita pour le désarçonner d'une piqûre à l'épaule, puis il se retourna vers ses hommes afin de recueillir leurs acclamations. Erreur… Une main couverte de boue saisit son pied et le délogea de l'étrier, provoquant sa chute. Repoussant sa couronne trop large de ses yeux, il aperçut le visage tendu de Bowen entre les jambes de son cheval.

– Imbécile ! Ne tourne jamais le dos à un ennemi, sauf s'il est mort !

L'épaule et le front en sang, Bowen prit appui sur son épée afin de se relever. Einon le devança, chassa son cheval d'un coup de cravache et se rua sur lui. Quoique agenouillé, le chevalier repoussa son assaut :

– De la discipline, petit coq ! Ne confonds pas la volonté avec la passion !

D'un coup d'épée, il trancha la ceinture retenant le fourreau d'Einon afin de le faire trébucher, puis il renversa sauvagement le jeune roi et appuya la pointe de son épée sur son cœur :

– Ce duel m'a déçu. Je te croyais meilleur élève.

Son regard exprimait une douleur sourde. Il pressa un peu plus la pointe de son épée sur la poitrine d'Einon, provoquant un sursaut paniqué de celui-ci.

– Combien de fois t'ai-je répété de te battre avec ta tête, pas avec ton cœur ?

Son cœur… Son regard tomba sur la tête de dragon qui se soulevait au rythme effréné des pulsations cardiaques du garçon. Le cœur du dragon… Il lui semblait l'entendre battre, lourd d'une vie traîtresse.

– Nul n'est au-dessus du Code, reprit-il d'une voix étranglée, fixant sur le jeune homme pétrifié des yeux emplis de tristesse. Et surtout pas le roi.

Il se pencha et déposa un baiser sur la joue du garçon stupéfait puis il lui tourna le dos, les yeux mouillés de larmes, et siffla son cheval qui accourut au galop. Einon se releva, une main plaquée sur la joue que le chevalier venait d'embrasser. Sitôt que Bowen eut disparu dans la forêt, sa frayeur se mua en fureur :

– Rattrapez-le ! Ramenez-le-moi ! hurla-t-il d'une voix stridente en redressant la couronne sur son front.

Aislinn était demeurée seule tout le jour, avec pour unique compagnie les racontars colportés par ses suivantes… De vagues rumeurs de représailles après la mort de Freyne et des mensonges éhontés, prétendant qu'Einon chevauchait en tête des hommes de son père quand ceux-ci avaient quitté le château, peu avant l'aube. Einon était sorti, certes, mais pas pour répandre le sang des malheureux… Pas après le miracle de la dernière nuit. Il fallait qu'elle voie Bowen. Après l'épreuve qu'il avait subie, le roi aurait dû prolonger son repos. Le chevalier avait fait preuve d'inconscience en l'autorisant à sortir.

Où l'avait-il emmené ? Pourquoi ne l'en avait-il pas informée, elle, sa reine ? Et pourquoi Brok et les autres n'étaient-ils pas encore rentrés ?

Le pas des chevaux et des éclats de rire l'attirèrent à la fenêtre. Les hommes de Freyne pénétraient dans la cour sous la conduite d'Einon. Elle vit son fils sauter à terre, le visage renfrogné, et jeter les rênes de son cheval à un palefrenier.

– Une bien belle journée, sire, fit Brok, s'efforçant de dérider le roi. Soixante nouvelles recrues pour vos carrières. Quant à Barbe-rouge et l'autre donzelle, ils ne nous échapperont pas longtemps.

– Et ce cher messire Bowen ? fit Einon en toisant Brok avec mépris.

Aislinn n'avait perçu aucune trace d'affection dans le ton de son fils. Elle se demanda une fois encore où était passé Bowen. Elle ne pouvait se douter qu'il était tout près d'elle à cet instant, ni qu'elle ne le reverrait jamais plus.

– Nous le trouverons, Votre Majesté, assura Brok en mettant le pied à terre.

– Vous le trouverez, vraiment... ricana Einon. Bah, qu'il aille au diable. Je n'ai plus besoin de lui.

Einon leva alors les yeux et aperçut sa mère à la fenêtre. Elle n'aima pas le geste qu'il eut alors pour repousser la lourde couronne de son front. Soudain, il grimaça et serra sa main droite dans la gauche.

– Quelque chose ne va pas, sire ? s'inquiéta Brok, accourant à ses côtés.

– Une crampe, c'est tout.

Einon déplia les doigts et examina la cicatrice laissée sur le dos de sa main par la faux de Barbe-rouge. Comme il se ressaisissait, une plainte angoissée dévala les collines jusque dans la cour du château.

Einon et ses hommes jetèrent des regards effarés autour d'eux ; la sinistre melopée bondissait de rocher en rocher, de sorte qu'il était impossible de définir son origine. Mais Brok savait d'où elle venait et il ne pouvait se retenir de frissonner en l'écoutant.

Aislinn leva son regard triste vers la montagne surplombant la citadelle en ruine. Le soleil s'était empalé sur son pic, inondant de son sang l'horizon qui résonnait encore de la mystérieuse plainte du dragon.

Le dragon porta la patte à son poitrail. Ses écailles pâlirent et sa masse s'affaissa contre la paroi rocheuse. Il sentait la blessure encore fraîche sur sa poitrine... et le vide à l'intérieur. Il éloigna la patte de son corps, jeta un regard furieux à sa griffe mutilée et, poussant une plainte vibrante, il recommença à la cogner sur les pierres pointues, jusqu'à ce qu'un rai de lumière pourpre suinte de la chair meurtrie. Brisée net, la griffe tronquée atterrit sur le sol de la caverne en contrebas de la corniche.

Le dragon se tut brusquement, percevant une présence étrangère. Ses écailles perdirent leur brillant naturel et prirent la couleur de la pierre, des membranes translucides masquèrent ses yeux tout en lui permettant de surveiller l'approche du visiteur inopportun.

Les rayons du jour déclinant projetèrent sur le seuil de la caverne l'ombre immense de l'intrus. Approchant à pas de loup, l'épée au poing, il évita le marécage bouillonnant, contourna une stalagmite puis leva les yeux vers la corniche où le dragon demeurait tapi, invisible et silencieux.

C'était le chevalier de l'Ancien Code.

5

RÊVE ET DESTINÉE

Bowen avançait vers la corniche, fouillant du regard dans le moindre recoin d'ombre. Rien ne bougeait, pourtant il savait que le dragon était là. Son pied buta sur quelque chose et un éclair rougeâtre roula sur le sol. Bowen se ramassa sur lui-même, dardant son épée telle la langue d'un serpent.

Voyant que rien n'arrivait, il se pencha vers la lueur à présent atténuée et la saisit de sa main libre. C'était la griffe du dragon. Quand il la retourna sur sa paume, son scintillement parut se noyer dans le liquide visqueux, semblable à du sang, qui en dégouttait. Serrant son trophée dans son poing, le chevalier se releva.

– Je sais que tu es là, dragon ! J'ai entendu ta chanson. Les murs en vibraient encore quand je suis entré. Avance-toi !

Sa propre voix résonnait à travers la grotte.

– Tu ne t'en tireras pas comme ça. Après cette trahison, mon serment ne tient plus.

– Il n'y a pas eu trahison de ma part, fit le dragon, plein d'amertume.

Suivant la direction de sa voix, Bowen leva les yeux vers la corniche.

– Mensonge !

Comme il scrutait la pénombre, il lui sembla voir les rochers agités d'un vague frémissement – sans doute une illusion due aux rayons du soleil couchant. Pourtant on aurait dit que la voix provenait de là-haut. Bowen se cramponnait à son épée, regrettant d'être venu si tard, mais il avait chevauché tout le jour pour éviter Einon et ses hommes. Son épaule se ressentait encore de l'égratignure que lui avait faite le jeune homme.

– Montre-toi ! dit-il d'une voix tendue.

Le dragon s'exécuta alors dans un froissement de lumière. En un éclair, ses écailles retrouvèrent leur éclat quand il prit son essor, survolant le chevalier médusé afin de quitter la caverne.

Bowen s'élança à sa suite ; il sortit juste à temps pour le voir frôler son cheval et disparaître dans les nuées du crépuscule. Le cheval, terrifié, hennit à pleine gorge quand Bowen, fou de rage impuissante, fit sonner son épée contre un rocher.

– Où que tu ailles, cria-t-il à l'adresse de la silhouette tachetée de lumière, où que tu te caches, je te retrouverai ! Je jure de venger ta trahison, même si je dois passer le reste de mes jours à te pourchasser !

Un chant plaintif répondit à son serment. Les montagnes formaient une vaste chambre d'écho pour la melopée du dragon qui plongea brusquement dans le flot rougeoyant du couchant.

Bowen sentit son souffle brûlant sur son visage, les sifflements infernaux du brasier solaire emplirent ses oreilles... C'est alors qu'il s'éveilla.

Il s'était assoupi. La journée avait été rude, mais fructueuse. Il laissa son regard errer sur la lagune près de laquelle il campait; ses eaux miroitaient à la lumière du feu. Le liquide visqueux qui suintait des blessures du dragon embrasé formait à la surface de l'eau verdâtre des taches semblables à des nénuphars écarlates.

L'énorme masse de chair à demi noyée brûlait furieusement. La flèche enflammée tirée par Bowen avait percé une des ailes du cadavre. Le feu avait eu vite fait de dévorer la fine membrane avant de se propager à toute la carcasse. Les dragons se consumaient rapidement, dans un ballet d'étincelles quasi surnaturel. Peut-être cette impression tenait-elle à la nature de leur sang maudit. Celui-ci jaillissait de leurs plaies sous la forme d'une lumière pourpre qui se fluidifiait en perdant son éclat. Mais quelle qu'en fût la cause, ce bûcher funéraire avait tout d'un feu de joie, car il signifiait un dragon de moins.

Bowen ramassa la griffe qu'il avait tranchée – la plus longue de la patte droite – et la fixa au bouclier qu'il tenait sur ses genoux. Cela faisait onze... Onze en trois ans. Einon avait à présent dix-huit ans. On racontait qu'il avait fait édifier un château grandiose sur la montagne, au-dessus des ruines de la citadelle romaine. Son royaume s'étendait bien au-delà de celui de son père. C'était un roi puissant, à la fois craint et haï. Sa réputation était déjà fondée sur le sang versé et les crimes commis.

Bowen était résolu à mettre fin à cette malédiction. Il contempla les griffes montées sur son bouclier… Onze. Il y avait longtemps qu'il n'en avait ajouté une nouvelle. Les dragons se faisaient plus rares. Mais il continuerait à les traquer, malgré la difficulté croissante. De chacune de ses victimes, il examinait en premier lieu la poitrine, à la recherche d'une cicatrice, puis la patte droite… Non, il ne pouvait renoncer en si bonne voie.

Même pas onze… À peine *dix*.

Bowen baissa les yeux vers le trophée qui ornait le centre de son bouclier, effleurant du doigt sa base ébréchée… Une simple promesse de victoire, un rêve inassouvi qui ne cessait de le hanter. Comme celui qu'il venait de faire et qui l'avait si souvent visité au cours de ces trois années… Plutôt un souvenir, en fait. Il avait réellement vu le dragon voler en direction du soleil couchant et plonger avec lui dans des ténèbres qu'il ne pouvait atteindre ; il avait réellement juré de venger sa trahison… Un souvenir. Un cauchemar… L'appel du destin.

Ayant reposé son bouclier, Bowen s'agenouilla au bord de l'étang, plongea les mains dans l'eau et aspergea son visage. Elle était tiède, probablement à cause du feu. Quand les rides à la surface se furent effacées, il considéra son reflet. Il avait peine à le reconnaître. Une froideur toute cynique avait remplacé la gaieté dans ses yeux et sa bouche avait pris un pli amer. Ses traits burinés avaient perdu leur fraîcheur et une barbe sans soin déparait son menton ferme. Les cheveux blonds qui pendaient dans son cou étaient teintés de gris.

Bowen agita la main dans l'eau, brouillant son image, puis son regard traversa l'étang jusqu'au dragon enflammé. Un paquet de chair se détacha des côtes dénudées et s'abîma dans l'eau avec un grésillement. La carcasse irradiait d'une clarté stupéfiante. C'était presque trop beau... Magique. La mélancolie consuma l'âme de Bowen comme les flammes avaient consumé le corps du dragon.

DEUXIÈME PARTIE

LA QUÊTE

Ô Avallon, vallée radieuse ! Mettras-tu fin à mon dépit ?
Ramène les gloires défuntes et les empires détruits.

Gilbert de GLOCKENSPUR, *Avallon perdue.*

6

UN DRAGON DE MOINS

Le blé ondulait sous la caresse du vent, à moins qu'il ne s'inclinât devant le ton déclamatoire de la voix qui troublait la tranquillité du jour naissant :

– Sans loi dépérit cette terre
Dans les affres d'un cruel mal
Qu'un bras défie le sort amer
Et restaure la règle idéale…

Le mulet du barde – frère Gilbert de Glockenspur – suivait un sentier de terre entre deux champs de blé. En cheminant, il récitait des vers qu'il inscrivait sur un vélin tendu sur une tablette, elle-même calée contre l'encolure du mulet.

– Vienne un pèlerin solitaire
Au pas d'un tranquille animal…

Le mulet et son cavalier croulaient l'un et l'autre sous les manuscrits et les rouleaux de parchemin. Ceux-ci s'entassaient dans les quatre sacoches qui battaient les flancs de l'animal ainsi que dans le sac de toile que le moine portait à sa ceinture. Gilbert réfléchit, tapotant ses lèvres du bout de sa plume. L'inspiration étant venue, il trempa la plume dans l'encrier et coucha deux nouveaux vers sur le parchemin :

– Satisfait de sa vie austère

Car sa quête est spirituelle...

Il avait prononcé « spiritualle », dans une tentative dérisoire pour faire rimer le mot avec « animal ». L'animal en question secoua la tête en soufflant par les naseaux d'un air de raillerie insultante. Gilbert lui décocha un regard noir :

– La critique est facile.

Il biffa néanmoins le dernier vers, mais cette correction ne parvint pas à apaiser le mulet qui se mit à braire en piétinant frénétiquement. La tablette de Gilbert heurta le sol avec un bruit sec tandis que l'encrier renversait son contenu sur sa composition. Il se cramponna aux rênes, s'efforçant de maîtriser l'animal.

– Holà ! Merlin... Ce n'était quand même pas si mauvais. Holà !

En guise de réponse, Merlin lança une ruade qui envoya le moine rejoindre sa tablette. Gilbert atterrit soutane par-dessus crucifix dans le champ de blé, au milieu de ses manuscrits éparpillés.

Il se rassit d'un air aussi digne que possible et considéra avec sévérité sa monture qui tremblait de tous ses membres.

– Je ne suis pas d'humeur à supporter un de tes caprices, Merlin, gronda Gilbert.

Puis il entreprit de rassembler ses manuscrits sans plus se préoccuper de la frayeur manifeste du mulet... ni de sa cause. Il ne remarqua ni le bruissement des feuilles dans son dos ni le serpent de fumée qui glissait vers lui entre les tiges.

Inconscient du danger, il brandit un rouleau de parchemin en direction du mulet terrifié :

– J'admets que jusqu'ici ma quête a été plutôt infructueuse, pour ne pas dire mortellement ennuyeuse. Mais songe à son noble but… Quelque chose va bientôt arriver !

Il ne croyait pas si bien dire.

Comme il gesticulait, le parchemin resta accroché derrière lui. Il se retourna et se trouva alors environné de fumée. En toussant, il agita la main afin de la chasser et heurta quelque chose… Un croc étincelant sur lequel était fiché son manuscrit. Un croc d'une longueur interminable, comme il le constata en voulant récupérer son bien, prolongeant un mufle couvert d'écailles et un naseau fumant. En arrière du mufle, un œil reptilien le regardait fixement à travers le blé et la fumée.

Un filet de salive s'écoula sur les doigts tremblants de Gilbert. Horrifié, celui-ci éloigna sa main alors que s'élevait un grondement à faire trembler les blés.

Gilbert s'écroula au sol en geignant, évitant de justesse le jet de flammes qui lui frisa la tonsure et s'abattit aux pieds de Merlin.

Poussant des hi-han paniqués, le mulet fit volte-face et fonça tête baissée dans le blé. Gilbert imita aussitôt son exemple, cherchant un abri illusoire dans le champ embrasé.

En jetant un regard par-dessus son épaule, il vit son poursuivant s'élever au-delà des épis de blé, de plus en plus haut. La tête dressée, il surveillait sa proie de son œil valide, l'autre étant recouvert d'une taie blanchâtre. Ses côtes transparaissaient sous sa peau balafrée. S'il agitait encore les ailes, c'était par pur réflexe car les membranes en étaient tellement déchiquetées qu'elles ne volaient plus depuis sans doute bien longtemps. Coincées entre ses dents restantes, on distinguait des tiges de blé mâchouillées – pas étonnant que le pauvre bougre soit si maigre ! La bave aux lèvres, il clopinait après sa proie sur des jambes grêles.

Serrant ses précieux manuscrits sur sa poitrine, Gilbert courait droit devant lui, couchant les épis sur son passage. Le feu se propageait vivement et la fumée l'égarait. Il percevait derrière lui la présence de son poursuivant, entrevoyait par instants des écailles, un bout d'aile ou de queue fouettant le vide, un œil terrible fixé sur lui.

La fumée était à présent aussi dense qu'un épais brouillard et le monstre semblait être partout autour de lui, devant lui, fonçant droit sur lui…

Gilbert tenta de s'arrêter net, mais ses sandales dérapèrent sur le sol. Un objet long et acéré venait de percer le rang de blé juste devant lui ! Ni griffe ni croc mais une lance. Poussant un gémissement, le moine affolé se jeta sur le sol dans un envol de manuscrits et de prières fébriles.

– Jésus !

Gilbert se signa et enfouit son visage dans ses mains, attendant l'inéluctable. Voyant qu'il n'était pas embroché, il risqua un regard à travers ses doigts et constata que la lance avait juste effleuré son épaule avant de se planter dans la terre meuble derrière lui. Puis il vit un cavalier fondre sur lui à travers un mur de blé. Gilbert blêmit ; à tout prendre, il aurait préféré être transpercé plutôt que piétiné. Mais le chevalier arrêta son coursier à quelques pas de lui et arracha sa lance du sol, lui décochant au passage un regard peu amène.

Le cœur déjà pantelant de Gilbert faillit crever sa poitrine à la vue de l'emblème décoloré – l'épée à l'intérieur du cercle – ornant le surcot dépenaillé du chevalier. Jusqu'ici, il ne l'avait jamais vu que sur des enluminures ou des tapisseries anciennes, ou décrit dans ses livres et ses parchemins... Souvenir d'un âge défunt, objet des rêves et des regrets des historiens et des poètes tels que lui.

Pour être tout à fait honnête, Gilbert aurait espéré un plus digne représentant de l'Ancien Code. Cette épave humaine, hirsute et mal rasée, était bien éloignée de l'idéal de chevalerie qu'il s'était forgé. Mais, moyennant un bon coup de peigne, un brin de toilette et des habits neufs, il aurait été assez présentable. En plus de son surcot en loques, il portait une cotte de mailles défraîchie, des hauts-de-chausses rapiécés et des bottes éraflées.

Son cheval et lui-même transportaient un véritable arsenal : estoc, lance, arc et flèches, massue, hache d'armes et bouclier. Celui-ci témoignait tristement de son activité en arborant une collection impressionnante de griffes de dragons.

– Imbécile ! pesta-t-il. Qu'est-ce que tu fais là ?

– Dra... dra... drag... bégaya Gilbert.

– Où ? s'impatienta le chevalier.

Gilbert indiqua la direction avec le rouleau de parchemin qu'il serrait dans sa main tremblante. Au même instant, les rangs de blé derrière eux parurent cracher des flammes dont le reflet se peignit sur leurs visages.

Gilbert poussa un cri strident, le chevalier lança son cheval à travers la fumée à la poursuite du dragon qui venait de disparaître derrière une hauteur.

Gilbert s'aperçut alors que le souffle brûlant du dragon avait enflammé le parchemin qu'il tenait toujours à la main. Il souffla dessus, puis le roula dans la terre afin de l'éteindre.

Un hurlement de douleur le fit brusquement se relever. Tout le champ bruissait d'une agitation frénétique et la fumée de l'incendie emplissait le ciel. La queue du dragon fouetta l'air puis retomba. Le blé se mit alors à trembler devant Gilbert. Quelque chose venait vers lui !

C'était le cheval, sans son cavalier. Gilbert tomba à genoux.

Sa prière fut exaucée : le chevalier était vivant, du moins pour le moment. Il se releva en prenant appui sur sa lance plantée à la verticale.

Un grondement terrifiant s'éleva, des convulsions furieuses firent trembler le manche de la lance au point que le tueur de dragon lâcha prise et disparut à la vue de Gilbert.

Celui-ci approcha, se guidant sur les remous du blé. Il y eut un râle, puis plus rien… Plus d'agitation, de trépidations ni de turbulences.

Le moine s'arrêta et tendit l'oreille. Pas un bruit. Encouragé, il risqua un coup d'œil entre deux tiges de blé… et vit la patte du dragon se dresser brusquement devant lui !

Gilbert fit un bond en arrière, chuta et releva la tête juste à temps pour voir la patte griffue se crisper, osciller dans l'espace puis retomber dans sa direction. Une griffe frôla le visage horrifié de Gilbert, trancha le cordon de sa ceinture et s'écrasa au sol entre ses jambes écartées, à quelques centimètres à peine de cette partie de lui-même qu'il désignait par euphémisme sous le nom de « bâton de vie ». Bien sûr, en tant que moine, il n'avait pas l'occasion de l'utiliser en tant que tel, aussi n'occupait-elle pas une place prépondérante dans son anatomie. Toutefois, elle pourvoyait à certaines fonctions naturelles qui auraient pu pâtir de sa mise hors d'usage ; aussi se réjouit-il de ce que la griffe du dragon l'ait en définitive épargnée.

Il considéra longuement la patte inerte et trouva enfin le courage de la toucher du doigt. Elle resta sans réaction.

– Il est mort, moine.

Le chevalier émergea de la fumée, debout sur le dos de la bête morte. Sa poitrine se soulevait encore des efforts qu'il venait de faire. La sueur et le sang sur ses joues et son front étincelaient sous l'action conjuguée du feu et du soleil. À présent, il avait toute la prestance d'un chevalier de l'Ancien Code. Le moine se releva tandis que le chevalier sautait à terre.

– Magnifique ! Merveilleux !

Porté par son enthousiasme, Gilbert entreprit de rassembler ses manuscrits épars tout en s'efforçant de renouer sa ceinture.

– Un acte héroïque, digne d'Arthur et de la Table Ronde. Jamais je n'ai vu une telle adresse !

– C'est que tu as mené l'existence retirée qui sied à un homme d'Église.

L'ombre d'un sourire vint briser le masque austère du chevalier. De la pointe de son épée, il tâtait la poitrine du dragon.

– Je suis également scribe, historien et poète.

Gilbert s'inclina, laissant tomber quelques parchemins, et le nœud de sa ceinture se défit à nouveau.

– Frère Gilbert de Glockenspur, pour vous servir… messire… ?

– Bowen, répondit le chevalier en relevant les écailles qui recouvraient le cœur du dragon.

– Messire Bowen, ma modeste personne doit son salut à votre prouesse inégalable, votre stupéfiante bravoure et votre épée superbe…

– Tu montres un don tout poétique pour l'exagération.

– Oh ! Messire, vous devriez lire mes chroniques ! Mais vous dépréciez votre propre talent. C'est une grande victoire pour vous-même et pour le Seigneur !

– Je Lui en laisse volontiers la jouissance.

Bowen passa la main sur le poitrail pâle et lisse qui paraissait sous les écailles du dragon, le seul endroit de son corps qui ne fût pas couturé de cicatrices, puis il examina ses ailes trouées d'un air las et dégoûté :

– Ce meurtre n'a rien de glorieux.

– Aussi modeste que valeureux, s'extasia Gilbert. Le Code de l'Ancienne Camelot n'est donc pas mort.

À ces mots, le chevalier releva vivement la tête, puis son regard hostile se teinta de tristesse. Secouant la mélancolie qui l'avait envahi d'un sourire sardonique, il trancha la plus longue griffe de la patte droite du dragon avec son épée.

– Ce n'est pas modestie de ma part, moine.

Un liquide rougeâtre et visqueux suintait de la patte mutilée ; une fois mort, les blessures d'un dragon n'émettaient plus de lumière.

– Je n'ai fait que hâter le terme du voyage de cette relique de Satan. Il était malade et affamé… Bah ! cela fait toujours un dragon de moins.

– Et de la viande pour tout un mois !

Le moine et le chevalier se retournèrent d'un même mouvement. Un paysan en haillons les dépassa en courant et se hissa sur la carcasse du dragon, suivi de plusieurs autres, tous armés de couteaux. Telle une nuée de vautours, ils eurent tôt fait de dépouiller le cadavre de ses écailles et de le dépecer. Ce rituel traduisait un tel désespoir que Gilbert en eut l'estomac chaviré. Tout aussi horrifié, Bowen se précipita pour les arrêter :

– Non ! Êtes-vous fous ? Il ne faut pas manger de cette viande ; elle est infecte.

– Erreur, chevalier, dit un vieillard en mordant dans une tranche de viande crue. Elle est excellente !

Le sang épais du dragon dégoulinait sur son menton. Écœuré, Bowen secoua la tête :

– Il ne peut rien venir de bon d'un dragon…

Il fut interrompu par un bruit de galop. Un seigneur coiffé d'un ridicule chapeau à plume accourait vers eux sur un cheval richement harnaché, flanqué de trois hommes d'armes.

– Pas question de vous goinfrer tant que vous n'aurez pas éteint ces feux, tas de lambins ! cracha-t-il d'une voix stridente. Repoussez-les vers les champs ! reprit-il à l'adresse de ses sbires.

– Bien, lord Felton !

Les trois ruffians chargèrent les affamés et les éloignèrent de la carcasse en les frappant de leurs cravaches et du plat de leurs épées. D'autres paysans étaient déjà descendus du village afin de combattre les feux.

Felton pointa un index impérieux et emperlé vers le champ enfumé :

– Si le blé du roi Einon brûle, vous grillerez avec lui !

Pendant que les trois sbires repoussaient les paysans vers le feu, Bowen s'approcha de l'arrogant seigneur.

– Ne les laissez pas manger de cette viande, insista-t-il. Elle est infecte.

– Elle est toujours assez bonne pour leurs palais grossiers, répondit Felton, balayant les inquiétudes de Bowen d'un sourire blasé. Ces manants ne sont pas des gourmets, messire.

– Ils n'en ont pas les moyens, milord, risqua Gilbert en ramassant ses manuscrits. Les temps sont durs.

– Pas pour tout le monde, bâilla Felton en faisant faire demi-tour à son cheval.

– Ils le sont pour moi, dit Bowen en le retenant par le licou.

– Oh ! non, messire, protesta Felton en souriant. Pas pour un chevalier aussi adroit que vous.

– Certes, milord, approuva Gilbert avec un enthousiasme exubérant. L'adresse de messire Bowen ne connaît point de rivale !

Bowen lui lança un regard noir, apparemment mécontent de cette avalanche de louanges.

– Messire Bowen, hein ? Merci, moine. Je parlerai de vous au roi, messire Bowen. Vous pouvez compter sur notre gratitude… et sur celle du roi Einon.

De nouveau, Felton fit mine de partir mais Bowen le retint encore :

– Je n'ai que faire de votre gratitude, mais je me satisferai de votre or… ou de celui du roi.

Felton haussa les sourcils et considéra la main de Bowen sur le licou de son cheval. Son sourire ne l'avait pas quitté, mais il s'était durci.

– De l'or, chevalier ?

– C'est ce dont nous étions convenus ! Une pleine bourse d'or pour chaque dragon tué.

Décidément, l'épée qui ornait le surcot du chevalier était bien décolorée… Ce discours mercenaire chagrina Gilbert. Un chevalier digne de ce nom combattait pour la gloire, non pour l'or.

– Votre honneur a donc un prix ? lâcha-t-il, incapable de dominer sa déception.

– En tout cas, il me coûte cher ! lui retourna Bowen, furieux. Ce n'est pas lui qui m'emplit la panse, qui ferre mon cheval ou entretient mon armure. Tout ce que je demande, reprit-il à l'adresse de Felton, c'est qu'on rémunère mes services à leur juste prix.

– Le moine a raison, fit Felton en arrachant ses rênes à Bowen. En tant que chevalier de ce royaume, il est de votre devoir de protéger les vassaux d'Einon.

– Je n'appartiens pas à ce royaume ! Je n'ai pas juré allégeance à Einon.

– Ah ! Encore un de ces vagabonds qui sèment le désordre dans nos campagnes, dit Felton avec une moue méprisante. Dans ce cas, passez votre chemin avant que je ne vous arrête pour... pour...

Pour quoi ? Gilbert attendit la suite avec curiosité. Bowen n'avait commis aucun délit. Felton désigna le dragon mort, faisant étinceler ses bagues au soleil :

– Pour avoir braconné le gibier du roi !

Felton retrouva subitement son sourire, ravi de sa trouvaille. Scandalisé, Gilbert s'avança pour protester mais Bowen le retint d'une main plaquée sur la poitrine. Un sourire crispé flottait sur ses lèvres. À le voir tripoter la garde de son épée, Gilbert comprit qu'il lui démangeait de donner une leçon à ce freluquet de Felton. Mais les hommes d'armes de celui-ci, en ayant terminé avec les paysans, s'approchèrent afin de donner plus de poids aux menaces de leur maître. Voyant cela, Bowen partit d'un grand rire, s'inclina devant Felton puis il tourna les talons et se dirigea vers son cheval qui paissait un peu plus loin.

– Je parlerai néanmoins de vous au roi, messire Bowen, lui lança Felton d'un ton qui laissait supposer que ce ne serait pas en bien. Comme vous le voyez, je n'ai pas oublié votre nom.

– Vous avez une excellente mémoire, lord Felton, railla Bowen. Je me demande si celle d'Einon sera aussi bonne, ajouta-t-il mystérieusement.

Gilbert fut brusquement distrait par une bourrade dans son dos. C'était Merlin qui venait lui flairer le cou. Il prit les rênes du mulet et s'approcha de Bowen qui se hissait en selle.

– Pardonnez-moi d'avoir mis en doute votre probité, messire chevalier, s'excusa-t-il. Mais nous vivons des temps tellement troublés...

– Tu l'as remarqué ?

D'un sourire las, Bowen signifia au moine qu'il lui donnait l'absolution.

– Vous m'avez sauvé la vie, reprit Gilbert en plongeant la main dans un des sacs pendus à sa selle. Permettez que je partage avec vous les aumônes des cœurs charitables...

D'entre les manuscrits roulés, il tira deux pièces de monnaie qu'il présenta à Bowen sur la paume de sa main. Le chevalier regarda d'abord les pièces, puis le moine d'un air de gratitude émue. Il se pencha mais au lieu de prendre les pièces, il replia les doigts de Gilbert et repoussa doucement sa main.

– Je ne suis pas tombé si bas que je doive voler l'argent de l'Église.

Les yeux de Gilbert tombèrent alors sur l'épée à l'intérieur du cercle. En définitive, ses couleurs n'étaient pas si fanées... Il ne pouvait pas laisser le chevalier partir ainsi ; il fallait qu'il lui parle. Ils étaient si rares, les rêveurs dans son genre… Comment un homme aussi jeune avait-il pu embrasser un idéal aussi ancien ?

– N'y voyez aucune insulte, messire. J'ai de la farine, de la viande de mouton et un certain talent culinaire. Vous plairait-il de partager mon dîner ?

– Ce soir, je serai déjà loin d'ici.

– Moi aussi. J'accomplis un pèlerinage.

Traînant Merlin par la bride, Gilbert trottinait au côté de Bowen, lequel poussait son cheval à gravir le talus menant à la route.

– Permettez-vous que nous voyagions ensemble ?

– La route est à tout le monde, à moins qu'Einon ne fasse payer le passage.

Cette dernière pique était adressée à Felton, devant lequel Bowen s'était trouvé obligé de passer. Son cheval franchit d'un bond la crête du talus, tandis que Gilbert se hissait sur le dos de Merlin et l'excitait des deux talons. Il inclina brièvement la tête en passant devant Felton. Le seigneur répondit à son salut d'un mouvement distrait de la main tout en suivant Bowen d'un regard à la fois pensif et étonné.

7

LA DÉLIVRANCE DE BARBE-ROUGE

– Un droit de passage, Votre Majesté !

Felton avait fini par oublier le nom du chevalier, mais pas le plus important à ses yeux. Encombré par son attirail de chasse, bousculé par Brok et ses acolytes, Felton avait le plus grand mal à rester à la hauteur du roi. À la tête des chasseurs, celui-ci venait de pénétrer dans la cour grouillante de serviteurs et d'ouvriers. Maçons et charpentiers s'activaient dans une forêt d'échafaudages, traînant des poutres, plaçant des étançons, cimentant des pierres. La prédiction d'Einon s'était réalisée : son château était plus grand que celui des Romains, et il n'était même pas encore achevé.

À travers ce capharnaüm, le roi et sa coterie se dirigèrent vers leurs chevaux qui les attendaient dans un coin de la cour, ainsi que les faucons encapuchonnés sur leurs perchoirs.

Felton exécrait les passe-temps sanglants du roi, ces traques exténuantes, ces journées passées en selle sous un soleil brûlant, l'odeur écœurante de charogne, de pisse de cheval et de corps mal lavés. Quel ridicule ! À quoi servaient donc les serviteurs, sinon à fournir en gibier la table de leur maître ? C'était par pur intérêt courtisan qu'il s'abaissait à prendre part à ces jeux, même s'il déplorait de n'y être pas plus habile.

Une fois, avec l'aide d'un serviteur, il avait planté une flèche dans le cadavre d'une biche qu'il avait dissimulé dans la forêt la nuit précédant la battue. Le lendemain, il avait fait semblant d'avoir repéré une biche dans les taillis, lui avait décoché une flèche et avait alors entraîné plusieurs de ses compagnons vers les fourrés pour leur faire admirer sa prise. Hélas, ils n'avaient découvert qu'une carcasse à moitié dévorée par quelque charognard. Quant à la flèche qu'il venait de tirer, elle vibrait encore, plantée dans le tronc d'un arbre voisin. Cette nuit-là, au cours du banquet, chacun y était allé de son couplet sur la « flèche magique de Felton », capable non seulement de se dédoubler mais aussi de dépecer une carcasse.

– Gare à ton plumage, damoiseau, grommela Brok en écartant violemment la plume du chapeau de Felton, de sorte à usurper sa place près du roi.

En tentant de s'immiscer, Felton se prit les pieds dans son arc. Ripostant au sourire narquois de Brok par un froncement de sourcils impérieux, il se retourna vers le roi qui venait d'enfourcher son cheval.

La couronne d'Einon épousait à présent parfaitement sa chevelure. Sa barbe clairsemée était du même blond pâle que celle-ci, quasi invisible sur sa peau laiteuse. Il la laissait pousser afin de se vieillir, quoiqu'elle lui donnât encore plus l'air d'un poupon... Un poupon grand et costaud, toutefois, aux yeux perçants, à la bouche cruelle, portant épée, poignard, arc et carquois.

Indifférent aux rivalités mesquines qui opposaient ses chevaliers, le roi promenait son regard sur le chantier en se caressant la poitrine, comme il en avait l'habitude dans ses moments de distraction. Une cicatrice barrait le dos de sa main, souvenir honteux de sa victoire déjà ancienne sur les rebelles.

Felton observait le va-et-vient de cette main royale, se demandant si le roi l'avait entendu.

– Un droit de passage ? répéta Einon d'un ton songeur en enfilant ses gants.

Felton se glissa prestement sous le coude de Brok, impatient d'activer le feu de sa brillante suggestion :

– Quoi de plus normal que les utilisateurs paient la construction de la route ?

Sur un geste ample, son bras s'emberlificota dans son arc. Une fois dépêtré, il le jeta avec indignation à un serviteur afin d'achever son exposé :

– Quant à ceux qui n'en ont pas les moyens, ils pourront toujours payer avec leurs bras !

Tous étaient suspendus aux lèvres d'Einon. Celles-ci esquissèrent un pâle sourire, puis le roi se pencha vers Felton, souleva son chapeau et toqua de l'index sur le crâne du courtisan :

– Très ingénieux, lord Felton !

Felton était ravi que le roi apprécie sa proposition autant que son nouveau chapeau. D'un air admiratif, le roi lissa la plume de paon entre ses doigts, puis il déposa le chapeau sur la tête de Felton, l'arrangeant avec soin :

– Quel dommage de cacher une tête aussi bien faite sous cet affreux chapeau.

Brok et les autres gloussèrent ; Felton s'inclina gracieusement et se promit mentalement de changer de tailleur. Brok cueillit un faucon sur son perchoir et le poussa vers le visage de Felton quand celui-ci se redressa. L'oiseau agita les ailes avec un cri perçant tandis que Felton battait en retraite.

– Il est dressé à chasser le paon, expliqua Brok.

Vexé, Felton se drapa dans sa dignité et tenta de sauter en selle, mais le poids de son équipement le coupa dans son élan.

– Envole-toi, beau paon !

Brok l'empoigna par le fond de sa culotte et le hissa en selle. Les autres éclatèrent de rire en voyant le pauvre Felton se cramponner au cou de son cheval, glisser et retomber sur le faucon de Brok qui piailla derechef et trancha d'un coup de bec la plume de son chapeau. Felton recula, poussant lui-même un cri qui augmenta encore la liesse générale. Seul Einon ne riait pas.

– Lord Brok, dit-il d'une voix calme qui doucha instantanément la gaieté des courtisans, certains hommes ont du flair pour débusquer le gibier, d'autres pour dénicher les écus. Les deux ont une égale valeur à mes yeux.

Felton redressa à la fois la tête et son chapeau, avec un sourire railleur à l'adresse de Brok. Toutefois, son triomphe fut de courte durée. Einon arracha l'arc de Felton des mains du serviteur et le lui lança, prenant le lord au dépourvu :

– N'oubliez pas votre arc, lord Felton. Vous pourriez croiser le chemin d'une bourse affamée.

Cette fois, Einon prit part à l'hilarité générale. Felton lui-même se fendit d'un petit rire chevrotant, histoire de prouver qu'il savait prendre la plaisanterie.

– En route !

Einon piqua des deux et franchit la porte du château, suivi par la troupe des courtisans. Felton fit faire un demi-tour à son cheval et leur emboîta le pas de mauvaise grâce. Dieu, comme il haïssait ce sport !

Kara rajusta sa capuche trouée, ramassa son seau et retraversa la carrière. En l'espace de quatre années, Einon avait creusé une cavité gigantesque dans le sol. Son château avait requis une énorme quantité de pierres et laissé la carrière exsangue, à l'image des paysans loqueteux et mal nourris qui y trimaient en plein soleil, sous le regard blasé de leurs gardiens.

Elle passait là un après-midi par semaine, comme l'y autorisait l'édit royal (ce n'était pas qu'Einon soit accessible à la pitié, mais la vue d'êtres chers enchaînés et réduits en esclavage était propre à décourager les velléités subversives). Les gardiens lui manifestaient la même indifférence qu'à leurs captifs. Pour sa part, elle évitait de se faire remarquer en se mêlant aux prisonniers, la tête courbée dans une attitude soumise. Elle enveloppait son corps mince dans une robe informe, dissimulait son beau visage et son opulente chevelure rousse dans l'ombre de son capuchon.

Tout en distribuant de l'eau aux esclaves assoiffés, elle se dirigeait vers un géant émacié occupé à dégrossir un bloc de pierre. Sa tignasse blanche striée de mèches rousses était nouée sur la nuque par un cordon de cuir. Il interrompit son travail en entendant Kara puiser de l'eau dans son seau derrière lui.

– Bois, père, dit-elle en lui présentant la louche.

Riagon se retourna vers sa fille. À la vue de ses yeux morts, de ses paupières flétries de cicatrices, elle songea au chevalier qui avait défié le roi pour les secourir… en vain.

Il n'avait pas fallu longtemps à Einon pour retrouver Riagon et mettre sa menace à exécution. Sachant que c'était inéluctable, Riagon avait abandonné sa fille une nuit et s'était livré afin de la sauver. Quatre années de ce sombre purgatoire avaient suffi à ruiner son corps robuste, à étouffer sa voix sous la poussière, à ensevelir sa fierté sous des tonnes de pierres. Kara se réjouit de ce qu'il ne pouvait voir ses larmes.

– Je t'ai dit de ne plus venir, Kara, fit-il d'une voix cassée.

– Je suis une enfant désobéissante, père. Tiens, bois.

– Plus une enfant, mais une femme. Et même sans yeux, je sais que tu es belle.

La main noueuse de Riagon chercha le visage de sa fille à tâtons. Elle la prit doucement et la guida vers sa joue qu'il caressa de ses doigts calleux et incrustés de poussière.

– Un jour, l'un ou l'autre de ces chiens le remarquera à son tour. Rentre à la maison, Kara, la supplia-t-il.

– Ma maison, c'est toi.

Kara baisa sa paume couverte d'ampoules, puis elle tira un quartier de viande des plis de sa robe et le fourra sous la chemise de son père :

– Tiens ça, pour plus tard. Maintenant, dépêche-toi de boire. Le gardien nous regarde, ajouta-t-elle en plaçant la louche dans sa main.

Comme il la portait à ses lèvres, une flèche vint la frapper, le forçant à lâcher prise. Trempé et stupéfait, Riagon eut un haut-le-corps. Kara fit volte-face, entendant un rire rauque dans son dos.

– Incroyable... Vraiment, Votre Altesse, quel coup splendide !

C'était un noble à l'air stupide, coiffé d'un chapeau ridicule, qui se répandait ainsi en flatteries. L'objet de son admiration abaissa alors son arc. Malgré les quatre années qui s'étaient écoulées, Kara reconnut à l'instant le Porcelet. Le décor de la carrière soulignait la pâleur cireuse de son teint. À en juger par le gibier – faisans, marcassins et même un cerf – qu'ils transportaient, lui et ses hommes revenaient de la forêt. Mais il semblait que pour Einon, la partie de chasse n'était pas encore terminée.

– Magnifique... Réellement magnifique, insista le gandin.

– Et rentable, avec ça, l'interrompit Einon. À moins que vous ne doubliez la mise, Felton ?

– Pari tenu ! s'exclama Felton. Entre ses jambes !

Einon banda son arc et décocha un nouveau trait. Avant que Kara ait pu prévenir son père, la flèche fila entre ses jambes et alla se fracasser sur un rocher derrière lui.

– Kara ! s'écria Barbe-rouge en tournant en tous sens.

– Reste tranquille, père !

– Le seau !

C'était Felton qui désignait ainsi une nouvelle cible à Einon, espérant récupérer sa mise. Kara vit la flèche fendre l'air et renverser le seau posé sur une pierre, éclaboussant les pieds de Riagon.

– Kara ! hurla celui-ci en reculant.

– Ne bouge pas !

Kara passa alors devant son père et s'avança résolument vers le Porcelet.

Elle le vit se rembrunir, surpris et indigné que quelqu'un ose ainsi le contrarier. Il banda à nouveau son arc et tira une quatrième flèche qui se planta dans le sol aux pieds de Kara. Espérant qu'il n'avait pas perçu son soupir soulagé, elle se remit en marche. Einon tira une autre flèche qui atterrit cette fois à un cheveu de son gros orteil gauche. Elle fit quelques pas de plus. Cette fois, Einon fit mine de la viser. Sans même broncher, elle continua d'avancer. Le sort en était jeté. S'il fallait qu'elle meure, autant que cela se fasse ainsi, proprement et rapidement. Mais au lieu de tirer, Einon abaissa son arc en fronçant ses sourcils crayeux.

– Tu ne manques pas de cran, pour une fille aussi rabat-joie, avoua-t-il avec réticence.

– Quelle joie Votre Majesté trouve-t-elle à tourmenter un pauvre aveugle ? le sermonna Kara, étonnée de sa propre audace. De grâce, laissez-le partir. Il ne peut vous faire aucun mal et votre château sera aussi vite achevé sans lui. Il est malade, fatigué, et ses mains sont pleines de rhumatismes…

Les yeux d'Einon tentaient de percer l'ombre de son capuchon tandis qu'il écoutait son plaidoyer avec attention et curiosité. De son côté, Kara le regardait se caresser distraitement la poitrine, à l'endroit même où elle avait plongé la lame de l'épée quatre ans plus tôt. Elle se demandait avec inquiétude s'il songeait à cette blessure… et s'il l'avait reconnue.

En vérité, ces quatre années l'avaient transformée plus profondément que lui… Si le temps s'était contenté de grandir le Porcelet, il avait sculpté les formes et les traits de la jeune fille tout en courbes délicates. Chaque jour qui passait étranglait un peu plus ses allures de garçon manqué dans les rets de cette beauté florissante. D'abord, elle n'en avait pris conscience qu'à travers les regards admiratifs, jaloux ou stupéfaits qu'on lui lançait. Puis elle avait commencé à prêter attention à ses lèvres pleines, à ses seins rebondis, à son front haut et à ses cils épais. Tout cela lui avait paru à la fois merveilleux, vaguement effrayant et quelque peu embarrassant… Vrai, Kara n'était plus l'enfant qui avait croisé la route d'Einon. Ces quatre années l'avaient beaucoup changée, et pas seulement au physique.

– Qui est ce chien, Brok ?

Quittant Kara, le regard d'Einon s'était posé sur Riagon qui demeurait dans une attitude indécise, ne comprenant rien à ce qui se passait autour de lui.

– Un de ces rebelles que vous avez écrasés, je crois, répondit Brok avec un haussement d'épaules.

Kara ne put s'empêcher de sourire. Non, Einon n'avait pas fait le lien entre elle et Riagon le Rouge, pas plus qu'il n'avait reconnu dans cet infirme aux cheveux blancs le géant à la crinière rousse qui avait tué son père. Un déferlement de violence aveugle avait suffi à étancher sa soif de vengeance. À ses yeux, plus rien ne distinguait Riagon de tous les paysans qu'il avait estropiés, cravachés ou massacrés... Un corps sans visage parmi tous les corps sans visage entassés dans la fosse commune de sa tyrannie. Dans cette indifférence même, Kara crut discerner un espoir.

– Il ne peut plus vous servir, monseigneur, plaida-t-elle. Et chaque jour passé dans les ténèbres lui rappelle son châtiment.

– Bien dit, approuva Einon d'un ton badin.

Avec ou sans couronne, songea Kara, un cochon demeure un cochon.

– Par pitié, sire... délivrez-le.

– Le délivrer ?

Une lueur trouble s'alluma dans les yeux pâles qui la dévisageaient :

– Accordé, jeune fille !

D'un geste si vif que l'œil ne pouvait le suivre, Einon tendit son arc et décocha une flèche qui atteignit Riagon en plein cœur, le renversant sur le bloc de pierre qu'il s'apprêtait à tailler. Kara demeura clouée sur place.

– J'ai toujours dit que la mort était une délivrance, philosopha le roi.

L'hilarité de ses nervis ne parvint pas à étouffer le cri de Kara :

– Père !

Comme elle se précipitait vers l'homme à terre, sa capuche se rabattit sur ses épaules, libérant son abondante chevelure rousse.

– Père…

Elle s'agenouilla auprès de Riagon et le serra dans ses bras.

– Kara…

La main noueuse de Barbe-rouge se referma sur le vide avant de retomber, sa tête roula sur la poitrine de sa fille qui berça son corps sans vie en sanglotant. Son bandeau ayant glissé, ses cheveux blancs se répandirent sur ses yeux aveugles.

Un bruit de cavalcade interrompit les pleurs de Kara. En relevant la tête, elle vit le Porcelet et ses larbins qui s'éloignaient. Einon se retourna pour lui lancer un dernier regard puis il éperonna son cheval afin de rattraper sa troupe, la laissant seule avec sa peine. Le marteau d'un forgeron frappant l'enclume semblait sonner le glas pour Riagon. Kara ramassa le bandeau de son père dans la poussière et le pressa sur son visage, le mouillant de ses larmes.

8

AVALLON

– Dans le val d'Avallon, la légende le dit
Dans un manteau de brume, le roi Arthur gît
Et les héros vaincus près de lui endormis…

Gilbert enfourna un autre quartier de viande dans sa bouche luisante de graisse. Sans prendre le temps d'avaler, il reprit la lecture de son parchemin, accompagnant sa récitation de postillons :

– Ô Avallon, en ces temps de repli
En l'honneur de tes morts, je t'en supplie
Fais-nous voir ta sagesse et tes secrets édits…

Gilbert se leva et se mit à marcher de long en large, marquant la cadence avec l'os de mouton qu'il tenait à la main. Bowen, qui mangeait à la romaine, se dressa tel un ressort en entendant la longue plainte emphatique qui débutait la troisième strophe :

– Ôôôôô Avallon, vallée radieuse, mettras-tu fin à mon dépit ?
Ramène les gloires défuntes et les empires détruits
Et chasse de ce monde les ténèbres maudi-i-tes…

Gilbert abaissa un regard plein d'espoir vers son public, mais Bowen, appuyé sur un coude, se contenta de mordre dans son morceau de viande. Gilbert engloutit goulûment sa propre portion, accroupi près du feu. Il escomptait toujours une réaction, mais seuls le crépitement des flammes et le clapotis de l'eau sur les galets de la berge où ils avaient établi leur camp troublaient le silence de la nuit… À la fin, Gilbert n'y tint plus :

– Eh bien, qu'en dites-vous ?

– Ce mouton est fameux…

Bowen jeta son os dans le feu et ramassa son bouclier. L'ayant posé sur ses genoux, il entreprit d'y fixer son dernier trophée à l'aide d'un cordon de cuir.

– Avallon n'est ni plus ni moins qu'une fable, moine.

Gilbert fut profondément froissé. Il pouvait tolérer qu'on critique sa poésie, mais pas son travail de chercheur :

– Une fable ? Balivernes !

Il plongea le bras dans sa sacoche et se mit à fourrager parmi sa pléthore de manuscrits :

– La preuve est quelque part ici… Non, là… Peu importe, je citerai de mémoire : « Dans le val d'Avallon, au faîte d'un tertre, Arthur repose parmi ses frères d'armes en un verger de pierres… » C'est extrait de la chronique de Gildas le Scribe. Les faits, mon ami, rien que les faits ! Le site d'Avallon est sacré. Le but de mon pèlerinage est de le retrouver.

– Que feras-tu alors ?

Bowen paraissait intrigué. Depuis deux jours qu'ils faisaient route ensemble, c'était la première fois que Gilbert le voyait manifester autre chose qu'un intérêt poli. Jusque-là, toutes ses tentatives pour le faire parler avaient échoué. Non que Bowen fût renfermé, mais il avait une propension désarmante à détourner la conversation de sa personne pour s'enquérir des opinions de Gilbert. Or, Gilbert avait des opinions sur tout et il ne demandait jamais mieux que de les faire connaître. Dans ces conditions, il n'avait encore rien pu apprendre de l'histoire du chevalier.

Mais, cette fois, on aurait dit qu'il avait mis le doigt sur un sujet sensible…

– Ce que je ferai alors ? Eh bien, j'invoquerai les âmes des héros qui y reposent… Le roi Arthur et les chevaliers de la Table Ronde.

– Il n'y a pas qu'Arthur qui se trouve à Avallon, mais aussi l'entrée du monde souterrain.

Bowen s'allongea par terre, la nuque calée sur sa selle.

– Aussi, sois prudent, moine. Les esprits que tu souhaites invoquer pourraient bien répondre à ton appel.

– Qu'ils viennent, et qu'ils restaurent l'Ancien Code des chevaliers.

– Ce ne sont pas tes prières qui ressusciteront ce spectre-ci, fit Bowen d'une voix teintée de nostalgie. Bonne nuit.

Gilbert poussa un soupir : la discussion était close. Mais la nuance de regret dans le ton de Bowen ne lui avait pas échappé, et les flammes avaient mis au jour la tristesse qui noyait son regard.

– Accompagne-moi, mon fils, implora Gilbert en se rapprochant. Tous les chevaliers poursuivent une quête. Je crois que les nôtres n'en font qu'une.

– Il faut être un homme de foi pour vouer sa vie à une légende, lui répondit une voix caverneuse. Moi, je n'ai foi qu'en mon épée. De plus, j'ai ma propre quête à accomplir.

– Laquelle ?

– Tuer les dragons… Surtout un.

Le visage qu'éclairaient les flammes à cet instant n'avait plus rien de mélancolique.

Le verre de vin à la main, Einon contemplait le feu d'un œil maussade. Il songeait à la forge de la carrière, à la jeune fille dont la silhouette se découpait devant le brasier, berçant un mort entre ses bras, à sa chevelure qui semblait se confondre avec les flammes… Un spectacle aussi saisissant que familier.

Aussi familier que les odeurs savoureuses et le brouhaha qui lui parvenaient de la salle du banquet où il avait laissé ses chevaliers se régaler de l'abondant produit de leur chasse. Il pouvait entendre leurs rires gras, les piaillements des catins, les mélodies des ménestrels… et le cri de la fille quand il avait abattu son père.

Einon but une longue gorgée de vin en se massant distraitement la poitrine. Ce faisant, son regard tomba sur la cicatrice qui barrait sa main. La fille avait dit que l'aveugle souffrait de rhumatismes. Il s'était souvent demandé si ce n'était pas là ce dont souffrait sa main. La douleur était apparue le jour où Bowen l'avait quitté… Le jour où il était devenu roi.

Elle s'était de nouveau manifestée un an plus tard, si lancinante qu'il en avait hurlé avant de s'écrouler. Après ça, il avait passé trois jours à se tordre sur son lit. Les médecins étaient apparus comme des incapables. Même les onguents de sa mère n'avaient pu le soulager, mais elle lui avait prédit la fin de son calvaire :

– Laisse à la blessure le temps de guérir, mon fils…

Le plus étrange, c'est qu'il n'y avait rien… Ni coupure ni morsure ni piqûre ; juste une douleur venue de nulle part et repartie sans laisser de trace.

Aislinn avait dit vrai : le mal s'était retiré au bout d'une semaine mais ses doigts étaient demeurés comme engourdis durant plusieurs mois. Craignant que cela ne dure, il avait fait l'effort d'apprendre à manier l'épée de la main gauche. Il n'était pas aussi adroit qu'avec la droite, mais cette façon de se battre était tellement inhabituelle qu'elle s'était avérée d'un emploi redoutable.

Sa main droite avait fini par retrouver toute sa force et sa souplesse. De temps en temps, il ressentait bien une légère raideur, comme un tic nerveux, mais, l'épée à la main, il ne craignait plus personne. Il frotta le fond de son gobelet sur la cicatrice livide, plus pâle encore que sa peau.

Peut-être sa main se ressentait-elle encore de la blessure que lui avait infligée le chef des rebelles, l'assassin de son père. Celui-là aussi, il l'avait aveuglé. Il se demanda ce qu'il était devenu. Sans doute était-il mort depuis longtemps en trimant à la carrière. La plupart n'y faisaient pas de vieux os, toujours en butte aux chutes de pierre, aux intempéries et à la dureté du travail. Curieusement, Einon avait oublié son visage. Tout ce qu'il se rappelait, c'était sa haute taille et la couleur de ses cheveux... Rouges, comme ceux de la fille.

Elle ne manquait pas de cran, pour s'être exposée ainsi à ses flèches. Ni de cran ni de fierté. C'étaient ses yeux qui avaient retenu la main d'Einon. Des yeux étonnamment las pour son âge et qui le défiaient pourtant. À ce moment-là, il n'avait encore rien vu de sa beauté, juste ses splendides yeux bruns, frangés de cils soyeux... Et il avait failli succomber à leur mépris. C'est pour cela qu'il avait tué le vieux, afin d'affirmer sa domination sur cette paysanne effrontée qui osait le braver de son regard envoûtant.

Et plus encore que ses yeux, il y avait ses cheveux. Ils s'étaient échappés de son capuchon quand elle avait couru vers son père, et avaient ruisselé sur son visage au moment où elle s'était agenouillée... Fascinant. Ses boucles rousses s'étaient comme entortillées autour de son cerveau et il avait le plus grand mal à en arracher ses pensées.

Ses cheveux rouges, une explosion solaire reflétée dans le brasier de la forge... Cette vision avait éveillé en lui un souvenir qui l'avait forcé à freiner son cheval et à se retourner, mais le regard hautain de la fille avait brouillé une fois de plus sa mémoire. De loin, elle lui avait paru si belle qu'il avait failli rebrousser chemin. Mais il avait craint que sa beauté ne soit qu'une illusion suscitée par le feu. Et puis, il redoutait ses yeux. C'étaient eux qui l'avaient chassé de la carrière, lui avaient fait cravacher son cheval et fuir comme un enfant apeuré.

Grommelant un juron, il versa les dernières gouttes de son gobelet dans les flammes qui les lapèrent avec avidité.

Bowen et Gilbert avançaient sur un sentier forestier tacheté d'ombre et de soleil. Le moine marchait près de Merlin, déclamant l'un de ses inépuisables parchemins. Toute la matinée, il s'était efforcé de ramener sur le tapis la conversation de la nuit écoulée. Mais, comme Bowen, loin de protester, semblait prêter une oreille bienveillante à ses bavardages, il s'était lancé dans un nouveau monologue, le chevalier n'intervenant à l'occasion que pour manifester son accord ou son désaccord, ou pour émettre un commentaire sans réelle portée. À dire vrai, Bowen était loin de partager la passion de Gilbert pour Avallon. Depuis le matin, il n'avait eu de cesse d'exhumer parchemin après parchemin afin de démontrer la validité de sa thèse.

– « … À sa mort, Arthur fut couché dans une vallée entourée d'eau et de brume… » Un texte de Cenwalh, écrit aux temps de Melwas !

Gilbert souligna sa citation d'un moulinet du bras… suivi d'une chute involontaire. Laissant échapper son manuscrit, il atterrit sur les genoux au fond d'une dépression creusée en plein chemin.

– Déjà en prières, moine ? s'esclaffa Bowen en mettant pied à terre pour l'aider. Aurais-tu déjà atteint le but de ton pèlerinage ?

– Un simple trou, tout ce qu'il y a d'ordinaire…

Gilbert prit la main que lui tendait Bowen et se releva tant bien que mal. Bowen brossa la poussière de ses épaules en le fixant avec grand sérieux. Gilbert arrangea soigneusement sa calotte et s'épongea le visage, craignant quelque saillie, mais l'air solennel de Bowen ne faisait qu'introduire sa question :

– Si tu finis par trouver Avallon, que demanderas-tu dans tes prières ?

Ah ! ah… Voilà qu'il avait piqué au vif la curiosité du chevalier.

– Je demanderai un sauveur pareil à ces héros défunts pour mettre un terme aux méfaits d'Einon.

– Einon est-il vraiment responsable ? interrogea mystérieusement Bowen en se baissant afin de ramasser le parchemin de Gilbert.

– L'obscurantisme de l'époque aurait-il fini par troubler votre esprit, chevalier ? postillonna-t-il. C'est Einon qui occupe le trône. Qui d'autre aurait pu commettre ces exactions à sa place ?

– Peut-être a-t-il été… ensorcelé ?

– Il est impossible d'ensorceler le diable lui-même, croyez-en un homme d'Église.

Gilbert se pencha par-dessus l'épaule de Bowen pour voir ce qui l'intriguait si fort. Mais avant qu'il ait pu seulement regarder, Bowen lui colla son parchemin sous le nez, se releva et se dirigea vers son coursier :

– Je te laisse le soin de débrouiller ces questions de doctrine. Adieu !

– Adieu ! reprit Gilbert d'un ton joyeux en agitant la main. *Adieu ?*

– Adieu ! répéta Bowen, comme s'il craignait qu'il n'ait mal entendu. Tu fus un agréable compagnon, mais c'est ici que nos routes se séparent. Je te souhaite bonne chance dans ta quête.

– Ma quête... ? Attendez !

Mais, déjà, Bowen dévalait la pente d'un ravin, les yeux rivés au sol. Gilbert empoigna les rênes de Merlin et entreprit de le suivre... pour tomber une seconde fois dans le même trou. Il se releva avec un soupir irrité, brossant les débris végétaux qui s'étaient accrochés à sa robe. Ses yeux s'agrandirent brusquement en découvrant ce que Bowen avait vu avant lui : le trou dans lequel il se trouvait n'était pas un trou... *mais l'empreinte gigantesque d'un dragon !*

9

DUEL

Bowen scrutait le lit peu profond du ruisseau. Les traces du dragon étaient parfaitement visibles, gravées dans la vase.

Avec un sourire satisfait, Bowen releva la tête et écouta le murmure apaisant de la cascade qui se déversait sur une corniche en surplomb. C'était là qu'il trouverait son dragon.

On aurait dit que sa retraite forcée allait enfin s'achever : après avoir passé six mois sans voir un seul dragon, il venait d'en rencontrer deux en moins d'une semaine. Il redressa sa lance et dirigea son cheval vers la chute d'eau. Il regrettait d'avoir pris si brutalement congé de Gilbert, mais sa première confrontation avec un dragon avait failli être fatale au pauvre bougre et il ne tenait pas à l'exposer à de nouveaux dangers. Le vieux débris du champ de blé ne lui avait pas opposé une grande résistance, mais qui sait ce qui l'attendait derrière la cascade ? Le moine avait constitué un agréable dérivatif à sa solitude. Un peu trop bavard, certes... Et comme poète, un vrai désastre. Mais il était sincère, bienveillant, et il avait un cœur d'or.

– Hou ! hou !

La voix provenait d'une pile de rochers étincelants comme l'argent au soleil. Gilbert apparut au sommet, soufflant et ahanant. Il traînait derrière lui sa sacoche bourrée de parchemins et agitait sa plume afin d'attirer son attention :

– Bowen ! Bowen...

Bowen jura entre ses dents et rebroussa chemin vers la berge. Le moine était perché sur une grosse pierre qui parut osciller quand il se mit à fourgonner dans sa sacoche.

– J'espère que je n'arrive pas trop tard ? demanda-t-il, tout excité.

– Que fais-tu ici, Gilbert ? lui souffla le chevalier d'un ton rageur.

– Je suis venu vous immortaliser ! répondit l'autre en brandissant sa plume.

– Chut ! fit Bowen, lançant un regard inquiet vers la grotte.

Le moine tira une bouteille d'encre de sa sacoche :

– Comment désirez-vous que j'écrive ?

– Le plus loin possible.

Le moine rit de bon cœur et fouilla derechef dans son sac :

– De grâce, ne vous inquiétez pas de mon sort.

La voix de Gilbert couvrait même le bruit de la chute d'eau, au grand dépit de Bowen.

– Non, je voulais parler du style. M'autorisez-vous quelques fioritures, ou préférez-vous que je m'en tienne aux faits ?

Bouillant de rage, Bowen transperça de sa lance le parchemin vierge qu'il venait de dérouler :

– Pourquoi ne poses-tu pas plutôt la question au dragon ? Déguerpis !

Une stupeur douloureuse se peignit sur les traits de Gilbert. Puis il s'avança jusqu'au bord de la pierre, bravant Bowen du regard :

– Vous pouvez être fier ! dit-il avec une moue renfrognée en arrachant son parchemin.

La pierre chancela légèrement sous lui ; elle chancela de plus belle quand il la frappa du pied pour mieux exprimer son indignation :

– Je parle de consigner vos exploits pour la postérité et vous, vous tentez de museler la vérité ! À quoi bon pourchasser et terrasser les dragons si personne n'en entend parler ?

Le rocher instable trembla sous la sandale de Gilbert ; déséquilibré, le moine chut sur son postérieur. Sitôt rétabli, il étala son parchemin à même la pierre, trempa sa plume dans l'encrier et commença à écrire d'un air de défi, comme s'il avait l'intention de demeurer là toute sa vie. Avant que Bowen ait pu l'arrêter, il reprit sa diatribe :

– Sans mes semblables, vous ne seriez rien. Ce sont les aèdes qui font les héros. Ma plume est plus puissante que votre épée !

– Chut !

– Vous ne ferez pas taire l'Histoire, mon ami. Sa voix résonne pour l'éternité !

– Si tu ne parles pas plus bas, celle-ci pourrait bien débuter plus tôt que tu ne l'escomptes pour nous deux !

Le ton frénétique de Bowen, sa mimique furieuse et sa lance pointée en direction de la chute d'eau finirent par attirer l'attention de Gilbert.

– Seigneur !

Le moine plaqua une main sur sa bouche, mais il était trop tard pour retenir son exclamation.

– Désolé, chuchota-t-il avec un sourire contrit. L'effet de surprise, bien sûr…

– C'*était* mon intention, soupira Bowen. À présent, va-t'en.

– Je reste.

– Es-tu fou ?

– Le courage du témoin ne saurait être moindre que celui du héros…

Gilbert s'était relevé et lancé dans une nouvelle tirade, accompagnée de larges moulinets de sa plume. Celle-ci éclaboussait de son encre le rocher qui se mit brusquement à bouger. Bowen vit sa surface se craqueler et s'entrouvrir, dévoilant un œil immense et taché d'encre. Gilbert était toujours occupé à vanter sa bravoure, ignorant l'épreuve qui attendait celle-ci.

– Vous verrez que je… je… je… je…

– Gilbert !

Le cri de Bowen survint trop tard… Un grondement furibond ébranla les pierres qui dégringolèrent dans le lac. Comme il s'efforçait de calmer son cheval, Bowen vit Gilbert basculer dans le vide. Il se baissa juste à temps pour éviter le moine qui piqua la tête la première dans la baie. Bowen regagna la berge. À la place de l'amas rocheux qu'avait escaladé Gilbert s'étendait maintenant une bande de sable. Un nouveau bruit de plongeon le fit se retourner… juste à temps pour voir la queue d'un dragon onduler à la surface du lac.

Bowen bondit et planta sa lance dans l'eau, mais déjà la queue avait disparu derrière la cascade.

Son cheval se cabra devant le rideau liquide qui laissait apercevoir l'imposante silhouette du monstre.

– Sors de là, espèce de lâche ! lui cria-t-il.

– Passe ton chemin ! lui répondit une voix lasse.

– Sors, ou je viens te chercher.

– À ta guise...

Une cuirasse cabossée surgit brusquement de derrière la chute d'eau et vint s'écraser au pied du cheval de Bowen.

– C'est tout ce qui reste du dernier gaillard qui a cru devoir entrer ici sans y avoir été invité.

– Ce n'est pas ça qui va me faire reculer.

– Vraiment ? Et ça ? *Et ça ?*

Un monceau d'os et de pièces d'armures jaillit alors de la cascade et s'écrasa sur Gilbert qui tentait de se relever. Il était juste parvenu à s'en dépêtrer quand le squelette d'un cheval avec son cavalier s'élança à son tour. Il se disloqua dans sa chute, soulevant une gerbe d'eau qui expédia de nouveau Gilbert par le fond. La tête casquée atterrit sur ses genoux. Il poussa un couinement, jongla avec le crâne, puis il se figea, bouche bée, et l'examina avec soin : le casque à plumet était celui d'un centurion.

– Regardez, Bowen... Un Romain ! C'est incroyable !

– Vraiment, Gilbert, le moment est mal choisi pour une de tes leçons d'histoire.

– C'est *moi* qui fais la leçon, chevalier, gronda la voix derrière la cascade. Et tu ferais mieux de m'écouter, si tu ne veux pas que l'histoire se répète. J'en ai toute une collection, là-dedans.

– Tu n'auras pas le plaisir de m'y inclure !

Visant l'ombre, Bowen projeta sa lance à travers le rideau liquide. Elle s'immobilisa avec un bruit mat. Son manche encore vibrant émergeait de la cascade.

– Joli coup, messire chevalier !

Le moine approcha, brandissant joyeusement le casque à plumet. Délogé, le crâne tomba dans l'eau où il s'abîma... à l'instar de l'éphémère triomphe de Bowen. Un craquement sonore retentit. Bowen et Gilbert, s'étant retournés, virent la lance de Bowen aspirée derrière la chute d'eau. Il y eut de nouveaux craquements, chacun raccourcissant un peu plus la lance qui finit par disparaître et resurgit brusquement sous forme de débris. Poussant un grondement rageur, Bowen leva son bouclier et lança son cheval à travers la cascade.

Il aurait dû être plus prudent, ne pas sortir en plein jour. Mais l'eau était si fraîche, le ciel si radieux... Il s'était dit que le jeu en valait la chandelle. Il avait eu tort.

Il aurait dû redoubler de précautions, surtout depuis l'assassinat de l'Ancien, quelques jours auparavant. Les liens invisibles et mystérieux qui unissaient ses congénères entre eux l'avaient informé de sa mort, évoquant du même coup le spectre terrible de la solitude. Tout seul… lui, le dernier de sa race.

Mais cet avertissement n'avait fait qu'attiser sa soif de soleil. Il aurait dû faire corps avec la nuit, se placer sous la protection des étoiles. Mais celles-ci étaient hors de portée. Il n'y aurait personne pour pleurer sa mort quand elle surviendrait… Cette mort qu'il pressentait et redoutait à la fois.

Vrai, il s'était montré négligent… Mais ce n'était pas encore aujourd'hui qu'il mourrait. Il cracha un bouquet de flammes vers le chevalier émergeant de la cascade sur son cheval, mais il s'abrita derrière son bouclier. Une pluie d'étincelles s'abattit sur le sol de la grotte dans un concert de fumée et de crépitements.

– L'endroit est un peu humide pour faire du feu, railla le chevalier en levant les yeux vers la corniche où perchait le dragon.

– Laisse-moi en paix ! Va plutôt secourir une damoiselle ou gagner un tournoi. Pourquoi les chevaliers errants éprouvent-ils tous le besoin d'établir leur réputation sur notre dos ?

– Ma réputation est déjà bien établie, lui rétorqua le chevalier. Moi-même, j'ai entamé une collection.

Le chevalier dirigea son bouclier vers la lumière qui se décomposait en traversant la chute d'eau, parant les griffes des couleurs de l'arc-en-ciel.

– Ah ! fit le dragon avec mépris. Je vois… Un mercenaire.

Piqué au vif, le chevalier répliqua avec humeur :

– Il faut bien vivre. Et il n'y a rien de déshonorant à débarrasser le pays de tes semblables.

Le dragon fut frappé par le malaise qui imprégnait sa réponse. On aurait dit qu'il s'excusait ou qu'il tentait de se convaincre lui-même. Une sensibilité plutôt rare chez un tueur. En tout cas, il avait raison sur au moins un point :

– C'est vrai, il faut bien vivre, acquiesça le dragon d'un air grave, comme à regret. Il va bien falloir en passer par là, puisque c'est ton moyen de subsistance.

– Ne t'en flatte pas, reprit le chevalier en tirant l'épée. Cette fois, je ne le fais pas par intérêt mais pour le plaisir.

– Un plaisir peut-être plus coûteux que tu ne le penses.

– Tout ce qu'il va te coûter, c'est la plus longue griffe de ta patte droite.

– Erreur, gloussa le dragon d'une voix rauque en étendant ladite patte.

Seuls le pouce et l'avant-dernier doigt étaient intacts. Le petit doigt avait été sectionné à la base et celui du milieu avait perdu sa dernière phalange ainsi que sa griffe.

– Un autre t'a devancé, persifla-t-il.

De sa patte mutilée, il tira un squelette du tas d'os et d'armures qui jonchait son perchoir.

– Celui-ci... pour ce que ça lui a servi !

Il précipita du haut de la corniche le squelette qui s'écrasa dans l'eau en éclaboussant le chevalier. Comme celui-ci s'efforçait de maîtriser sa monture, un rai de lumière frappa la lame de son épée.

Le dragon exhala un sifflement surpris en découvrant *l'empreinte de sa griffe,* gravée dans l'acier de la lame. Doux astres du paradis... songea-t-il. Un jour ou l'autre, nos erreurs finissent toujours par nous rattraper. Puis il s'élança dans le vide.

Gilbert refit surface juste comme Bowen franchissait la chute d'eau. Voyant sa sacoche flotter près de lui, il la rattrapa et commença à improviser tout en cherchant fébrilement une plume et un parchemin de rechange :

– Ainsi se jeta-t-il dans l'antre du Malin
Au mépris d'un sort incertain
Pour conduire la bête à sa fin...

Il y eut un souffle violent, un hennissement apeuré puis un torrent de flammes qui teinta l'écran d'eau de reflets sanglants. La cataracte exhala un nuage de vapeur si puissant qu'il renversa Gilbert. Il s'ébroua une nouvelle fois et reconsidéra son ouverture :

– Au mépris d'un sort incertain
Capable de le mener à sa fin !

En fouillant sa sacoche dégoulinante, il parvint à dénicher un vélin à peu près sec. Jonglant avec son encrier et sa plume, il se remit à gribouiller furieusement. Dans cette position peu commode, il s'approcha de la chute d'eau, intrigué par le silence qui régnait maintenant derrière elle.

– Messire Bowen ? appela-t-il, mais seul lui répondit le bruissement régulier de l'eau.

Il retourna illico à son épopée :

– Un silence stygien scelle
Du preux guerrier le sort
Les flammes du dragon l'ont-elles
En ce lieu laissé pour mort…

Bowen !

Gilbert cria à nouveau le nom de son héros. Cette fois, une réponse lui parvint sous la forme d'un tourbillon d'air et d'eau. Le dragon jaillit de la cascade, déployant ses ailes immenses et magnifiques. Sa peau présentait par endroits des reflets irisés. Gilbert leva vers le monstre un regard empli de stupeur.

– Gare devant !

Bowen émergea de la grotte au grand galop, faisant tournoyer un filet au-dessus de sa tête. Gilbert but une nouvelle fois la tasse tandis que le cheval et son cavalier s'élançaient à la poursuite du dragon.

En tendant le cou, Gilbert vit Bowen lancer son filet vers le ciel et capturer dans ses mailles une des pattes de derrière du dragon. D'un geste vif, le chevalier enroula la chaîne retenant le filet autour du pommeau de sa selle et serra la bride à son coursier. Le dragon s'arrêta également, demeurant en suspens dans les airs.

– Alléluia ! Bénis soient les saints !

En même temps qu'il donnait libre cours à son enthousiasme, l'inspiration lui vint :

– Ô vaillant chevalier,
D'un héros tu connaîtras le sort…

À cet instant, les sangles de la selle cédèrent. Cramponné à la chaîne, Bowen fut arraché du dos de son cheval, traîné dans la vase et sur la berge, jusque dans la forêt où il disparut. Consterné, Gilbert ne put que balbutier :

– Ô dragon redouté,
Sera-ce toi le vainqueur ?

10

DANS LA GUEULE DU DRAGON

Les fesses calées sur sa selle et les pieds dans les étriers, Bowen se cramponnait de toutes ses forces à la chaîne qui l'entraînait à travers le sous-bois, par-dessus les arbres morts et les cailloux pointus, la bouche pleine de feuilles et de terre. À un moment, la selle se renversa sur lui et les griffes fixées à son bouclier tracèrent des sillons dans l'humus. Les oiseaux fuyaient à tire-d'aile, les petits animaux filaient dans les fourrés à son approche.

Tout à coup, la selle s'immobilisa contre un tronc d'arbre, la chaîne tendue à son maximum. Stoppé en plein vol, le dragon fit volte-face et cracha un flot de flammes sur la chaîne, sans résultat. Quand il eut retrouvé son souffle, Bowen vit le monstre qui se débattait furieusement et il se dépêcha d'enrouler la chaîne autour de la souche afin d'assurer sa prise. Un bruit de sabots lui fit alors tourner la tête : c'était Gilbert qui accourait, monté sur Merlin.

– Vous n'êtes pas blessé ? s'inquiéta le moine, prêt à faire feu de la plume et de l'encrier.

Avant que Bowen ait pu lui répondre, la souche fut brusquement arrachée de terre. Bowen, la selle et l'arbre décollèrent à leur tour du sol, tourbillonnant au gré des efforts du dragon.

Forêt, ciel, souche, selle et dragon se mirent à tournoyer devant les yeux de Bowen, puis un mur d'écorce se dressa devant lui. Un arbre... Non, deux arbres aux branches enlacées.

Mais comme le dragon fonçait droit sur eux, il parvint à escalader celui des deux troncs qui s'inclinait vers l'autre. Quand la chaîne fila entre les branches faîtières du second arbre, il se retrouva suspendu dans le vide tandis que la selle et la souche s'écrasaient plus bas dans les rameaux.

Fort de son élan, le dragon déracina en partie l'arbre fourchu, déséquilibrant le second. Bowen heurta le sol une seconde avant que l'énorme tronc ne bascule vers lui, le ratant de quelques centimètres. À travers les branches, il vit le dragon toujours enchaîné piquer et disparaître derrière un bouquet d'arbres.

Un choc violent fit trembler le sol, soulevant un nuage de terre noirâtre.

Prenant appui sur le tronc, Bowen se releva en titubant, tira son épée, détacha son bouclier et suivit la trace de la chaîne jusqu'à une clairière.

Couché sur un lit de branches brisées, le dragon tirait rageusement sur le filet qui emprisonnait sa patte. Son atterrissage semblait l'avoir quelque peu sonné.

– Tu refuses un combat loyal ? lui lança Bowen en le chargeant. Quelle sorte de dragon es-tu donc ?

– Tu ne vivras pas assez vieux pour le savoir !

L'épée de Bowen s'abattit sur la patte mutilée du dragon qui riposta avec la gauche :

– Tu voulais voir mes griffes ? Les voici !

Le monstre planta ses serres dans le bouclier et le tira vers lui, soulevant Bowen dans les airs. Mais, comme il l'approchait de son mufle, ses yeux s'agrandirent d'un coup et il lâcha prise. Bowen roula à terre avec son bouclier. Il se releva, brandissant son épée. Le dragon, comme pétrifié, le fixait d'un air hébété.

– Quelque vieille connaissance ? plaisanta Bowen en désignant son dernier trophée de la pointe de son épée.

– C'est donc *toi* qui as tué l'Ancien...

Comme Bowen lui allongeait une botte, de la fumée jaillit des narines du dragon. Bowen se baissa vivement et les flammes s'abattirent sur le sol.

– Tu veux parler de cette pitoyable loque, cette parodie de dragon ? Eh bien, oui... C'est moi qui ai mis fin à ses souffrances.

Il esquiva une nouvelle boule de flammes.

– Ça faisait douze avec lui, mentit Bowen – s'il y avait bien douze griffes, il n'avait tué que onze dragons. Et toi, tu seras le treizième.

Le dragon réagit au sarcasme en retroussant les écailles de sa queue, dévoilant leurs arêtes vives. Il en assena un coup sur l'épée de Bowen qui manqua de tomber. La fois d'après, il visa ses jambes mais le chevalier esquiva d'un bond.

– Bien joué ! s'esclaffa Bowen, s'efforçant de dissimuler sa nervosité. Il y a longtemps que je n'avais pas rencontré pareille résistance.

– Cela ne se reproduira plus, répliqua le dragon en dressant de nouveau sa queue.

Cette fois, Bowen eut tout juste le temps de se baisser avant qu'elle ne fende en deux l'arbre derrière lui. Le tronc s'abattit dans un grand fracas et Bowen plongea dessous pour éviter un nouveau coup.

La queue retomba sur le tronc à terre, le débitant en rondelles comme un vulgaire saucisson. Bowen roula sur le flanc, précédant de quelques centimètres la queue redoutable qui finit par rester fichée dans le tronc. Le dragon tenta de se libérer en frappant violemment celui-ci contre le sol.

– Un peu trop confiant, non ? railla Bowen en se relevant.

Le dragon pivota sur ses talons pour faire face à son adversaire qui s'avançait vers lui avec précaution :

– Si tu gagnes, tu vas te trouver désœuvré.

– Pas tant que je ne vous aurai pas exterminés jusqu'au dernier.

– Le dernier, c'est *moi*.

Bowen s'arrêta net… et faillit se faire rôtir sur pied. D'un bond, il s'abrita derrière le tronc d'arbre.

– Encore une de tes ruses pour sauver ta vieille peau !

Bowen risqua un œil furibard par-dessus le tronc et rentra bien vite la tête dans les épaules. Un nouveau jet de flammes lui frisa le crâne et explosa juste dans son dos.

– Tu n'as pas remarqué que le gibier se faisait plus rare ces derniers temps ?

Il l'avait remarqué… Mais si ce dragon était le dernier de sa race, cela signifiait que celui qu'il recherchait était déjà mort. Il rampa vers le dragon et lui désigna familièrement la dernière pièce qu'il avait ajoutée à sa collection :

– Et ton regretté ami ?

– Et avant lui ? Combien de temps s'était-il écoulé ?

Bowen s'attendait à un coup de patte ou à un nouveau torrent de flammes, mais le dragon le laissa approcher en le suivant d'un regard las.

– L'Ancien et moi étions les derniers. Il était très âgé. Un bel exploit, en vérité, cracha-t-il avec mépris. Combien sa vieille carcasse t'a-t-elle rapporté ?

– Mêle-toi de tes affaires ! grogna Bowen.

Le dragon avait mis le doigt sur un point sensible. Ce ladre de Felton, avec son chapeau grotesque… Il regretta derechef de ne pas lui avoir passé son épée à travers le corps.

– Pas grand-chose, j'imagine, persifla le dragon. Quant à moi, tu ne gagneras rien à me tuer. En vérité, la profession de tueur de dragon me paraît très menacée.

Continue de jacasser, espèce de lézard obèse, songeait Bowen à cet instant. Encore quelques pas, et je te ferai rentrer tes sarcasmes dans la gorge. Tu ne peux pas être le dernier… C'est impossible. Continue de parler.

Le dragon ne demandait pas mieux que de l'obliger :

– Comment comptes-tu gagner ta vie quand tu n'auras plus de dragon à massacrer ?

– Vas-tu te taire, à la fin ?

C'était le moment... Pour s'approcher du dragon, Bowen avait dû enjamber la chaîne. Quand il s'élança, le dragon n'eut qu'à bouger le pied pour tendre celle-ci d'un coup sec. Touché au bas-ventre, Bowen poussa un cri et s'écroula en lâchant son bouclier.

Le dragon se rua en avant, écartant démesurément ses mâchoires plantées de canines acérées. Réduit à l'impuissance, Bowen vit la gueule sombre du dragon fondre sur lui à toute allure.

D'un coup de talon dans le flanc, Gilbert décida Merlin à avancer vers le nuage de poussière dans lequel avait disparu le dragon. Il ne lui vint même pas à l'esprit que le mulet pouvait avoir de bonnes raisons d'hésiter à gagner les parages d'un dragon, attendu qu'il ne partageait pas les dispositions suicidaires de son maître. Mais que pesait l'instinct de conservation d'une bête de somme face aux transports poétiques ?

– L'épée frappe le croc,
La flamme frappe l'écu.
Homme ou bête, lequel vaincra tantôt ?
Euh... euh...

Privé à la fois de repères et d'inspiration, Gilbert scruta le sol avec attention et finit par y découvrir des branches brisées et des mottes de terre retournée. Éperonnant son mulet, il se mit en devoir de trouver une rime :

– Écu, pentu, repu... « Lequel de l'autre sera repu » ? Non, non, non... Ah !

Un trait de génie venait une fois encore de titiller son imagination :

– L'épée frappe le croc,
La flamme frappe l'écu
Homme ou bête, lequel vaincra tantôt ?
Lequel ce soir aura vécu ?

Gilbert haussa les épaules. Ce dernier vers n'avait rien d'un chef-d'œuvre, mais il permettait de se rincer la bouche avant la strophe suivante.

Un éclair de feu brilla derrière une rangée d'arbres. Merlin s'arrêta net. Gilbert aperçut la souche, la selle et l'extrémité de la chaîne toujours accrochées à la fourche de l'arbre. Comme il mettait le pied à terre, d'autres flammes s'élevèrent derrière les arbres. Tenant toujours sa plume et son parchemin, le moine se hâta vers le lieu du combat, redoutant de manquer la mise à mort.

Il avait tort de s'inquiéter.

Quand il fit irruption dans la clairière, le dragon soulevait Bowen entre ses mâchoires béantes. Poussant un cri strident, il se couvrit les yeux de ses mains.

– Si tu refermes la gueule, j'enfonce mon épée. Droit dans ta cervelle !

La voix de Bowen… Gilbert risqua un œil entre ses doigts et poussa un nouveau cri, cette fois de soulagement. Bowen se trouvait toujours dans la gueule du dragon, mais il appuyait la pointe de son épée contre le palais de celui-ci. Ni l'un ni l'autre n'osaient plus faire le moindre geste.

11

À PROPOS D'UNE MAIN

La nuit les surprit dans la même posture.

Gilbert leva le nez de son parchemin. Les mâchoires du dragon étaient toujours écartées au maximum et Bowen avait fait passer son épée dans la main gauche. Cela durait ainsi depuis des heures. Gilbert bâilla et nota :

– Jusqu'au soir, s'affrontent les Titans
En un combat mortel.
Oh ! Lequel ira triomphant,
Quel sang… rougira… le sol…

La tête de Gilbert s'affaissa sur son parchemin et il s'endormit.

Accroupi dans la gueule du dragon, Bowen surveillait les crocs au-dessus de sa tête. Il tenta subrepticement de pousser un peu plus son épée.

– Fi tu l'enfonfes, ve efe'me mes mâfoi'es, articula péniblement le dragon.

Bowen saisit néanmoins le message et relâcha son bras avec un soupir. De sa place, il jouissait d'une vue imprenable sur la denture du dragon, un avantage dont il se serait volontiers passé. Il distingua un bout d'étoffe coincé entre deux molaires. Intrigué, il tira... C'était une manche d'où dépassait une main réduite à l'état de squelette. Bowen reconnut aussitôt la bague passée à son annulaire.

– Seigneur... Eglamore !

Avec un haut-le-corps, il lança la main au loin. Il n'était jamais agréable de serrer la main d'un cadavre en décomposition, à plus forte raison s'il s'agissait d'une vieille connaissance... Bien qu'il n'ait jamais pu souffrir ce balourd d'Eglamore.

– Merfi!

Bowen sentit la langue du dragon frémir sous lui.

– Fa faivait des mois que f'était là. Pou'ais-tu ôter ton cou'e de ma langue ?

– Pourquoi devrais-je te faire ce plaisir ? Cela fait des heures que tu baves sur ma cotte de mailles. Avec ça, tu empestes de la gueule.

– Pou' fû', avec fet Eglamo' qui pou'iffait ent'e mes molai'es. V'ai une de fes foifs...

Une toux caverneuse monta alors de la gorge du dragon, agitant sa langue de soubresauts. Suffoqué par son haleine fétide, Bowen eut le plus grand mal à garder son équilibre.

– Si tu t'avises de me faire rôtir, je te promets de planter cette lame entre tes deux yeux !

Ce ne furent pas des flammes qui jaillirent de la gorge du dragon mais un énorme crachat verdâtre, tiède et visqueux, qui se répandit sur Bowen. Avec un grognement dégoûté, celui-ci s'essuya le visage.

– Tu pourrais faire attention !

– Deffends de ma 'angue, qu'on pa' un peu.

Sans bouger son épée, Bowen se déplaça afin de libérer la langue du dragon.

– Ahhh ! soupira celui-ci. Ça va mieux...

Sa langue vint alors frapper la joue de Bowen qui la repoussa d'un geste brusque.

– Tu permets ?

– Désolé. On est dans l'impasse, tu ne trouves pas ?

– Je peux rester trois jours sans dormir, affirma Bowen sans broncher.

– Et moi, trois semaines.

– Je te tuerai avant de m'endormir, riposta Bowen, quelque peu ébranlé.

– Et moi, je ne ferai qu'une bouchée de toi ! répliqua le dragon en le giflant de nouveau. À quoi cela nous servirait-il de nous entre-tuer ?

– Qu'est-ce que tu proposes ?

– Une trêve. Sors de là, et discutons-en tête à tête.

Trop heureux de prendre l'air, Bowen lança une jambe par-dessus la mâchoire du dragon mais, au moment d'ôter son épée, un doute s'empara de lui :

– Comment te faire confiance ?

– Tu as ma parole.

– La parole d'un dragon ne vaut rien.

– Rustre !

Exaspéré, le dragon fit claquer sa langue qui atteignit Bowen en pleine poitrine, l'envoyant bouler sur l'herbe de la clairière. Avant qu'il ait pu récupérer son épée, une patte écailleuse le cloua au sol. Le dragon tendit le cou, dardant sur Bowen son regard brûlant, et secoua la tête afin de remboîter ses mâchoires.

– La parole d'un dragon ! railla Bowen. Qu'est-ce que tu attends pour m'achever ?

– Je ne veux pas te tuer ! gronda le dragon.

Puis il leva les yeux vers le ciel criblé d'étoiles et reprit d'un ton posé, presque solennel :

– Je ne veux pas non plus que tu me tues...

Son regard incandescent revint se poser sur Bowen et sa voix se teinta brusquement de colère :

– Si tu gagnes, tu perdras du même coup ton moyen de survie. Si c'est moi qui l'emporte, il viendra tôt ou tard un autre spadassin décidé à se tailler une réputation sur mon dos... Une perspective peu enviable, je puis te l'assurer.

De nouveau, son regard parut chercher quelque chose dans la voûte nocturne qui s'étendait au-dessus d'eux et sa gorge exhala une plainte angoissée :

– Je suis las de me terrer dans des cavernes et d'errer dans des ténèbres éternelles. Ma vie ne vaut peut-être pas grand-chose, mais je ne dois pas...

Un frisson le secoua, laissant sa phrase en suspens. Tournant une fois de plus son regard vers les étoiles, il se mit à serrer et desserrer tour à tour les dents. Bowen estimait qu'il avait assez vu celles-ci et, malgré les protestations pacifiques du dragon, il jugea que ce manège n'augurait rien de bon pour lui.

– Oh ! Mes pauvres mâchoires... soupira le dragon.

Soulagé, Bowen en fit autant. Le monstre se pencha de nouveau vers lui :

– À présent, tu vas te relever et récupérer ton épée. Si tu insistes, nous poursuivrons ce combat jusqu'à son terme absurde. Sinon, je vais t'exposer mon idée.

Ayant dit, le dragon ôta sa patte. Pas vraiment rassuré, le chevalier se releva en titubant. Il voulut ramasser son épée, mais il était si épuisé qu'il parvint tout juste à la soulever. Il se retourna avec effort, craignant que le dragon n'en profite pour l'attaquer en lâche.

Mais le dragon n'avait pas bougé. Lui aussi avait l'air éreinté. Il s'avachit sur le sol avec un profond soupir.

Bowen considéra l'épée sur laquelle il s'appuyait, puis il la laissa retomber et s'allongea à son tour sur l'herbe tendre. Mais sa curiosité était encore plus grande que sa fatigue :

– Quelle idée ?

Le dragon sourit.

L'aurore aux doigts de rose jouait à cache-cache entre les branches des arbres ; les oiseaux gazouillaient, les grillons stridulaient et Gilbert ronflait, son épopée lui servant d'oreiller.

Une pomme de pin détachée de sa branche rebondit sur son postérieur. Il grogna, bougea et se réveilla en sursaut, la joue barbouillée d'encre. Il ramassa son parchemin également maculé et essaya de le déchiffrer :

– Quel sang *rongera* le *sel* ?

Cela n'avait aucun sens… Pourtant, ce charabia éveilla en lui une réminiscence qui le fit se dresser tel un ressort :

– Bowen !

Un hi-han joyeux lui répondit : c'était Merlin qui paissait tout près de là. Gilbert entreprit d'explorer la clairière :

– Ni sang ni cadavres… Nulle trace de bataille !

Ce n'était pas tout à fait exact : on distinguait bien des traces de brûlures, sans compter l'arbre débité en tranches, mais rien qui laissât deviner l'issue du combat.

– Où sont-ils passés, Merlin ? Surtout, *qui* est le vainqueur ? Et comment vais-je achever *ceci ?* ajouta-t-il d'un ton désolé en contemplant son manuscrit souillé.

Merlin n'avait rien à suggérer, mais Gilbert vit briller quelque chose dans le fourré que le mulet était occupé à brouter. Il s'approcha. C'était un anneau d'or… passé au doigt d'une main de squelette dépassant d'un bout d'étoffe en haillons. N'écoutant que son courage, Gilbert ramassa la main qui glissa de la manche et tomba sur le sol. Gilbert ignorait le goût du défunt Eglamore pour les bijoux, aussi parvint-il à une conclusion erronée :

– Seigneur ! Le malheureux… Nettoyé jusqu'à l'os !

S'étant signé, il roula tristement en boule son parchemin taché d'encre.

TROISIÈME PARTIE

DRACO

Un chevalier est brave par devoir
Et son cœur empli de vertu.

L'Ancien Code.

12

L'INFORTUNE DE FELTON

Felton se prélassait sur son lit. De la colline surplombant son manoir lui parvenaient le grondement de la meule et le claquement du fouet de son contremaître. Ses lèvres s'étirèrent en un sourire paresseux. La moisson allait bon train. Einon allait être satisfait, et sa satisfaction ne pouvait qu'être bénéfique à Felton.

Il menait déjà une existence agréable, à l'image de l'après-midi qui venait de s'écouler. Il lança un regard ardent à l'adorable friponne qui laçait sa tunique, langoureusement appuyée au chambranle de la porte ouverte. Le soleil parait de reflets dorés sa chevelure défaite et les deux globes que son corsage contenait à grand-peine. La première fois qu'elle s'était penchée vers Felton pour lui verser à boire, celui-ci n'avait pu faire autrement que de les remarquer.

Par chance, elle s'était montrée des plus dociles, au contraire de la plupart de ces beautés champêtres. Felton trouvait leur résistance déplacée. Au risque de paraître immodeste, il s'estimait plutôt bel homme. En toute logique, ces gueuses auraient dû préférer les attentions délicates d'un seigneur élégant aux étreintes brutales de leurs semblables et apprécier à sa juste valeur cette parenthèse dans leurs existences misérables… Quelques heures passées dans une belle maison, dans un lit moelleux, à se régaler de mets raffinés en compagnie d'un bienfaiteur.

Rowena l'avait compris, elle… Ou était-ce Rosamund ? Ou Ronalda ? Le nom importait peu. Il lui adressait rarement la parole et, quand c'était le cas, il suffisait de l'appeler « mon lapin » ou « ma mignonne » pour qu'elle soit satisfaite. Elle était non seulement jolie, mais maligne. Assez maligne pour passer l'après-midi au frais, au lieu d'être dehors en train de battre, glaner ou moudre le blé. Il n'y avait qu'à voir le peu d'empressement qu'elle mettait à se rhabiller pour deviner combien elle répugnait à retourner là-bas. Tandis qu'elle promenait un regard mélancolique sur les champs en contrebas, un soupir sensuel gonflait parfois sa poitrine, soulignant le galbe de ses demi-lunes hâlées.

Il aurait été dommage que cette peau satinée subisse la morsure du soleil, que ces doigts délicats se couvrent d'ampoules à force de labeur… Ramassant une bourse pleine d'or sur la table de chevet, Felton se leva, retenant ses chausses à deux mains. À quoi bon les renouer pour les ôter aussitôt après ?

S'étant glissé derrière la belle attristée, il étendit le bras par-dessus son épaule et laissa tomber la bourse dans son vaste décolleté. Était-ce le contact de sa main ou celui des pièces qui lui arracha alors ce gémissement voluptueux ?

Quand elle se retourna vers lui, un sourire aux lèvres, Felton cessa de se poser la question. Un bien joli sourire, pour une paysanne. Elle avait encore toutes ses dents. Oui, il était préférable d'abriter cette fleur avant qu'elle ne se fane. Rien qu'à s'approcher du seuil, il sentait l'haleine brûlante du soleil sur son visage, à moins que ce ne soit le feu du désir…

… Ou le souffle de la violente explosion qui fit s'évanouir en fumée les espoirs de Felton en même temps qu'une partie du champ de blé.

– Un dragon ! Un dragon !

Les ouvriers désertèrent tous leur poste, propageant la nouvelle à travers champs. Le dragon émergea alors du nuage de fumée et se dirigea à tire-d'aile vers le moulin, entraînant un vortex fuligineux dans son sillage. Serrant sa culotte d'une main et sa belle échevelée de l'autre, Felton se précipita derrière la maison où il manqua de se faire piétiner par la horde des paysans qui abandonnaient le moulin. Planté au sommet de la colline, le contremaître hurlait aux fuyards de s'en retourner afin de sauver les sacs de grain moulu. La loyauté de cet imbécile avait quelque chose de pathétique. Tandis qu'il s'égosillait et faisait claquer son fouet, l'air déplacé par les ailes du dragon lui soufflait à la figure un tourbillon de brins de paille.

Tel un canon, les narines du monstre crachèrent deux bouquets de flammes. Le premier arracha le toit de l'entrepôt, envoyant bouler le contremaître au bas de la colline. Le second souleva dans les airs un blizzard de farine.

Les champs étaient en feu, ainsi que le moulin dont l'immense roue oscillait sur son socle de pierre. Les ouvriers, terrifiés, couraient en tous sens, pareils à des fantômes sous leur manteau de farine.

– Des créatures redoutables, ces dragons…

Felton cracha un flot de farine sur le sol, s'essuya les yeux et vit le chevalier tueur de dragons, celui qu'il avait filouté une semaine plus tôt. Depuis son cheval, il regarda d'un air placide le dragon fondre sur le moulin ravagé et se poser sur la meule vacillante.

– Pires que les rats, ajouta-t-il en souriant à Felton. Impossible de s'en débarrasser.

De saisissement, Felton lâcha sa culotte qui retomba sur ses chevilles.

S'étant reculotté, Felton traversa comme une trombe le banc de farine qui le séparait de Bowen, esquivant les paysans qui ramassaient la poudre blanche à la pelle pour la fourrer dans des sacs.

– Voleur… Canaille ! s'emporta-t-il contre le chevalier toujours impassible. Comment osez-vous ainsi dépouiller un homme honorable ?

Il écarta un paysan de son chemin en le renversant dans la farine et vint se planter au pied du cheval de Bowen :

– Vous ôtez le pain de la bouche de ces malheureux !

Les ouvriers suspendirent leurs efforts et tournèrent vers lui des regards incrédules. Felton ne se démonta pas pour si peu. Son masque cendreux troué par deux yeux furibards lui donnait l'air d'un spectre surgi d'entre les morts.

– Qu'est-ce que vous avez à bayer aux corneilles, tas de fainéants ? Au travail !

Puis il fit volte-face vers Bowen :

– N'avez-vous point pitié de ces nécessiteux ?

C'était en vain qu'il s'était efforcé d'introduire un trémolo dans sa voix. Le chevalier ne parut point ému :

– Je veux mon dû de la dernière fois, plus une avance.

La mignonne leva vers lui un sourire faussement ingénu en caressant l'encolure de son cheval. Le chevalier lui rendit son sourire accompagné d'un clin d'œil. Felton tira brutalement la fille en arrière. Fort bien... Il avait tenté d'en appeler aux bons sentiments de ce filou mais, puisqu'il avait échoué, il ne lui restait plus que la menace :

– Dis donc, coquin... Sais-tu bien à qui tu t'adresses ? À lord Felton, le premier conseiller du roi Einon.

– Dans ce cas, ce sera double prime.

– Je te ferai fouetter et mettre aux fers ! Tu n'auras pas un sou !

Voulant produire un effet théâtral, il écarta les bras en grand... et lâcha sa culotte. Comme il se baissait pour la remonter, il lança à la cantonade un regard qui arrêta net les rires. Un grondement tonitruant le fit sursauter ; les paysans se dispersèrent en courant. Le dragon avait pris son essor et déboulait la pente de la butte. Felton, le chevalier et la mignonne se retournèrent d'un même mouvement et virent le monstre s'écraser contre le mur latéral du manoir. Felton regarda sa demeure, puis le chevalier, puis la fille. Agrippant le cordon qui dépassait du décolleté de celle-ci, il tira, ramenant au jour la bourse qu'il jeta au chevalier :

– Voilà ! Et maintenant, au travail !

Les paysans se pressaient dans la cour le long du mur écroulé. Felton prit place dans un fauteuil, flanqué de ses sbires, sa maîtresse lovée à ses pieds. Sous leurs regards attentifs, le chevalier éperonna son cheval et gravit le flanc de la butte en brandissant sa hache. Perché sur la meule, le dragon l'attendait de pied ferme.

– Quand il en aura terminé, glissa Felton à l'un de ses nervis, tu iras récupérer mon or.

– Non, le *mien,* le corrigea la fille.

L'un et l'autre virent leurs espoirs déçus. Comme le chevalier arrivait sur lui, le dragon le souleva entre ses mâchoires et recueillit son cheval entre ses pattes tendues. Un soupir consterné monta de la foule quand le dragon passa au-dessus de leurs têtes, les jambes du chevalier dépassant de sa gueule et le cheval gigotant dans ses serres.

Felton se leva d'un bond et le suivit des yeux jusqu'à ce qu'il ait disparu dans la forêt par-delà les champs.

– Ce dragon a emporté mon or !

– Non, *mon* or, rectifia la fille avec une moue dépitée.

Le dragon survola la cascade, se posa en douceur sur la berge et libéra aussitôt le cheval. L'animal, effrayé, fila telle une flèche dans l'eau, où il demeura, tremblant de tous ses membres. Le dragon cracha, expulsant Bowen, bien vivant et trempé de salive.

– La prochaine fois, emporte-moi dans tes serres. Tu pues toujours autant de la gueule.

– Pardon... Ce doit être le marcassin que j'ai dévoré au petit déjeuner.

Bowen partit d'un grand rire et fit sauter la bourse de Felton dans sa main :

– Si tu as pris un marcassin, moi, j'ai attrapé un margoulin... De quoi satisfaire nos appétits respectifs.

Le chevalier s'aspergea le visage et la tête d'eau, puis il ôta son surcot et entreprit de le laver. Suivant son exemple, le dragon procéda à sa propre toilette, léchant la suie et la farine qui s'étaient glissées entre ses écailles.

Ils avaient établi leur camp près de la cascade, car celle-ci occupait une position centrale par rapport aux villes et villages que contrôlaient les favoris du roi. Ils étaient convenus de ne blesser personne et d'occasionner le moins de dégâts possible, juste assez pour rendre crédible la menace du dragon. L'ampleur exceptionnelle de ce premier raid tenait au différend préexistant entre Felton et Bowen.

Comme il regardait Bowen étendre son surcot sur la berge pour le faire sécher, le dragon se demanda s'il avait eu raison de lui souffler ce plan. L'humidité ravivait les couleurs de l'épée à l'intérieur du cercle, mais l'étoffe était bien élimée. Le chevalier entreprit de compter son or.

– Qu'en est-il de tes autres appétits, chevalier ? interrogea le dragon d'un ton posé.

– Que veux-tu dire ?

Le dragon prit un air dégagé et se remit à farfouiller entre ses écailles :

– Tant que j'assurerai ta subsistance, tu auras tout intérêt à me garder en vie. Mais, quand ta soif de richesses se sera étanchée, tu n'auras plus besoin de moi…

– Je suis un chevalier de l'Ancien Code, s'emporta Bowen. Je n'ai jamais failli à l'honneur.

– Mais n'as-tu pas juré de tuer tous les dragons ?

– Comment oses-tu mettre ma parole en doute ? Si l'un de nous a des raisons de se méfier de l'autre, c'est bien moi. Déjà, une fois, j'ai fait confiance à un dragon, ajouta-t-il en détournant le regard. Je m'en suis mordu les doigts.

Le dragon s'aperçut alors qu'en faisant sa toilette il avait par inadvertance dénudé la cicatrice rouge qui barrait sa poitrine. Vite, il rabattit ses écailles, juste comme Bowen reportait son attention sur lui :

– Mais cela ne m'a pas empêché de me jeter la tête la première dans ta gueule puante. Quelle autre preuve de ma bonne foi demandes-tu, dragon ?

– Pourquoi m'as-tu fait confiance ? demanda le dragon, sincèrement intrigué.

Sa question prit Bowen au dépourvu. Il baissa les yeux vers le sol, comme s'il espérait y lire la réponse, et esquiva en interrogeant à son tour :

– Pourquoi ne m'as-tu pas tué quand tu en avais l'occasion ?

– Nous avions conclu une trêve.

– Et maintenant ? Sommes-nous toujours partenaires ou ennemis ?

– Nous ne sommes pas des ennemis, assura le dragon sans savoir si Bowen le croyait.

Lui-même n'était pas certain d'en être convaincu.

– Sans doute dis-tu vrai, répondit Bowen après mûre réflexion.

Puis il partit d'un rire sardonique :

– Moi, le partenaire d'un dragon... La vie a de ces caprices !

– La vie vaut toujours mieux que la mort, murmura gravement le dragon.

– Crois-tu ?

Le dragon fixa son regard sur le chevalier, surpris de l'amertume qui perçait derrière ces deux mots. Bowen aussi s'en était aperçu, aussi reprit-il d'un ton volontairement enjoué, en remontant son cheval vers la berge :

– J'aurais cru que tu accueillerais la mort comme une délivrance. Tu es le dernier de ton espèce ; tes amis sont morts. Où que tu ailles, tu suscites le rejet et l'hostilité.

– Crois-tu qu'il soit utile de me le rappeler ? gronda le dragon, agacé. Mais tu as raison... J'aspire à la mort autant que je la redoute.

– Pourquoi ? Que crains-tu de perdre encore ?

– Mon âme...

13

LES AGNEAUX ET LES LOUPS

Bowen guidait prudemment son cheval à travers la foule. C'était jour de marché au village et la place était plus qu'encombrée par les étals et les charrettes des vendeurs à la criée. Bowen avait déjà repéré sa proie : un gentilhomme pansu, les fesses calées dans sa chaise à porteurs, précédé de deux arrogants valets qui lui frayaient un passage en repoussant la foule avec leurs chasse-mouches en crin.

En passant devant les différents étals, le seigneur se servait généreusement en victuailles et autres marchandises, suscitant le mécontentement muet des vendeurs. Bowen se faisait une joie à l'idée de ponctionner ce porc bouffi. Il appartenait à cette nouvelle race de chevaliers vénaux et corrompus qui avaient peu à peu infiltré le royaume d'Einon. Leur rôle consistait à dresser des plans pour accroître le pouvoir d'Einon que sa garde rapprochée – ce ramassis de brutes qui servaient déjà son père – se chargeait ensuite d'exécuter.

Le système avait déjà fait la preuve de son efficacité. Pour s'en convaincre, il suffisait de contempler les visages hâves des sujets d'Einon, leurs regards atones où la flamme de la révolte s'était depuis longtemps éteinte. Ce peuple de combattants ne valait guère mieux à présent que les moutons qu'il avait vus paître aux abords du lac sur le chemin du village. Dociles, imbéciles, tout prêts à se laisser mener à l'abattoir. Les ravages qu'Einon avait causés à leurs bourses n'étaient rien auprès de ceux qu'il avait opérés dans leurs esprits.

Comme il s'apprêtait à mordre dans une tarte aux groseilles, le seigneur leva incidemment les yeux vers le ciel. Une stupeur sans bornes se peignit alors sur ses traits poupins. Bowen n'eut pas besoin de se retourner pour savoir que le dragon approchait.

Ils étaient convenus que, cette fois, il n'y aurait pas de jet de flammes. Un simple passage au-dessus du marché suffit à déclencher un véritable tohu-bohu. Les charrettes, les étals ainsi que leur contenu furent renversés, les villageois paniqués trébuchaient et dérapaient sur les légumes écrasés, les hommes de main du seigneur ne tentaient même plus d'écarter la populace de la litière de leur maître… Toute honte bue, ils avaient pris la fuite en même temps que les porteurs.

La chaise s'écrasa au sol avec sa vivante cargaison. Tandis que le dragon s'éloignait en direction du lac, le seigneur joufflu parvint enfin à s'extraire d'un fouillis de rideaux, de coussins et de diverses denrées écrasées. Il essuya la tarte étalée sur son visage et vit alors Bowen lui sourire du haut de sa monture.

– Vous êtes le seigneur de ce village ? s'enquit le chevalier d'un ton aimable.

– Pas les moutons ! Surtout, qu'il n'emporte pas les moutons ! insista le seigneur par-dessus l'épaule de Bowen, voyant le dragon disperser le troupeau bêlant le long de la berge du lac.

– Vous permettez ? lui fit Bowen avec un regard noir.

Les lèvres molles du lâche étaient encore poisseuses de sucre. Cet imbécile le serrait de si près que sa panse l'empêchait de bander son arc. Il lui exposa le problème d'un coup de coude rageur qui suffit à le faire reculer.

– De grâce… pas les moutons.

Bowen tendit la corde de son arc, ajusta son tir et décocha sa flèche qui frôla l'aile du dragon. Avec un cri strident, l'animal pressa ses deux pattes sur sa poitrine et se laissa tomber dans le lac dont les eaux se refermèrent sur lui.

Dans son excitation, le seigneur se pendit au cou de Bowen, bientôt rejoint par la foule qui poussait des cris enthousiastes. Bowen baissa les yeux vers son arc. Il était presque de la taille d'un homme. C'était lui-même qui l'avait taillé dans le bois d'un if. Une arme d'une puissance et d'une précision extraordinaires, spécialement créée pour chasser le dragon… Il eut la sensation de l'avoir trahi.

Le dragon nageait au fond du lac, savourant le silence des eaux. Il lui avait été pénible d'entendre les acclamations accueillant sa prétendue mort.

Bowen avait bien visé ; le trait était passé juste sous son aile où il l'avait intercepté, puis il avait zigzagué pour faire croire qu'il était touché. Bien sûr, cette brindille n'était pas de taille à le blesser sérieusement, mais la foule avait été pleinement convaincue par son plongeon dans le lac. Plongeon certes spectaculaire, mais ô combien humiliant… Aussi humiliant qu'avait dû l'être pour Bowen son enlèvement au-dessus du champ de blé. Ni l'un ni l'autre ne se satisferaient très longtemps de cette association. Le dragon en était conscient, mais il espérait qu'elle durerait assez longtemps pour lui permettre de reculer encore son inévitable conclusion.

L'eau était maintenant glacée. Il s'était suffisamment éloigné pour pouvoir refaire surface. En émergeant, il entendit au loin les cris des villageois acclamant Bowen et plus près – tout près – le bêlement d'un mouton égaré qui broutait le long de la berge.

Les yeux luisants de convoitise, le dragon passa une langue gourmande sur ses babines…

Le dragon suivait d'un œil paresseux les évolutions du flocon de laine qu'il venait de recracher dans les airs. Étendu sur le dos, il se laissait porter par le vent, les ailes à peine entrouvertes. Il atterrit près de Bowen qui chevauchait à travers la prairie en recomptant son butin.

– Une vraie rente ! Je regrette de ne pas t'avoir connu plus tôt, dragon, fit-il en laissant pleuvoir les pièces dans sa bourse.

– Pas le moindre remords ?

Le chevalier fut surpris de la question, point si innocente qu'il y paraissait :

– Des remords ? Pourquoi ?

– Pareille supercherie sied mal à un… chevalier… de l'Ancien… Code, insinua le dragon en recrachant négligemment d'autres flocons laineux.

Ulcéré, Bowen se retourna brusquement vers lui :

– Ça se dis…

Le dragon n'était plus là… Il s'était déplacé vers sa gauche.

– Ça se discute, plaida Bowen à l'adresse du dragon qui décrivait maintenant des cercles autour de lui. En dépouillant les laquais d'Einon, je rends service au genre humain.

– Crois-tu ? fit le dragon sans se départir de son flegme. Chaque fois que tu gifles un seigneur, c'est la joue des paysans qui en porte la marque.

Bowen chassa les flocons qui tournoyaient devant son visage, regrettant qu'il soit moins aisé de détourner les piques du dragon.

– Cela ne me regarde pas, dit-il avec un rictus de mépris. Pourquoi me ferais-je trancher la tête pour des lâches incapables de risquer la leur ? Alors, épargne-moi tes leçons de morale.

Tandis qu'il se défendait, le dragon l'examinait à la dérobée… C'était lui qu'il attendait depuis si longtemps. Le ferment était en lui, mais comment le faire lever ? L'emblème sur sa poitrine était pareil à la cicatrice qui ornait la sienne… D'anciennes blessures toujours promptes à se réveiller.

– Comme tu voudras, reprit-il d'un ton désinvolte. *Chevalier de l'Ancien Code…*

Son insistance irrita un peu plus Bowen :

– Si j'avais voulu des sermons, je serais resté avec le moine. Et qu'est-ce qu'un dragon connaît à l'Ancien Code ?

– Sa force soutient le faible, cita le dragon. Sa bouche ignore le mensonge, son courroux pourfend…

– Assez ! Tout ça, ce ne sont que des mots… Le souvenir d'un passé que rien ni personne ne fera revivre…

Il détourna le regard, la gorge nouée par l'émotion.

– À t'entendre, on jurerait que tu as essayé, remarqua le dragon d'une voix radoucie.

– J'ai échoué. C'est pourquoi j'ai renoncé à changer le monde, dragon. À présent, je m'efforce juste d'y survivre… Comme toi.

– Oui, acquiesça le dragon d'une voix teintée de tristesse. Comme moi…

Il se posa sur le sol près de Bowen et ils poursuivirent leur chemin dans un silence seulement troublé par le murmure du vent dans les hautes herbes.

14

LE REFLET DES FLAMMES

Einon regardait d'un œil aviné le cochon de lait tournoyer dans le feu qui craquelait sa peau. Les flammes rouges et bondissantes suscitaient en lui des pensées de la même nature, mais elles se modifiaient sans cesse et il les oubliait. Bon débarras… Vautré dans son fauteuil, il se retourna vers les lutteurs. Il était trop soûl pour penser, et puis il faisait tellement chaud… Si chaud qu'on avait sorti les tables dans la cour mais, à cause du feu et des torches, il n'y faisait guère plus frais.

Sa poitrine nue dégoulinante de sueur, Brok disputait une partie de bras de fer avec deux adversaires à la fois. Brusquement soulevé de sa chaise, le premier bascula dans les flammes. Les chevaliers et leurs dames manifestèrent bruyamment leur approbation tandis que les serviteurs s'empressaient d'éteindre le lutteur vaincu.

Encouragé par les rires et les éclats de voix, Brok broya la main de son second adversaire qui s'écroula en hurlant avant de se trouver propulsé sur la table. Il fila sous le nez des convives hilares, renversant les couverts, et finit par s'immobiliser en bout de tablée, la tête pendant dans le vide, fixant son regard atone sur la reine Aislinn.

Einon s'esclaffa. Il n'était pas ivre au point de ne pas apprécier le caractère incongru de la scène. Sa mère était seule à ne point prendre part au débridement général. Assise à l'autre bout de la table, elle déplaçait imperturbablement ses figurines de bois sur un plateau quadrillé.

Ce jeu – elle l'appelait « échecs » – était encore un héritage de ses mystérieux ancêtres. Elle avait tenté de l'y initier dans son enfance, lui disant qu'il s'agissait d'un jeu guerrier. Mais il n'y avait vu qu'un rituel contraignant et pétri de formalités absurdes. Un jeu pour les idiots ou les lâches… Seul Bowen y jouait avec elle, prétextant que c'était une bonne école de stratégie. Mais Einon l'avait toujours soupçonné de s'y livrer plus par courtoisie que par intérêt véritable.

À présent, Aislinn jouait toujours seule. De même aurait-elle dîné seule ce soir-là, comme à l'accoutumée, s'il n'avait insisté pour qu'elle paraisse au banquet. Car Einon réprouvait cet appétit de solitude autant que son habitude de faire bénéficier la populace de ses potions et de ses simples, une attitude qu'il jugeait indigne de son rang. Aislinn était sa mère – la mère du roi – et, à ce titre, il entendait qu'elle prenne part aux réjouissances de la cour.

– L'autorisez-vous à poursuivre, mère ? lui cria-t-il par-dessus la table en désignant l'ivrogne vautré à ses côtés.

Aislinn souleva par la manche le bras de l'homme inconscient qui avait roulé sur son échiquier et le rejeta plus loin. Puis elle releva tranquillement ses pièces et s'abîma à nouveau dans la contemplation de son jeu :

– C'est à l'invincible messire Brok d'en décider, mon fils.

Laissant Brok exécuter un pas de danse pour fêter sa victoire sous les vivats de l'assemblée, Einon se retourna vers Felton. Une blonde péronnelle aux formes généreuses – visiblement une paysanne, en dépit de sa robe somptueuse – se blottissait dans les bras de celui-ci. La table devant eux était jonchée de bourses et d'écus. Einon étendit le bras et en tira deux piles vers lui :

– Tu m'en dois vingt, Felton !

Felton allait protester quand la reine vint à son secours :

– *Dix*... mon fils.

Ayant dit, elle leva le nez de son échiquier et but une gorgée de vin en observant son fils par-dessus sa coupe. Le désespoir – et non le temps – avait fané sa beauté mais un reste de fougue illuminait encore son regard. Einon reporta son attention malveillante sur Felton et vit la péronnelle se pencher afin de récupérer une partie des pièces, au risque de faire déborder son opulente poitrine de son corsage. Avec un sourire gêné à l'intention du roi, Felton donna une tape sur la main de la fille, l'obligeant à lâcher prise :

– Non ! Rowe... Ros... mon lapin. Les prouesses de messire Brok valent bien qu'on double la mise, sire, ajouta-t-il en remettant les écus à leur place.

Einon rit de bon cœur à sa repartie, aussitôt imité par ses courtisans. Felton lui-même s'autorisa à glousser en caressant la joue de sa gigolette dépitée. Einon se leva en titubant et saisit une outre afin de se resservir. Elle était vide. Il la reposa brutalement et agrippa le bras d'une servante qui passait par là :

– Apporte du vin, garce ! Le roi a soif !

La fille fit volte-face, brandissant un poignard :

– Bois donc de ton sang, Porcelet !

Comme elle abaissait son poignard, Einon leva l'outre. La lame transperça celle-ci et s'immobilisa à quelques centimètres de l'œil d'Einon.

Il désarma la fille et la repoussa avec violence. Elle s'écroula devant l'âtre. Son fichu glissa, laissant échapper sa chevelure flamboyante. Une demi-douzaine d'épées se tendirent vers elle.

– Non !

Au commandement du roi, les épées s'immobilisèrent. Einon s'avança, subitement dessoûlé. Le rougeoiement des flammes et celui des cheveux de la fille se confondaient devant ses yeux, éveillant en lui une trouble réminiscence. Il se pencha vers elle et tira sur le cordon de cuir noué autour de son cou :

– Je… te connais…

Le souvenir se précisa, émergeant soudain des brumes pourpres de l'ivresse :

– La carrière ! La pucelette du vieux chien aveugle… Ah ! s'esclaffa-t-il. Quelle belle chose que la piété filiale… N'est-ce pas, mère ?

Aislinn opposa à son sarcasme un regard empli d'admiration pour la jeune fille. Einon reporta son ironie sur la meurtrière malheureuse :

– D'abord, tu m'as supplié de faire grâce à ton père, puis tu as tenté de le venger. À présent, tu vas partager son sort.

Alors même qu'il prononçait ces mots, il sentit fléchir sa résolution... La beauté de la fille n'avait rien d'une illusion née de l'éloignement ou du feu de la forge.

– Dans ton royaume, il est des châtiments pires que la mort, répliqua-t-elle en lui crachant au visage.

Einon s'essuya le visage et souffleta la fille du même mouvement :

– J'en penserai un pour toi. Qu'on l'enferme !

Aidé de quelques hommes, Brok s'empara de la fille et l'emmena. Le regard d'Einon tomba alors sur le couteau. Il le ramassa et s'en servit pour trancher un morceau du cochon embroché. Au moment de le porter à sa bouche, un doute l'arrêta. La fille l'avait appelé Porcelet... Comme quelqu'un d'autre avant elle. Il secoua le couteau ; le bout de viande tomba dans les flammes, provoquant un grésillement.

Einon se retourna et vit sa mère qui le dévisageait, murée dans son silence. Puis elle fit glisser la reine blanche sur l'échiquier, prenant le cavalier qui protégeait le roi noir :

– Échec !

En robe de chambre, Einon taillait machinalement des encoches sur l'entretoise d'un échafaudage avec le poignard de la fille. Il était venu inspecter le chantier du futur donjon. Le jour entrait à flots par le portail voûté de l'unique mur. Le point de vue était époustouflant. Une fois achevée, la pièce serait magnifique. Il planta à nouveau le couteau dans l'entretoise.

Les ouvriers s'activaient autour de lui. Le fracas des outils entrechoqués, les grincements, les raclements répondaient au tumulte qui enflait sous son crâne, submergeant sa mémoire de bruits de bataille, clameurs, cliquetis d'armes, flammes crépitantes…

Une lueur féroce brilla soudain dans ses yeux. Il dévala les escaliers, traversa en trombe les salles du château, écartant les serviteurs de son passage, ouvrant grandes les portes avant même que les gardes se soient aperçus de sa présence. D'une allure décidée, il traversa la cour qui portait encore les traces du banquet de la veille, franchit la grille d'un second bâtiment et enfila un corridor débouchant sur une minuscule cellule mal ventilée. La fille aux cheveux rouges, enchaînée au mur, sursauta à son entrée.

– À présent, je me rappelle, dit-il en se collant presque contre elle. L'aveugle, ton père… C'est lui qui a tué le mien. Et toi, tu m'as donné ceci…

Ouvrant sa robe, il dénuda sa cicatrice… Une horrible marque, indurée et boursouflée.

– C'est à toi que je le dois, murmura-t-il en souriant.

Caressant la joue de la fille avec la lame du poignard, il glissa doucement celle-ci entre ses seins, sur son cœur affolé.

– Maintenant, je me souviens de tout…

15

L'AMOUR ET LA HAINE

La chaleur avait fini par tomber, mais Kara n'avait pas conscience de la fraîcheur de la nuit, bien qu'elle n'ait porté qu'une fine chemise de lin. Étendue sur le lit défait, elle ne ressentait rien... Rien qu'un vide immense. Ses yeux étincelaient de larmes contenues.

– Tu pleures ? demanda Einon d'une voix avinée en enfilant son justaucorps qui laissait cependant apparaître la cicatrice sur sa poitrine blême.

S'étant levé du lit, il se dirigea d'une démarche vacillante vers la table de nuit afin de se resservir du vin.

– En ce moment, tu pourrais te balancer au bout d'une corde, au lieu de réchauffer la couche d'un roi. Il est juste que les rebelles apprennent à chérir leur souverain.

Quand la première larme roula sur la joue de Kara, il la salua d'un sourire méprisant et vida son gobelet. Malgré sa vision brouillée, Kara ne quittait pas des yeux la ceinture qu'Einon avait abandonnée sur le sol... *Avec son poignard passé dans la boucle.*

Le poignard s'abattit. Aucune étincelle ne jaillit du silex. Le dragon regardait d'un œil amusé le chevalier s'escrimer avec son couteau et sa pierre à feu. La tête de l'oiseau embroché pendait mollement au bout de son cou, le bec entrouvert, à croire qu'il se moquait également de ses vains efforts. Brusquement, le dragon éternua un flot de flammes. Surpris, Bowen recula et les brindilles s'enflammèrent... Ainsi que l'oiseau.

– J'espère que tu l'aimes à point, dit le dragon en soufflant par ses naseaux cerclés de noir.

Bowen le remercia d'un signe de tête réticent et retira vivement la broche des flammes. Après avoir éteint l'oiseau, il se mit à manger. Il ne s'était pas departi de son silence boudeur depuis la conversation qui avait suivi l'affaire du lac. Le dragon se demanda s'il avait aiguillonné trop tôt sa conscience assoupie. Peut-être était-il en train de reconsidérer leur alliance... Le dragon lança un coup d'œil inquiet vers les sinistres trophées ornant le bouclier et sentit alors le regard du chevalier peser sur lui.

– Pourquoi nous détestes-tu autant ? demanda-t-il.

– Le seul que j'aie vraiment haï, c'est celui-ci, répondit Bowen en désignant la griffe tronquée au centre. Si j'ai tué les autres, c'était en pensant le tuer, *lui.* Mais je ne l'ai jamais retrouvé. Sans doute est-il déjà mort, puisque tu dis être le dernier.

– À quoi ressemblait-il ?

– Ses écailles chatoyaient comme les tiennes, mais sur tout le corps.

– L'effet s'atténue avec le temps.

– Et puis, il n'avait plus que la moitié d'un cœur. Mais même ainsi, il y avait assez de mal en lui pour souiller un innocent.

Le dragon ne put se retenir de rétorquer :

– Einon n'avait rien d'un innocent. C'est son cœur qui a corrompu celui du dragon !

Bowen se leva d'un bond, lui jetant un regard égaré :

– Tu connais l'histoire ?

– Tous les dragons la connaissent, répliqua le dragon en se mordant les lèvres. Elle marqua la fin de leurs espoirs et scella leur sort. L'histoire d'un enfant ingrat qui détruisit l'immense cadeau qu'on lui avait fait, ajouta-t-il, observant l'effet de ses paroles sur Bowen.

Celui-ci frissonna, comme pour chasser le doute qui s'était emparé de lui :

– Non ! Je connaissais bien ce garçon. C'est moi qui lui ai enseigné l'Ancien Code.

– Il t'a trahi, comme il a trahi le dragon en brisant son cœur.

– Tu mens, dragon ! s'écria Bowen, refusant d'écouter.

– Arrête de m'appeler dragon ! riposta l'autre en criant de plus belle. J'ai un nom !

– Quel nom ? vociféra Bowen.

Un silence gêné succéda aux éclats de voix, puis le dragon bredouilla, l'air embarrassé :

– Eh bien… il est imprononçable dans ta langue.

Exaspéré, Bowen lui tourna le dos et jeta les restes de l'oiseau dans les flammes. Au même moment, une douleur lancinante traversa l'épaule du dragon et sa peau laissa filtrer une lueur rouge et palpitante.

– Arrrgh... Uhhh... Ooouh... Ouuushh !... hurla le dragon en agrippant son épaule.

– Tu as raison... C'est imprononçable, dit Bowen.

Il se retourna et comprit immédiatement qu'il ne s'agissait pas d'une leçon. La langue que parlait alors le dragon était universelle ; c'était celle de la douleur ! Le dragon s'écroula sur le sol en grimaçant.

16

LE CŒUR D'EINON

La coupe d'Einon roula sur le sol et le vin se répandit sur les dalles tel du sang. Einon l'avait lâchée en s'affaissant contre le mur, le poignard plongé jusqu'à la garde dans son épaule gauche.

– De la part de Cupidon ! persifla Kara depuis le lit.

Elle s'attendait à le voir rejoindre la coupe par terre, au lieu de quoi il se raffermit et arracha la lame de la manche de son pourpoint. Ayant ôté celui-ci, il examina la blessure. Kara étouffa un cri : un mince filet de sang s'écoulait de la piqûre, mais celle-ci était étonnamment peu profonde.

– Non… murmura-t-elle, désespérée.

Combien d'occasions aurait-elle encore de tuer cet homme, et combien de fois échouerait-elle ? Il semblait imperméable aux coups. Pourtant, son père lui avait appris à manier un couteau et elle avait senti la lame s'enfoncer dans la chair, comme sur le champ de bataille des années auparavant. Voyant sa mine stupéfaite, Einon éclata de rire, puis lécha le doigt avec lequel il avait essuyé son sang.

– Déçue ? se moqua-t-il.

– La prochaine fois, je viserai ton cœur !

Elle brandit le poing pour l'en frapper, mais il saisit son bras, la repoussa sur le lit et s'assit à califourchon sur elle.

– Tu m'as déjà percé le cœur, chérie, railla-t-il en se penchant vers elle qui se débattait comme une diablesse. Un cœur à nul autre pareil.

Il prit sa main et la pressa sur sa cicatrice noueuse ; elle se dégagea avec un haut-le-corps.

– Une chose noire et desséchée, dépourvue de compassion !

Piqué au vif, Einon appliqua le poignard sanglant sur la gorge de sa captive. Mais, une fois encore ému par sa beauté, il se calma d'un coup et fit doucement glisser la lame le long de sa joue. Ce n'est pas le contact du sang tiède et poisseux qui la fit alors frissonner, mais la douleur à la fois pathétique et perverse qu'elle lisait dans le regard d'Einon.

– Apprends-moi la compassion, lui murmura-t-il. Aie pitié de moi. Tout… Je suis prêt à tout te donner. Même le pouvoir. Tu es si belle…

Maintenant le couteau contre sa joue, il déposa un baiser tendre et maladroit sur les lèvres réticentes de Kara qui le mordit. Avec un grand rire, il lui renversa la tête en arrière en la tirant par les cheveux et l'embrassa de nouveau, cette fois avec une passion féroce.

– Tout, répéta-t-il en se relevant, le regard brillant, la respiration saccadée. Même le pouvoir… Même le trône.

Mais Kara était trop abasourdie pour entendre sa promesse : la blessure sur l'épaule d'Einon s'était déjà refermée ! Einon planta le poignard dans le bois du lit et sortit d'une démarche mal assurée d'ivrogne.

Sitôt seule, Kara récupéra son arme et la pointa sur sa poitrine. Incapable d'en finir, elle la lança à l'autre bout de la pièce puis, refoulant ses larmes, elle se griffa sur tout le corps, comme pour en effacer le souvenir des mains d'Einon. Dans sa fureur, elle arracha les draps du lit, théâtre de son déshonneur, avant de s'y effondrer en sanglots.

– C'est là un bien piètre amour… Mais il n'en a jamais manifesté autant pour personne.

Kara sursauta, cherchant des yeux la propriétaire de la voix mélancolique qui venait troubler sa douleur. Elle vit alors la reine Aislinn émerger de l'ombre.

– Dites-vous cela pour me consoler ? riposta-t-elle.

– Non…

Aislinn se pencha afin de ramasser le poignard sanglant qu'elle examina d'un œil curieux.

– Par où êtes-vous passée ?

– J'ai mes propres entrées.

– Pourquoi êtes-vous venue ?

– Pour t'aider.

– Comment la mère d'une telle bête pourrait-elle m'aider ? répliqua Kara avec un rire amer.

Un léger tressaillement altéra le calme presque surnaturel de la reine.

– J'ai mis au monde un enfant innocent, fit-elle à mi-voix. Ce n'est pas sa faute s'il est le fruit d'un mariage sans amour.

– Vous auriez mieux fait de l'étouffer au berceau, reprit Kara sans se laisser démonter.

– Je me suis déjà fait cette réflexion. Mais quand il se pendait à mon sein, comment aurais-je su qu'il deviendrait un tel monstre ? Je ne voyais qu'un petit être issu de moi, fragile et sans défense. Je n'avais pas vu que, de nous deux, c'était moi la plus vulnérable.

Une amertume soudaine vint briser le masque de sérénité de la reine :

– Comment aurais-je pu être sa mère, quand j'étais moins qu'un être humain, un simple trophée, une créature soumise et privée de voix ? Dans ces conditions, comment mon fils aurait-il pu m'entendre ? Comment aurait-il pu échapper à l'exemple pernicieux de son père ?

Aislinn faisait de violents efforts pour maîtriser son trouble.

– Est-ce là tout le secours que vous avez à m'apporter ? railla Kara. Me prédire mon avenir au travers de votre passé ? Rendez-moi ce poignard. Je préfère me tuer que d'accomplir cette sinistre prophétie.

– Pourquoi mourir, quand la liberté est à portée de main ? fit la reine d'une voix raffermie.

Elle s'approcha de la cheminée et pressa une tête de gargouille sculptée sur son manteau. Le contrecœur coulissa, révélant un escalier secret.

– Je t'ai bien dit que j'avais mes entrées.

L'escalier aboutissait à la citerne de l'ancienne forteresse romaine. Kara suivit Aislinn sur le chemin de pierre qui longeait le faîte du mur sur toute sa circonférence, jusqu'à une porte. Kara voulut l'ouvrir mais la reine retint son bras. Elle entrouvrit le minuscule guichet découpé dans le battant et fit signe à Kara d'y coller son œil. La jeune fille aperçut deux gardes qui faisaient leur ronde dans la cour.

Aislinn lui désigna alors une volée de marches menant à une seconde porte, celle-ci en métal, au ras de la surface des eaux. Kara acquiesça et descendit les marches. Arrivée devant la porte, elle se retourna :

– Merci…

Mais la nuit avait déjà englouti Aislinn…

17

DRACO

– Imbéciles ! Chiens !

Les insultes d'Einon couvrirent le râle d'agonie du garde. Serrant sa poitrine, il tomba à genoux aux pieds du roi furieux. D'un coup de pied, Einon l'envoya rejoindre son compagnon gisant déjà au sol dans une mare de sang.

– Si vous n'êtes pas capables de garder une femme, allez donc garder les spectres en enfer !

Aislinn observait la scène, muette. Mal à l'aise, Brok tenta d'apaiser le courroux du roi :

– C'étaient de bons soldats, sire…

Fou de rage, Einon fit volte-face, pointant son épée rougie sur la gorge du chevalier :

– Tu oses contredire le roi ?

– Non, sire, répondit Brok en désignant l'escalier dérobé derrière le contrefeu. Mais pouvaient-ils deviner… ?

– Mieux encore : comment cette fille pouvait-elle être au courant ? le coupa Einon en coulant un regard noir vers sa mère. Réunis nos meilleurs hommes, aboya-t-il à l'adresse de Brok.

Celui-ci quitta la pièce après s'être incliné. Aislinn l'entendit pousser un soupir de soulagement quand il passa devant elle, mais elle continua de braver le regard soupçonneux de son fils.

– Je vais quérir quelqu'un pour nettoyer.

Sur ces paroles, elle sortit en faisant un détour pour éviter les deux cadavres.

À son réveil, le dragon s'aperçut qu'il n'avait plus mal. Le chevalier somnolait, blotti au creux de son corps. Il en conclut qu'il faisait froid. Bowen avait trempé dans l'eau de la crique la couverture de cheval dans laquelle il s'enroulait la nuit et l'avait posée sur son épaule. La blessure était alors si brûlante qu'il s'en était échappé un nuage de vapeur. Toutefois, la fraîcheur de la compresse avait apaisé la douleur.

Bowen lui avait donné à boire dans son bouclier et, à plusieurs reprises, il avait remouillé la couverture. Il avait veillé sur lui pendant qu'il se reposait et s'était même inquiété de savoir ce qu'il pouvait faire de plus pour lui.

La tête du chevalier bascula sur sa poitrine ; il la redressa vivement en ouvrant les yeux. Les traits tirés par la fatigue, il souleva doucement la couverture afin d'inspecter la blessure et plaça une main sur l'épaule de Draco, là où brillait une lumière rouge quelques heures plus tôt.

– Rendors-toi. C'est fini.

Bowen se retourna, surpris de le trouver éveillé.

– Je ne dormais pas, je ne faisais que reposer mes yeux. Que t'est-il arrivé ?

Le dragon le sentait sincèrement inquiet. Mais bien sûr, il n'était pas question de lui dire la vérité... Pas encore.

– Une vieille blessure qui parfois se réveille, répondit-il d'un ton évasif.

– Si j'ai dit quelque chose qui t'ait fait de la peine...

– Laissons cela. Tu n'y es pour rien.

Le dragon ne voulait pas que Bowen se croie responsable de son malaise.

– Tu as veillé toute la nuit sur moi ?

– Je... J'ai... réfléchi, bredouilla Bowen, trop embarrassé pour oser répondre par l'affirmative.

– Réfléchi à quoi ?

– Par exemple, j'ai trouvé un nom pour toi !

Le dragon ne put s'empêcher de sourire devant cet accès d'enthousiasme quasi enfantin :

– À t'entendre, on croirait que tu es allé le décrocher dans le ciel.

– Tu ne crois pas si bien dire. Tu vois ce groupe d'étoiles, par là ?

Suivant la direction que lui indiquait Bowen, le dragon leva un regard plein de ferveur vers une constellation sinueuse dont l'éclat vif tranchait sur le fond noir du ciel.

– Je connais ces étoiles, murmura-t-il d'un ton mélancolique.

– On appelle cette constellation Draco, expliqua Bowen. Dans la langue des savants, cela veut dire « dragon ».

– Que ce soit dans l'une ou l'autre langue, tu continueras de m'appeler dragon, plaisanta-t-il.

– Tu as raison, fit Bowen en se renfrognant. Mon idée est idiote.

– Pas du tout, protesta le dragon.

Le chevalier avait cru qu'il se moquait de lui, alors qu'il était simplement ému : on ne nomme que ce qu'on aime.

– Je serai très honoré de porter le nom de ces étoiles. Draco… Je te remercie, chevalier.

– J'ai un nom, moi aussi, dit Bowen en feignant l'indifférence.

– Je sais, sourit le dragon, pas dupe. Bowen… Bowen, je te remercie de m'avoir nommé… Draco.

– Tu le prononces comme une prière, remarqua Bowen.

– C'est plutôt que ce nom exauce mes prières. Draco… exhala-t-il une fois de plus en fixant les étoiles.

Par-delà le clapotis de la crique et le grondement de la cascade, l'écho du nom se diffusa à travers le ciel et la nuit, jusqu'aux étoiles qui scintillaient dans le lointain.

QUATRIÈME PARTIE

LA REBELLE

Sa force soutient le faible,
Son épée défend l'opprimé.

L'Ancien Code.

18

LE SACRIFICE D'UNE VIERGE

Bowen reconnut le village sitôt franchi le pont de bois. C'était là qu'il avait vu Einon pour la dernière fois ; là que leurs routes s'étaient séparées, quand le jeune homme avait crié : « Le roi est au-dessus du Code. » Jamais il n'avait oublié cet endroit ni cette aube grisâtre.

Il n'avait rencontré jusque-là que quelques chèvres qui s'étaient enfuies à son approche. Cela ne l'étonnait pas : ces gens le prenaient certainement pour l'un des nervis du roi. Il se demanda à qui avait échu ce domaine. Qui qu'il soit, il était bien décidé à lui faire payer chèrement ce souvenir.

Comme il enfilait la rue principale, le village sortit brusquement de sa torpeur. Il vit venir une foule en colère qui poursuivait une jeune femme échevelée en la bombardant de mottes de terre et de légumes pourris. La jeune fille tentait en vain de faire entendre sa voix par-dessus les vociférations des villageois :

– Secouez le joug du tyran !

Splash ! Une poignée de boue s'écrasa sur son front.

– Pauvre folle ! lança quelqu'un.

– Prenez les armes ! reprit la fille sans se laisser démonter.

Splotch ! Un trognon de chou l'atteignit en pleine poitrine.

– Vas-tu nous laisser, à la fin ?

– On ne veut pas d'ennuis avec Einon.

Bang ! Un autre chou s'abattit sur elle, mêlant ses feuilles pourries à la boue qui maculait déjà son visage.

La fille insista malgré la pression de la foule qui convergeait vers Bowen et son cheval :

– Vous avez déjà des ennuis avec Einon ! lança-t-elle d'un air de défi.

Un colosse s'avança jusqu'au pied du cheval :

– Cet air-là, on l'a déjà entendu dans la bouche de ton père, Kara. Ne compte pas sur nous pour le reprendre en chœur. Une fois nous a suffi, dit-il en désignant le bandeau qui couvrait son œil.

– Mon pauvre Hewe, fit la fille avec mépris, tu préfères ramper sous la botte d'Einon, comme un chien.

– Mieux vaut un chien qui rampe qu'un chien mort ! rétorqua Hewe.

Comme il s'apprêtait à lancer le fromage qu'il avait à la main, Bowen se pencha et s'en saisit. Le colosse fit volte-face, l'injure à la bouche, mais la vue du chevalier en armes le réduisit au silence.

Bowen lui sourit et mordit dans le fromage. La fille leva vers Bowen un regard plein d'attente. Un sourire se dessina sur ses lèvres sous la couche d'immondices. Le chevalier se retourna vers Hewe :

tour affamé. De leur côté, les villageois paraissaient effrayés, sans plus. Peut-être l'incendie d'un toit de chaume ou un piqué sur le troupeau de chèvres auraient-ils débloqué la situation.

– Peut-être qu'il va finir par partir, hasarda Hewe en risquant un œil par-dessus l'épaule de Bowen.

– D'ici là, vous serez tous morts de soif, répliqua Bowen, fâché. Où se trouve le seigneur de ce village ?

– Messire Brok habite une belle demeure à six milles d'ici. S'il y a des dégâts, il nous en tiendra pour responsables et puisera dans nos poches l'argent des réparations.

Bowen se mordit les lèvres. Brok... Encore heureux qu'il ne fût pas là. Cette fois, il allait devoir jouer serré.

– Je ne suis point si gourmand. Ma proposition tient toujours. C'est moi... ou *lui*, dit-il en désignant le dragon.

Un murmure parcourut l'assemblée des villageois, mais Kara s'approcha en jouant des coudes :

– Cela ne vous suffit pas de ramper devant Einon, il faut encore que vous cédiez aux intimidations d'un maître chanteur ? Vous n'avez pas besoin de lui pour vous débarrasser d'un dragon !

Sans daigner lui répondre, Bowen se retourna ers un villageois bien en chair accompagné de es trois filles, tout aussi replètes :

– Elle dit vrai. Si vous tenez tant à votre or, ue diriez-vous d'offrir au dragon une de ces harmantes personnes ? Les monstres de son

– Il aurait été dommage de gâcher un si bon fromage pour un discours aussi creux.

– Je ne dis que la vérité ! s'irrita la fille, ravalant son sourire.

– La vérité est mauvaise conseillère, demoiselle, marmonna Bowen en mastiquant son fromage. Il est rare qu'elle mène à la victoire. En revanche, elle est fort capable d'allonger le cou d'une rebelle... À supposer qu'il y ait un cou sous toute cette crasse.

La foule partit d'un grand rire. Piquée au vif, la fille essuya son visage. Bowen se fit la réflexion qu'elle était plutôt jolie. Sa longue chevelure rousse faisait beaucoup d'effet, même encroûtée de boue. Souriant des efforts qu'elle faisait pour rétablir sa dignité, il lui tendit obligeamment le fromage. Elle s'en empara et, d'un air indigné, le lui balança en pleine face, redoublant l'hilarité de la foule.

Tout à coup, une femme poussa un cri, le doigt pointé vers le ciel. Tous levèrent les yeux, compris Bowen qui s'essuyait le visage.

– Il était temps... murmura-t-il à part soi.

Il vit Draco décrire un cercle menaçant dessus du village, puis fondre sur la foule qu dispersa avec des cris paniqués.

Les négociations étaient au point mort. E glissa un regard au coin de la hutte d laquelle il avait trouvé refuge en compagn groupe de villageois. Crachant la fumée naseaux, Draco était posté sur le pont tel espèce apprécient qu'on leur sacrifie une vierge de temps à autre.

Le père écarta les bras afin de protéger ses filles de cette perspective épouvantable.

– Pourquoi pas une autre ? fit Hewe d'un air entendu avec un regard en coin vers Kara.

Draco vit le groupe des villageois pousser une charrette branlante sur le chemin menant au pont. Ligotée à un poteau planté dans le fond de la charrette, une jeune fille poussait des cris d'orfraie :

– Non, non... Pitié !

La charrette s'immobilisa au bout du pont et les paysans, après s'être répandus en courbettes, battirent en retraite vers le village. La fille leva vers lui un regard empli d'épouvante et se mit à hurler de plus belle. Sa voix stridente l'incommodait presque autant que le sidérait cette mise en scène.

– Psst ! Psst !

Draco tourna la tête et aperçut Bowen, tapi derrière un buisson non loin du pont.

– Ne regarde pas dans ma direction, lui souffla-t-il avec des gestes véhéments.

Plus abasourdi que jamais, Draco reporta son attention sur la fille.

– Qui est-ce ? demanda-t-il entre ses dents.

– Une peste. Dépêche-toi de nous en débarrasser.

– Pourquoi ?

– Ces imbéciles espèrent apaiser ton courroux en te l'offrant en sacrifice.

– D'où leur vient cette brillante idée ?

– Peu importe !

– C'est barbare !

– Débarrasse-nous de la fille !

– Comment ?

– Est-ce que je sais ? Tu n'as qu'à la manger.

– Oh ! Je t'en prie… Pouah !

– Ça te va bien, de faire la fine bouche. Et messire Eglamore, donc ?

– Je l'ai croqué pour me défendre, mais je ne l'ai pas avalé.

– Oh ! Je suppose que le fait de la carboniser irait également à l'encontre de tes principes ?

– Et comment !

– Pourtant, ça impressionnerait ces manants.

– Tu n'as pas honte ?

– Fais-en ce que tu veux, mais vite !

Draco s'inclina vers la fille qui poussa un nouveau cri perçant. Quand il tendit la patte pour la saisir, elle perdit connaissance. Au moins, elle ne hurlerait plus. Ayant arraché le poteau de la charrette, le dragon enleva la fille évanouie dans les airs. Les villageois jaillirent de leurs cachettes avec des acclamations joyeuses.

– Réveille-toi… Mon Dieu ! Pourvu qu'elle ne soit pas morte de peur…

La voix était étrangement lointaine. Les ténèbres se dissipèrent, cédant la place à un brouillard grisâtre d'où émergea peu à peu… le mufle d'un dragon ! Kara poussa un cri qui acheva de la ranimer. Le dragon la fit taire en posant son petit doigt griffu sur ses lèvres :

– S'il te plaît... dit-il d'un ton aussi policé que ses manières. J'ai les oreilles sensibles. Te sens-tu bien à présent ?

Kara acquiesça d'un air hésitant. Draco éloigna son doigt.

– Parfait... Navré de t'avoir fait peur, s'excusa-t-il avec un sourire.

Drôlement poli, pour un dragon... songeait Kara. Un peu trop poli, même. Elle s'aperçut tout à coup qu'elle n'était plus attachée.

– C'est moi qui ai brisé tes liens, expliqua obligeamment le dragon. Tu es libre.

Son sourire et la douceur de son regard effrayaient davantage Kara que ne l'auraient fait des grognements et des jets de flammes. Elle s'écarta imperceptiblement de ce dragon si peu orthodoxe... et tomba dans la crique au pied de la cascade.

Quand elle refit surface, grelottant à cause de l'eau froide, elle vit le dragon se pencher vers elle avec une expression inquiète du haut de la corniche :

– Doux Jésus... Laisse-moi t'aider.

Sans lui laisser le temps de protester ou de s'enfuir, il glissa sa patte sous elle et la tira de l'eau. Elle se cramponna malgré elle à sa longue griffe quand il la souleva dans les airs et la reposa délicatement sur le rocher.

– Ma foi, ce bain n'était pas superflu, suggéra-t-il. Dieu... Tu es ravissante !

Flattée, Kara repoussa ses cheveux de son visage et répondit timidement au sourire du dragon :

– M… merci, euh…

– Draco ! s'exclama le dragon, rayonnant. Je m'appelle Draco.

19

RETROUVAILLES

C'est d'une humeur maussade que Bowen retraversa la forêt afin de regagner la cascade. Il avait attendu une heure que Draco reparaisse au village, sous les regards moqueurs et les quolibets des paysans – surtout ceux du borgne, Hewe.

– Encore là, chevalier ? l'avait taquiné celui-ci. Grâce à votre suggestion, nous n'avons plus besoin de vous.

– Ce n'est pas ce sécheron qui peut le satisfaire, lui avait-il rétorqué. Il sera bientôt de retour.

Mais Draco n'était pas revenu, le faisant passer pour un idiot. Il allait devoir s'expliquer quand il le retrouverait. Et s'il n'était pas à la cascade ? S'il lui était arrivé malheur ? Si quelque crétin en armure avait tenté de sauver la fille ?

Juste comme il se faisait ces réflexions, il distingua sur le sol des traces de sabots qui vinrent alimenter ses craintes. Il mit le pied à terre et s'agenouilla afin de les examiner. Une troupe de cavaliers était passée par là peu de temps auparavant. La profondeur des empreintes indiquait que les chevaux étaient lourdement chargés… Des chasseurs ! Plus que jamais inquiet du sort de Draco, Bowen remonta vivement en selle et galopa jusqu'à leur camp.

Bientôt, il distingua le murmure de la cascade derrière les arbres, accompagné d'un chant étrange qu'il avait entendu pour la première fois des années auparavant… C'était la même voix mystérieuse dont l'écho se propageait à travers la montagne la nuit où il avait mené Einon à la grotte. Mais la chanson avait perdu son caractère mélancolique et ses trilles aériennes n'exprimaient plus que la joie.

Ce fut moins la beauté de cette musique qui soutint Bowen dans son approche que la certitude que Draco se trouvait sain et sauf… Comme il en eut la révélation en débouchant sur la berge. Son euphorie céda alors la place à l'agacement quand il comprit quelle était la cause de la défection de Draco.

Debout sur la corniche, les bras écartés, Kara se laissait caresser par l'haleine chaude du dragon qui séchait ses vêtements et faisait voler ses cheveux. Lové près d'elle, Draco roucoulait d'un air béat en soufflant l'air par ses naseaux.

– Quelle jolie chanson ! s'enthousiasma Kara en flattant son mufle.

– Nous autres dragons, nous chantons quand nous sommes heureux, ronronna Draco, aussi rouge qu'une pivoine.

Riant de sa timidité, Kara continua de le caresser :

– Tu ne ressembles pas du tout à un dragon.

– Tu en connais beaucoup ? s'esclaffa Draco.

– Tu es le premier que je rencontre, avoua-t-elle avec un sourire. Mais tu es censé dévorer les jeunes filles, non leur donner la sérénade. Je suis certaine que tu n'as accompli aucun des horribles forfaits qu'on prête à ceux de ton espèce.

– Les ménestrels et leurs élucubrations… acquiesça Draco. Je n'ai jamais fait de mal à personne, sauf pour me défendre.

– Dans ce cas, que venais-tu faire dans mon village ?

– Euh…

Draco demeura court, puis une lueur se fit dans son esprit égaré :

– Oh ! Le village…

– Quand même, tu t'en souviens ?

Kara et Draco se retournèrent d'un même mouvement vers le nouvel arrivant. C'était ce grossier personnage, le chevalier du village, qui s'approchait sur son coursier. Quand il fut au pied de la corniche, Kara lança son cri de guerre et se laissa tomber sur son cheval. Elle atterrit sur la selle derrière Bowen et commença à lui bourrer le dos de coups de poing furieux :

– Laisse-le tranquille, espèce de brute ! Sauve-toi, Draco, cria-t-elle au dragon. Je le retiens !

Le chevalier tenta de la déloger, mais elle se cramponna sans cesser de l'abreuver de ses sarcasmes :

– Tu n'as pas honte de t'en prendre à un pauvre animal sans défense ?

Dans son énervement, le cheval fit un tête-à-queue, précipitant Kara et Bowen dans le ruisseau. Quand la jeune fille vit que le dragon n'avait pas quitté son rocher, elle fit des efforts désespérés pour rétablir son équilibre et atteindre le chevalier avant qu'il ne tire son épée. Mais il ne manifestait aucune intention de dégainer et Draco ne paraissait pas le moins du monde effrayé.

– Vas-y, Draco ! Fais-le griller !

Pour l'heure, le dragon était trop occupé à réprimer son hilarité pour faire griller qui que ce soit.

– Tu vas bien ? demanda-t-il au chevalier.

– Où étais-tu passé ? lui retourna froidement celui-ci.

– J'ai été… retenu. Bowen, je te présente Kara.

Avec un soupir exaspéré, Bowen se retourna vers la jeune fille et l'empoigna par le bras afin de l'aider à se relever, mais elle repoussa sa main. Il la lâcha, la laissant retomber dans l'eau.

– Que ne l'as-tu plutôt mangée, grommela-t-il.

– Allons, Bowen, fit Draco d'un ton apaisant.

Kara n'y comprenait plus rien : Draco appelait le chevalier par son nom ? Tandis qu'elle s'ébrouait, le chevalier continua de fulminer contre le dragon :

– Passe encore que tu m'aies oublié, mais ta propre sécurité ? Tu étais tellement accaparé par cette coquine…

– Pardon ? s'offusqua Kara.

– Toi, on ne t'a rien demandé, lui aboya le chevalier avant de poursuivre à l'adresse de Draco : … Tellement accaparé que tu ne m'as pas entendu approcher. Si j'avais été l'un des chasseurs dont j'ai aperçu les traces en venant, à l'heure qu'il est tu ne serais plus des nôtres.

– Bowen, ne sois pas si fâché, reprit Draco, s'efforçant de l'amadouer.

– Comment veux-tu que je ne me fâche pas, alors que j'étais mort d'inquiétude…

– Tu t'inquiétais ? Pour moi ?

– J'étais là à t'attendre, à me demander ce qui t'était arrivé, où tu étais passé et *quand* tu allais revenir. Mais toi, tu avais disparu…

Bowen se retourna vers Draco… et s'aperçut qu'il n'était plus là. Il jeta un regard noir à Kara, comme s'il la soupçonnait de l'avoir caché. Elle n'y était évidemment pour rien, mais elle avait vu Draco se raidir d'un coup, l'oreille aux aguets, avant de disparaître derrière la chute d'eau. Elle allait l'expliquer à cet insolent chevalier quand Draco passa brusquement la tête à l'extérieur de la grotte :

– Des chevaux… Quelqu'un vient.

Tandis qu'il regagnait sa cachette, Bowen et Kara entendirent à leur tour un bruit de galop dont l'écho se propageait à travers la forêt.

– Je m'en occupe, dit Bowen. Toi, prends un air alangui.

Au lieu de lui obéir, Kara prit ses jambes à son cou. Dans la troupe de cavaliers qui venait d'émerger du bois, elle avait reconnu Einon et ses hommes !

Voyant qu'elle tentait de gagner l'autre rive, Einon lança deux cavaliers à sa poursuite. Ils eurent tôt fait de la rejoindre. L'un d'eux mit pied à terre, l'attrapa et s'efforça de la hisser sur le cheval de son compagnon. Comme elle se débattait, elle sentit qu'il lâchait prise et basculait vers l'arrière, l'entraînant dans sa chute. Il s'écrasa au sol et elle atterrit dans les bras de Bowen.

L'ayant mise à abri derrière lui, celui-ci arracha son épée au soldat mort et se prépara à subir l'assaut du cavalier qu'il expédia dans le ruisseau d'un coup d'épée en travers de la gorge. Un éclat de rire ricocha alors sur l'eau :

– Est-ce possible ? s'esclaffa Einon, imité par Brok. C'est bien lui... Le vieux mentor du roi !

Kara se rappela alors dans quelles circonstances elle avait déjà rencontré Bowen. C'était lui, le chevalier qui l'avait laissée s'enfuir du champ de bataille... C'était lui encore qui avait défié le roi pour la sauver ainsi que son père. Elle vit ses traits se durcir tandis qu'il jaugeait Einon. Le Porcelet mena son cheval dans le ruisseau, toisant Bowen de toute sa morgue.

– Toujours à ferrailler, à ce que je vois.

– Mets pied à terre, que je te donne une leçon.

– J'ai grandi, tu sais... Il se pourrait que ce soit moi qui t'en donne une.

– Contente-toi de massacrer des paysans, c'est moins risqué.

Einon partit d'un rire maléfique :

– Oh ! Il n'y a plus besoin de les tuer... Les morts échappent à l'impôt.

– Cette jeune fille doit valoir gros, pour que tu te sois déplacé en personne.

– Un peu de respect pour ta future reine.

La surprise qui se peignit alors sur les traits du chevalier trouva son écho dans l'expression de Kara quand il se tourna vers elle. Trop abasourdie pour parler, elle secoua la tête avec vigueur.

– La dame ne paraît pas de cet avis, remarqua Bowen en se retournant vers Einon.

– Elle ne manque pas de cran, fit Einon avec un mouvement d'épaules.

– Il n'est pas question que je t'épouse, Porcelet ! s'écria Kara, ayant retrouvé sa voix.

– Et que penses-tu de sa franchise ? railla Bowen.

– Nous en reparlerons le jour de nos noces.

– Si je me rends à ton mariage, répliqua Bowen, ce sera pour faire une veuve de ta femme.

Kara pouffa. Le teint blême d'Einon s'enflamma sous le coup de la colère mais il retrouva bien vite son sourire :

– Tes manières sont aussi frustes que ton équipement, Bowen. Le temps s'est montré peu clément envers toi ; tu as eu tort de rompre avec moi.

– C'est *toi* qui as rompu avec moi.

Einon se caressa distraitement la poitrine, noyé dans de sombres réflexions. Kara crut voir une ombre de regret passer sur son visage mais, secouant ses souvenirs, il dégaina son épée et fit mine de descendre de son cheval. Bowen écarta Kara et se raidit.

– Je suis prêt pour la leçon, dit Einon, le pied encore à l'étrier. Mais d'abord, laisse-moi t'en donner une à ma façon…

Sans prévenir, il jeta son bouclier sur le chevalier. Comme celui-ci se baissait pour l'esquiver, il sauta de nouveau en selle et lança son cheval contre Bowen qui s'écarta vivement. Einon le dépassa et fondit sur Kara. Avant qu'elle ait pu s'enfuir, il l'empoigna par sa chevelure et lui tira la tête en arrière :

– Ne te sauve pas, la belle. Je n'en ai pas pour longtemps.

Il se pencha et plaqua un baiser sur ses lèvres. Comme elle se débattait, elle vit Bowen émerger de l'eau, tenant le bouclier d'Einon. Frappé dans le dos, celui-ci tomba de son cheval.

– Ne tourne jamais le dos à un ennemi, sauf s'il est mort… Je vois que tu n'as toujours pas retenu la leçon.

Les hommes d'Einon étaient sur le point d'intervenir quand le Porcelet se releva en s'ébrouant, des éclairs plein les yeux.

– Arrière ! ordonna-t-il à Brok et aux autres avant de faire volte-face. Tu es mort, lança-t-il à Bowen, mais tu ne le sais pas encore.

Kara se replia vers la cascade tandis que les deux hommes s'engageaient dans un duel échevelé. Bowen était rapide, mais Einon était plus jeune… et plus agile.

– Résigne-toi, chevalier, le pressa Einon. Tu représentes un monde défunt et un idéal dépassé.

– Cet idéal, tu l'avais fait tien ! dit Bowen, concentrant toute sa fureur dans une botte.

– Jamais !

Plus que les coups, ce fut cette réponse qui fit chanceler Bowen.

– C'est faux ! Quand tu récitais les formules, tu y mettais tout ton cœur !

– Non. Je les recrachais parce que je savais que c'était ça que tu voulais entendre.

– Tu mens ! gémit Bowen, les yeux noyés de larmes. Je t'ai appris…

– … À me battre, c'est tout ! aboya Einon.

Impuissante, Kara vit le chevalier reculer en direction de la chute d'eau, acculé par une vérité insupportable.

– C'est tout ce que j'attendais de toi, chevalier. Tu as bien rempli ton rôle.

Bowen parut sonné. Quand l'épée d'Einon lui entailla l'épaule, ses jambes se dérobèrent sous lui et il disparut dans la cascade. Tandis que Kara courait le rejoindre, Einon s'élança après eux, brandissant son épée. Mais comme il allait délivrer le coup de grâce, un geyser l'aveugla.

Le dragon atterrit entre les adversaires, les ailes déployées. Quand il grogna, Einon poussa un hurlement et, tremblant de peur, il fila dare-dare retrouver son cheval. En le voyant s'éloigner avec ses comparses, Draco se laissa tomber dans l'eau, le souffle court, en se comprimant la poitrine.

– Draco ! fit Bowen en pataugeant jusqu'à lui. Il t'a blessé ? Laisse-moi regarder.

Il voulut écarter les écailles sur le poitrail de Draco, mais celui-ci se détourna vivement.

– Il ne m'a pas touché, dit-il d'une voix lasse. Toujours cette vieille cicatrice… Occupe-toi de ta propre blessure.

– Mon épaule ? Bah ! Ce n'est qu'une égratignure.

– Je ne parlais pas de cette blessure-là, reprit Draco en le fixant d'un regard grave.

– Excusez-moi, fit Kara, troublée.

Le chevalier et le dragon se retournèrent vers elle d'un même mouvement.

– Comment se fait-il que vous vous connaissiez, tous les deux ?

CINQUIÈME PARTIE

LE CODE

Dans le val d'Avallon, au faîte d'un tertre, Arthur repose parmi ses frères d'armes en un verger de pierres.

Gildas le Scribe.

20

CICATRICES

Quelques huttes blotties sur la berge d'un marécage, un piton rocheux émergeant de la brume, pareil à une divinité contemplant d'un œil indifférent les miséreux à ses pieds... Tel était le paysage de désolation qui s'offrit au regard de Bowen du haut d'un tertre voisin.

– Ce n'est pas dans ces taudis que vous trouverez beaucoup d'or, dit Kara, formulant à voix haute – en y ajoutant une nuance de réprobation – les pensées qui agitaient l'esprit de Bowen.

– Ni toi beaucoup de recrues, lui rétorqua-t-il, quêtant un soutien du côté de Draco.

Mais il ne récolta que le silence. Survolant le village, le regard morne du dragon scrutait la silhouette menaçante du piton perçant le brouillard. Sa bouche close laissa échapper un soupir modulé. Il ne s'était pas départi de son mutisme depuis que la jeune fille avait découvert la nature de leur association. Bowen avait alors coupé court à ses reproches scandalisés en lui soufflant que ses sauveteurs méritaient plutôt sa gratitude.

Tout en se montrant avare de remerciements, Kara avait néanmoins renoncé à vilipender leur activité… sans toutefois leur épargner ses leçons de morale. Il semblait à Bowen qu'il venait de passer quatre jours en génuflexions. Avec obstination, la jeune fille les avait harangués sur le sort malheureux des paysans, la tyrannie exercée par Einon et ses piètres projets de rébellion, aggravant chaque fois un peu plus l'état mélancolique de Draco. Bowen se serait volontiers débarrassé de cette pécore, mais comment ?

Il n'était pas question de l'abandonner à la merci d'Einon et les gens de son village l'avaient sacrifiée sans scrupule au dragon. Une vraie nuisance… Pourtant, il ne pouvait s'empêcher de plaindre son sort et d'admirer sa résolution inébranlable. La flamme de son courage brillait à l'instar de sa chevelure que le soleil embrasait. Sous son regard ardent, Bowen sentit le rouge de la honte lui monter au front. Il détourna la tête en se frictionnant l'épaule.

– Laissez-moi voir, fit Kara en glissant sa main fraîche sous sa tunique délacée.

Délicatement, elle souleva le cataplasme de feuilles trempées dans des décoctions d'herbes afin d'examiner sa blessure :

– C'est presque guéri.

– Euh… oui, bredouilla Bowen. Grâce à tes doigts de fée, jeune fille…

Elle leva vers lui ses yeux bruns pailletés d'or :

– Kara… Cela fait mal ? demanda-t-elle comme il sursautait.

– Non ! fit Bowen en s'écartant d'elle. D'ici quelques jours, ce ne sera qu'une cicatrice de plus.

– Qu'est-ce qu'une cicatrice pour un chevalier ? reprit Kara d'une voix étrangement triste. J'ai connu autrefois un chevalier qui devait en être couvert, à en juger par sa bravoure. Un jour, il s'est dressé seul contre un tyran pour l'empêcher d'aveugler un rebelle vaincu.

Bowen fit volte-face, assailli par les fantômes d'un passé qu'il croyait mort : les hommes s'écroulant dans la boue parmi les flammes, la charge des cavaliers, les cris des soldats… Un adolescent coiffé d'une couronne trop grande pour lui et une jeune fille courant bravement vers un géant à la chevelure aussi flamboyante que la sienne… Une cascade de cheveux roux brusquement libérés d'un casque de fortune, une rivière de feu offerte à son regard médusé, encadrant le visage effaré d'une très jeune fille… C'était elle. Elle qu'il avait épargnée ce jour-là… Elle qui avait blessé Einon.

Einon… Son ombre avait plané sur ces derniers jours, assombrissant tout. La fille elle-même était liée à lui par le sang et le désir… Désir de possession pour l'un et de vengeance pour l'autre. Car il n'était plus question de se leurrer : Einon était seul responsable de ses méfaits. Pourtant, la haine de Bowen pour le dragon ne s'était pas apaisée. Sans le cœur de celui-ci, Einon serait mort et Bowen aurait conservé l'illusion d'avoir pesé sur le cours de sa brève existence.

– Le chevalier dont tu parles n'est plus, fit-il d'un ton amer. Il est mort de ses blessures, voilà déjà longtemps.

– Dommage, soupira Kara. Nous manquons d'hommes de sa trempe. Aujourd'hui, nous n'avons pour héros que des charlatans qui ne songent qu'à se remplir les poches.

– C'est la faute de cette foutue époque, rétorqua Bowen.

La flamme dans les yeux de Kara s'était éteinte, les laissant baignés de larmes et de regret.

– Et tous ceux qui ont les poches vides ? Avec vous à leur tête, ils reprendraient courage et espoir.

– Un espoir mensonger !

La réplique était brutale, pourtant elle ne broncha pas. En revanche, Draco laissa échapper quelques notes plaintives. Bowen lui lança un coup d'œil courroucé, mais il regardait toujours le piton surplombant le marécage. Bowen reporta son attention sur Kara et reçut de plein fouet son regard douloureux. Il l'empoigna par les épaules :

– Même si tu parvenais à lever ton armée de gueux, quelles chances auraient-ils contre des troupes aguerries ? La dernière tentative s'est soldée par un massacre. Je m'en souviens, j'y étais…

– Vous m'avez épargnée ce jour-là !

Sa voix avait retrouvé sa fermeté et son regard son assurance.

– Avec vous, reprit-elle en serrant fébrilement la tunique de Bowen, il en irait tout autrement.

– Pauvre innocente... Ton rêve t'aveugle au point de te cacher la sinistre vérité.

Son regard attristé scrutait sa beauté altière avec une mélancolie avide. Troublée par cet examen, Kara se libéra de son étreinte :

– Que regardez-vous ainsi ?

– Je retrouve en toi ce que j'étais autrefois... Toi aussi, tu finiras par comprendre.

– Que Dieu m'épargne de perdre aussi mon âme !

Ses yeux lançaient des éclairs quand elle lui tourna le dos et dévala la pente en direction d'un bouquet d'arbres couronnés de brume.

– Kara, où vas-tu ? C'est dangereux ! fit la voix grave de Draco.

Les yeux du dragon brillaient d'un éclat surnaturel sous ses paupières à demi relevées. Kara s'arrêta net et éclata d'un rire désenchanté :

– Tant qu'Einon sévira, je ne serai nulle part en sécurité. Ni moi ni personne. Se pourrait-il que toi, au moins, tu sois sensible à mes arguments ?

Une note d'espoir perçait sous ses sarcasmes, peut-être encouragée par l'étincelle que ses paroles avaient allumée dans les grands yeux si expressifs de Draco. Bowen n'avait pu que constater le changement survenu chez le dragon, et il n'aimait pas cela.

– Vraiment ? demanda-t-il. Serait-ce que tu as surmonté ta peur de la mort ?

Kara attendit sa réponse dans un silence tendu.

– Non...

Le dragon parut se ratatiner sous le regard implacable de Kara ; Bowen en fut navré pour lui.

– Je ne peux rien pour toi... Moi vivant, Einon ne mourra pas, marmonna Draco.

Kara lui tourna le dos et se remit en marche. Elle n'était plus qu'une silhouette quand Bowen lui cria :

– Reviens, espèce de sotte ! C'est trop risqué ! D'ici à deux jours, tu seras dans le lit d'Einon ou pendue à son gibet. Que feras-tu sans nous ?

« ... Sans nous... nous... »

Le temps que l'écho se taise, Kara s'était déjà enfoncée sous les arbres. La brume leur apporta néanmoins sa réponse :

– M'efforcer de changer ce monde infect.

21

OÙ IL EST QUESTION DE MORALE ET DE MOUSTIQUES

Bowen essuya la sueur qui coulait dans ses yeux puis il écrasa un moustique, les yeux fixés sur le sac où de longs doigts crasseux glissaient leurs modestes oboles – couverts grossiers, perles de verroterie, anneau d'étain, menue monnaie –, suivant un pitoyable rituel.

Bowen lui-même se sentait piteux. Il écrasa un autre moustique sur son cou, fronçant le nez à cause de l'odeur des poissons séchant sur des filets en bordure du marais. Tout ici respirait la misère, jusqu'aux villageois – un ramassis de géants hâves et dépenaillés, aux yeux hallucinés. Nul seigneur ne régnait sur cette étuve infestée d'insectes.

En son for intérieur, Bowen maudissait Kara d'avoir réveillé sa mauvaise conscience. Mais, d'ici à quelques jours, celle-ci serait rendormie et il aurait tôt fait d'oublier cette scène pénible.

L'odeur de fumée l'emportait encore sur celle du poisson pourri. Elle provenait des deux barques embrasées qui dérivaient au fil de l'eau. Une broutille, mais Draco avait refusé de causer davantage de dégâts. Toutefois, sa petite démonstration avait suffi à faire monter les enchères.

Le chef du village, un géant décharné, s'avança pour remettre son salaire à Bowen. À l'intérieur du sac, le maigre trésor faisait entendre des raclements très éloignés du tintement joyeux des espèces trébuchantes. Bowen attendait, sachant qu'il était trop tard pour se défiler et couper court à la mascarade qui l'attendait.

Tout en balançant le sac à bout de bras, le chef levait des regards furtifs vers le dragon qui décrivait au-dessus du marais des cercles à la fois menaçants et paresseux.

– Attendez !

Kara se fraya un passage jusqu'au premier rang de la foule, pointant un index accusateur vers Bowen :

– Cet homme est un imposteur !

Le chef éloigna vivement le sac de Bowen tandis qu'un sourire de triomphe étirait les lèvres de Kara. D'une claque féroce, Bowen pulvérisa un moustique posé sur sa joue, regrettant de ne pouvoir en faire autant de la jeune fille.

– Et ça, c'est de l'imposture ?

Ayant décroché son bouclier orné de griffes de sa selle, il le fourra sous le nez en bec de corbeau du chef.

– Cette fille est une vagabonde, une pauvre demeurée qui ne débite que des fadaises.

– Mensonge ! Ce chevalier n'a jamais tué de dragon ! riposta Kara.

– Erreur, mon enfant.

Bowen, Kara et le chef se retournèrent vers le nouvel arrivant qui se ménageait un passage dans la foule. Chassant les moustiques avec un parchemin roulé, il traînait un mulet derrière lui.

– Gilbert ! s'exclama Bowen, ravi.

Le moine lui donna une accolade chaleureuse :

– Bowen ! Dieu soit loué, vous êtes vivant et entier !

– Pourquoi ne le serais-je pas ?

– À l'heure qu'il est, le bras droit d'un autre gaillard repose en terre sous une croix gravée à votre nom. Si vous aviez vu les obsèques que je vous ai faites, vous en auriez été touché.

Bowen sourit, songeant à messire Eglamore, et laissa bien volontiers le moine presser son bras pour s'assurer de sa réalité.

– Vous ne pouviez mieux placer votre confiance, reprit Gilbert à l'adresse du chef de village. Moi qui vous parle, je l'ai vu massacrer presque deux dragons !

— Presque ? releva Kara.

Gilbert lui sourit avec toute la bienveillance qu'un homme de Dieu doit manifester à une simple d'esprit :

– Pour être franc, je n'ai pas vu messire Bowen assener le coup de grâce au second mais puisqu'il se trouve ici, c'est qu'il l'a fait.

– Bien sûr ! Je n'ai jamais été vaincu.

C'était au tour de Bowen d'exulter.

– Quant à moi, ma ballade n'est pas perdue. Ah ! jubila Gilbert en donnant une tape amicale sur l'épaule de Bowen, quelle chute héroïque j'imagine déjà !

– Je suis on ne peut plus flatté de contribuer à l'histoire de l'art.

– Comme j'ai hâte de vous la réciter !

– Et moi de l'entendre.

– Quel honneur ! Le poète lisant son œuvre à son inspirateur…

– C'est trop de modestie, frère Gilbert. Tout l'honneur est pour moi.

– Point du tout. C'est un immense privilège que de pouvoir narrer ce nouvel exploit sitôt qu'il aura été accompli.

– Sitôt accompli ?

– Dès que vous serez venu à bout de ce maraudeur ailé.

– Ce maurau… Ah ! oui.

– À vous d'enflammer ma muse par des prodiges encore plus grands…

– C'est ça, allez-y.

Débordé par l'enthousiasme délirant de Gilbert, le chef s'avança de nouveau vers Bowen, mais Kara s'interposa :

– Ne faites pas cela ! Il est de mèche avec le dragon.

Un silence glacial succéda au concert de louanges. Confronté à l'inavouable vérité, Bowen ne put que ronger son frein tout en se promettant de ne plus jamais voler au secours d'une damoiselle. Heureusement, tous les regards étaient fixés sur Kara. Soudain, le chef partit d'un rire énorme qui dévoila ses chicots, et tendit le sac à Bowen en lui soufflant son haleine fétide à la figure. Bowen fit chorus et vrilla un index sur sa tempe en pointant le menton vers Kara :

– Quand je vous disais qu'elle n'avait pas toute sa cervelle…

L'hilarité avait gagné toute l'assemblée, jusqu'à Gilbert qui, pour ne point vexer la malheureuse, pouffait derrière sa main. Mais Kara était habituée à ce qu'on se moque d'elle :

– Et s'il perdait ?

– Ça ne m'est jamais arrivé, réitéra Bowen en exhibant ses trophées.

Mais les rires retombèrent d'un coup, à la grande satisfaction de Kara.

– Il y a un début à tout, répliqua-t-elle. Si vous êtes vaincu, est-ce que le dragon restituera votre prime ?

Ladite prime n'était pas bien élevée, mais c'était tout l'avoir de ces pauvres rustres. L'idée qu'elle puisse finir dans la gueule d'un dragon méritait à coup sûr réflexion. Déjà, le chef levait le nez vers le dragon, tentant d'estimer sa force. Bowen fourra la main dans le sac et brandit sa prise devant les yeux de tous :

– Qui nous fera croire qu'un dragon a besoin d'une cuiller en bois ?

Insensible à l'argument, le chef arracha le sac à Bowen, ne lui laissant que la cuiller.

– Pour être folle, elle ne manque pas de bon sens, grommela-t-il.

– Tout juste ! insista Kara. Pourquoi le paieriez-vous pour un travail qu'il n'a pas accompli ?

À la réflexion, le chef reprit également la cuiller.

– Je n'ai jamais perdu un combat !

– Dans ce cas, vous êtes assuré de récupérer votre prime… une fois la bête vaincue.

– On paie d'avance, ragea Bowen.

Pour avoir assisté à la mise au point de leur stratagème, elle savait que c'était au tour de Bowen de mourir.

– Ce moine peut témoigner qu'on a déjà tenté de m'escroquer.

Il ne doutait pas que ces manants crédules préféreraient le témoignage d'un homme d'Église aux élucubrations d'une folle. Et en effet…

– J'ai une proposition à vous faire, dit Gilbert, très diplomate. Pourquoi ne pas me confier la prime, en gage d'impartialité ?

Le cheval se cabra devant le jet de flammes, obligeant Bowen à se cramponner aux rênes pour ne pas tomber.

– Pas si près ! grogna-t-il à l'intention du dragon qui planait au-dessus de lui.

– Tu n'avais qu'à pas modifier les plans à la dernière minute, rétorqua Draco, froissé.

– Et toi, tu devrais apprendre à improviser.

Draco esquiva le coup de lance de Bowen. Leur chorégraphie était suffisamment rodée pour leur permettre de poursuivre leur conversation :

– Il était convenu que j'enlève le cheval dans les airs, répliqua Draco d'un air boudeur.

Le coursier de Bowen se pliait de bonne grâce à cette opération, à condition que Draco ne l'effraie pas en crachant des flammes trop près de ses sabots.

– Tu n'as qu'à te plaindre à cette damnée drôlesse. Depuis que tu t'es amouraché d'elle, elle ne nous a attiré que des ennuis.

– Elle nous a fourrés dans de beaux draps, renchérit Draco avec un sourire. Reconnais au moins qu'elle est pleine de ressources.

– Tu auras tout loisir de t'en réjouir quand tu seras « mort ». Tu sais qu'il va falloir en passer par là ; c'est le seul moyen de s'en sortir.

– Et mon cadavre ?

– Quoi ?

– Comptes-tu me faire évacuer sur une charrette ou suis-je censé pourrir sur place ?

– Ne sois pas stupide. On va leur refaire le coup du lac, répondit Bowen en désignant le marais d'un ample mouvement de sa lance.

La foule qui observait le déroulement du combat depuis le village poussa des « oh ! » et des « ah ! » pleins d'admiration. Draco effectua une pirouette qui lui permit de jeter un coup d'œil à l'eau grise et mousseuse au-dessous de lui.

– Tu veux que je plonge dans ce cloaque ?

– Ce n'est pas le moment de faire le délicat ! Tu n'as qu'à t'enfoncer sous l'eau et reparaître un peu plus loin, à la faveur du brouillard.

– Si c'est si facile, pourquoi ne le fais-tu pas ?

– Finissons-en... Nous leur en avons donné pour leur maigre argent.

– Puisque l'enjeu est si faible, pourquoi ne me laisserais-tu pas filer ? Comme ça, il n'y aurait ni vainqueur ni vaincu.

– Tu oublies la fille.

Bowen estimait que son honneur était en jeu dans cette affaire : il n'était pas question qu'il se laisse ridiculiser par cette péronnelle. Draco regarda de nouveau le marais avec dégoût :

– Je m'en souviendrai, quand ce sera ton tour de mourir.

– Ça ne peut pas être pire que l'intérieur de ta gueule.

– Trop aimable.

– Tiens-toi un peu tranquille, j'arrive !

Bowen enfonça sa lance sous l'aile de Draco qui poussa un cri déchirant et se mit à tournoyer au-dessus du marais en un ballet funèbre un peu trop appuyé au goût de Bowen.

Le dragon était un piètre acteur... Mais, à dire vrai, Bowen n'en avait jamais vu de réellement convaincant. Les divertissements de cour l'avaient accoutumé aux agonies interminables, aux gesticulations, aux yeux exorbités, aux logorrhées entrecoupées de râles braillards. À coup sûr, aucun de ces agités n'avait jamais mis les pieds sur un champ de bataille. Là, la mort pouvait survenir en un clin d'œil ou se faire attendre des heures durant, mais elle était toujours hideuse et ne s'encombrait pas d'effets de manche, de tirades héroïques ni d'applaudissements.

Mais, sitôt sortis de scène, ces histrions peinturlurés de rouge se ruaient sur la table du banquet avec une voracité parfaitement prosaïque, à croire qu'il existait une corrélation entre l'appétit et le degré de cabotinage. Draco partageait non seulement les tics de ces bouffons, mais aussi leur gloutonnerie.

Enfin, il se décida à rendre l'âme. Poussant un râle des plus harmonieux, il plongea en un tourbillon. Les villageois transportés saluèrent cette ultime acrobatie par des acclamations joyeuses. Bowen écrasa froidement un moustique, attendant que Draco s'abîme dans l'eau avec un grand « splash ».

Au lieu d'un « splash », ce fut un « flop »... Un « flop » sonore qui souleva un geyser de boue. Le cheval de Bowen se cabra. Pris au dépourvu, le chevalier vida les étriers et ramassa en pleine face un paquet de boue tombé du ciel.

Il se frotta les paupières et distingua alors Draco couché sur le dos, les yeux clos, dans une attitude de trépas qu'il s'efforçait de rendre le plus paisible possible.

– Qu'est-ce que tu attends ? Coule ! lui souffla-t-il.

– Je ne peux pas ! marmotta Draco entre ses dents. Je touche le fond !

À cet instant, Kara les rejoignit, hilare :

– Eh bien, qui est l'idiot à présent ?

– Tiens, mademoiselle Je-sais-tout, railla Bowen avec un regard noir. Je te le revaudrai, fillette.

– D'abord, il faudra que vous vous tiriez de là, glousse-t-elle.

– Bowen, mon cher ami !

Gilbert accourait vers eux sur Merlin, agitant joyeusement le sac de la prime au-dessus de sa tête :

– Ce nouvel exploit vous fait l'égal de Beowulf !

– Ça n'est pas difficile, grogna Draco. Beowulf, vraiment... Un benêt sanguinaire et mal dégrossi !

Bowen le fit taire d'un « chut ! » impérieux, juste avant que Gilbert lui lance le sac. Ô joie !... Une cuiller de bois pour lui tout seul !

– Quel monstre ! s'exclama Gilbert, admiratif. Il est encore plus gros que le dernier.

– À peu près de la même taille, en fait, rectifia Bowen d'un air modeste en s'interposant entre Merlin et la rive du marécage.

Mais le mulet était têtu et Gilbert entendait bien y regarder de plus près.

– Non, beaucoup plus gros, assena-t-il d'un ton catégorique.

– Par ici, Gilbert...

Empoignant les guides de Merlin, Bowen fit une nouvelle tentative pour éloigner la bête et son cavalier du soi-disant cadavre.

– Et la griffe ? demanda Gilbert. Ce serait pour moi un grand honneur que d'aller quérir ce trophée pour vous.

Le moine plongea la main dans les manuscrits empilés devant lui et en tira un poignard. Bowen voulut s'en emparer, mais Kara le devança :

– Laissez-moi faire ! fit-elle avec un sourire diabolique.

Bowen ignorait ce qu'elle avait en tête, mais il était sûr au moins d'une chose : il ne fallait rien en attendre de bon.

– C'est le moins que je puisse faire après vous avoir ainsi calomnié.

Avant que Bowen n'ait pu l'arrêter, elle pénétra dans l'eau et escalada le corps du dragon, sautant à pieds joints sur son flanc élastique. Si Draco parvint courageusement à maintenir son immobilité cadavérique, il ne put retenir un « ouf ! ».

– Qu'est-ce que c'est ? fit Gilbert en sursautant.

– Euh... Un mouvement réflexe. Tu ferais mieux de redescendre, ajouta-t-il à l'adresse de Kara sans réel espoir de l'arrêter. Il pourrait y en avoir d'autre.

– Ça m'étonnerait, rétorqua Kara en décochant un coup de pied au dragon. Il est on ne peut plus mort. Voyez !

Pour appuyer sa démonstration, elle se mit à faire des bonds sur l'estomac de Draco, l'utilisant comme un trampoline. Draco grimaça, puis ouvrit un œil. Bowen s'interposa vivement entre l'œil rebelle et Gilbert mais, heureusement, ce dernier était trop occupé à suivre les évolutions de Kara pour l'avoir remarqué. À cet instant, la pauvre fille avait tout de la demeurée dont Bowen lui avait brossé le portrait.

– Youpi !

D'un nouveau bond, Kara se propulsa jusqu'à la patte qui reposait sur le ventre du dragon et s'y assit à califourchon :

– Laquelle voulez-vous ? Celle-ci ? demanda-t-elle en caressant la patte de la lame du poignard.

Un gloussement suraigu s'échappa de la gueule close du dragon.

– Doux Jésus ! Il est vivant, s'alarma Gilbert en sautant à terre.

– Chatouilleux, avec ça, plaisanta Kara en grattouillant le ventre du dragon.

La carcasse de Draco tremblait de ses efforts pour contenir son hilarité, communiquant ses ondulations à la boue dans laquelle il baignait.

– Éloigne-toi, malheureuse !

Gilbert tira l'épée de Bowen de son fourreau et se jeta à l'eau afin de secourir la jeune fille. Exaspéré, Bowen pataugea après lui.

– Rends-moi ça ! ordonna-t-il en le désarmant.

– Seigneur chevalier, je m'incline devant votre expérience, dit Gilbert en lui cédant obligeamment le passage.

Mais Bowen n'alla pas plus loin :

– Kara, descends immédiatement ! Et toi, Draco, boucle-la !

– Mais, Bowen... bredouilla Gilbert en le tirant par la manche.

– Toi aussi, tais-toi !

Bowen s'avança vers le dragon et la jeune fille, abandonnant Gilbert à son désarroi.

– Oh ! Ah ! Kara, par pitié... Assez, protesta Draco entre deux rires étouffés. Hi ! hi ! Tu vas finir par vendre la mèche.

– C'est bien mon intention !

– Ne crois pas ça ! gronda Bowen en lui agrippant le poignet et en la précipitant dans l'eau.

Draco poussa un soupir de soulagement ; Kara refit surface et cracha son venin en même temps qu'un peu de boue :

– C'est la dernière fois que vous me faites boire la tasse ! ragea-t-elle en brandissant le poing devant le visage de Bowen.

S'il esquiva le coup, il reçut de plein fouet la giclée de boue qui accompagnait celui-ci. Il s'ébroua tel un chien et renversa brutalement Kara :

– Espèce de peste !

– Doucement, Bowen, l'admonesta Draco.

– Je n'ai pas besoin de toi pour me défendre, postillonna Kara en se relevant. Tu ne vaux pas mieux que lui !

– Ah ! Hum…

Les efforts timides de Gilbert pour attirer l'attention se noyèrent dans le brouhaha de l'altercation.

– Vous devriez avoir honte, fulmina Kara.

– Mêle-toi de ce qui te regarde, riposta Bowen.

– Allons… Kara… Bowen, fit Draco d'un ton apaisant.

– Excusez-moi ! cria Gilbert afin de couvrir la voix du dragon.

Mais Bowen le coupa une nouvelle fois :

– Après que nous t'avons sauvé la vie, tu pourrais au moins avoir la politesse de ne pas fourrer ton nez dans nos affaires.

– Je regrette, Kara, commença Draco, plus diplomate.

– Comment ça, tu regrettes ? tonna Bowen. Tais-toi… Tu es censé être mort. Et fais-moi le plaisir de fermer cet œil !

De plus en plus abasourdi, Gilbert s'approcha afin de poser une question qui lui semblait d'importance :

– Dites… Est-ce qu'il ne faudrait pas tuer ce dragon ?

La paupière de Draco se souleva d'un coup, dévoilant un œil indigné qu'il fixa sur le moine à l'unisson de ses deux compagnons :

– *Non !*

Surpris par la véhémence de leur réponse, Gilbert recula d'un pas et ajouta de l'air de s'excuser :

– C'est que... J'ai l'impression qu'ils sont d'un autre avis.

D'un index penaud, il désigna les paysans qui accouraient, armés jusqu'aux dents d'outils coupants, tranchants et disparates, en poussant des clameurs extasiées qui ne laissaient aucun doute quant à leurs intentions :

– Viande, viande, viande...

– De la viande ? protesta Draco en redressant la tête.

La foule déchaînée s'immobilisa derrière son chef, dépitée de constater que l'objet de sa convoitise tenait encore sur ses pattes.

Pour être honnête, les efforts désespérés de Draco pour se relever s'étaient jusqu'ici soldés par autant de rechutes humiliantes dans la vase.

– Tuez-le vite, pendant qu'il est encore à terre ! brailla le chef, prompt à tirer avantage de la situation.

– Tire-toi de là, Draco !

Bowen sauta en selle et fonça sur les assaillants pour tenter de les arrêter :

– Arrière !

Mais son cri se perdit dans les vociférations des villageois. Comme ceux-ci se ruaient en avant, il fit faire un demi-tour à son cheval et vit

Gilbert éloigner précipitamment un Merlin affolé.

Draco agitait ses ailes tel un canard sur le point de décoller d'un étang, mais la vase gênait ses mouvements. Craignant d'avoir poussé la plaisanterie trop loin, Kara tenta de le propulser en s'arc-boutant de tout son corps à son gros derrière. Enfin, alors même que les villageois entraient dans l'eau, Draco parvint à s'arracher à l'attraction du marais et s'éleva dans les airs, soulevant une gerbe de boue.

Déséquilibrée, Kara s'effondra au pied du chef qui la toisa d'un regard soupçonneux.

– Je n'y suis pour rien, ronchonna-t-elle. Je vous avais bien dit que c'était une escroquerie !

Mais, à en juger par le couperet qu'il brandissait au-dessus de sa tête, le chef la croyait complice de la manœuvre. Par chance, il s'écroula avant d'avoir pu abattre son arme, assommé par le sac du butin. Bowen traversa la foule sur son cheval et adressa un sourire narquois au chef étourdi :

– Pas de dragon, pas de récompense. C'est fou ce que ça pèse, une cuiller en bois, ajouta-t-il en se tournant vers Kara.

Ayant hissé la jeune fille sur sa selle, il fit faire demi-tour à son cheval et se vit alors encerclé par les villageois furieux… Apparemment, la restitution de leur maigre trésor ne les consolait pas d'avoir été spoliés de leur festin. Les paysans se pressaient autour du cheval, ne lui laissant aucune issue.

C'était compter sans Draco… Le voyant fondre sur eux, les assaillants se dispersèrent en couinant tels des porcelets. Draco referma ses ailes sur le cheval et reprit de la hauteur, laissant les villageois patauger seuls dans le marécage.

– On leur a quand même fait le coup du cheval enlevé, tonna joyeusement Draco, couvrant le rugissement du vent et les imprécations des villageois dupés.

– Ça a fonctionné comme un charme, s'esclaffa Bowen.

Puis il baissa les yeux vers Kara qui se cramponnait à lui :

– Si tu avais tenu ta langue, on en aurait terminé plus vite et nous serions tous moins mouillés.

Mais Kara était trop terrifiée pour répliquer. Les bras noués autour de la taille de Bowen, elle s'efforçait de ne pas regarder vers le bas. Bowen éclata d'un rire moqueur à la vue des mines dépitées des paysans qui agitaient le poing et leurs armes dans leur direction. Son cheval renchérit d'un hennissement auquel répondit un hi-han plaintif. Les paysans dirigèrent instantanément leurs regards vers la berge du marais.

– Draco...

– Oui ?

– Tu as encore un peu de place ?

Le malheureux Gilbert, les yeux tournés vers le ciel, n'avait pas vu qu'il était devenu le point de mire du village entier.

– Bowen ? lança-t-il d'une voix bêlante.

Bowen ne répondit pas, trop occupé à fourrager dans son sac de selle. Baissant enfin les yeux,

Gilbert se trouva brusquement confronté au rictus sauvage du chef du village.

– Tu t'es porté garant de lui, gronda le géant étique en levant de nouveau son couperet.

Cette fois encore, il roula au sol avant d'avoir pu frapper Gilbert, ainsi que son arme et le cuissot de chevreuil qui l'avait estourbi. Gilbert ramassa avec soin la matraque de fortune ; il eut à peine le temps d'y jeter un coup d'œil que la populace se rua sur lui.

Draco plongea entre Gilbert et ses poursuivants, prêt à saisir le moine entre ses griffes, mais Gilbert hurla, esquiva et lança le cuissot dans sa direction.

– Tudieu ! jura Bowen.

Le but de la manœuvre était de tirer Gilbert d'affaire, non de le rendre fou de terreur.

– Sauve-toi, imbécile ! lui cria Bowen en désignant les villageois qui se rassemblaient afin d'attaquer.

Heureusement, ils furent retardés par une altercation au sein du premier rang, où la soif de vengeance avait momentanément cédé devant la convoitise suscitée par la manne tombée du ciel.

Gilbert profita de la mêlée pour suivre le conseil de Bowen et prendre ses jambes à son cou… sur les talons de Merlin qui l'avait précédé dans la fuite. Bowen jugea que la bête montrait en cela plus de bon sens que son maître : ce n'était pas le cuissot de chevreuil qui allait rassasier tout le village et, à défaut de dragon, un mulet améliorerait toujours l'ordinaire.

Ayant réussi à agripper le pommeau de sa selle, Gilbert fourra le pied gauche dans l'étrier droit. Tandis qu'il sautillait à cloche-pied auprès du mulet effaré, une femme décharnée revint sur lui et le piqua de son couteau dans la partie charnue de son individu. Stimulé par cet aiguillon, Gilbert se jeta en travers de la selle, le nez enfoui dans ses parchemins, si bien qu'il ne vit pas Draco fondre sur lui et l'enlever dans ses serres ainsi que Merlin.

– Mission accomplie ! rugit Draco près de son oreille.

De saisissement, Gilbert releva la tête et aperçut les villageois au-dessous de lui. Il fit volte-face et se trouva nez à nez avec une Kara verte de peur et un Bowen hilare.

Draco effectua un virage sur l'aile et revint droit sur le marais. Bowen vit le chef du village se relever en chancelant et replonger aussitôt à terre pour éviter le dragon et les huit sabots qui pendaient dans le vide au-dessous de lui. Le pauvre bougre n'eut pas plus tôt retrouvé la position verticale qu'il manqua de se faire à nouveau piétiner par ses propres troupes, lancées dans une poursuite aussi vaine que désespérée.

Le brouillard dense qui enrobait le cœur du marais se referma sur eux quand Draco prit de l'altitude. Ayant rétabli son équilibre, le chef rappela ses gens qui déjà se jetaient à l'eau sur des canots en bois :

– Arrêtez ! Les voici pris dans le voile d'Anwnn… Ils n'appartiennent plus au monde des vivants !

Bowen perçut ces paroles malgré le bruissement des ailes de Draco et les braillements de Merlin et de Gilbert. Son regard suivit la direction qu'indiquait le chef et rencontra alors la butte escarpée émergeant de la brume.

22

HANTISES ET VIEUX DÉMONS

Rassuré, Einon rengaina son épée. Il y avait longtemps que la grotte était abandonnée. En y pénétrant, la lumière du jour lui avait ôté son aura de mystère.

Il n'y était pas revenu depuis quatre ans, depuis la nuit où on l'y avait amené sur une civière. Il gardait de la scène un souvenir étonnamment précis, en dépit de l'obscurité et du délire engendré par la fièvre. Mais les érudits et les prêtres n'affirmaient-ils pas que la plus grande clarté surgissait des affres de l'agonie ? Parfois, il lui venait des rêves de lumière intense qui le fuyaient au réveil.

C'était là-haut, sur cette corniche, que se tenait le dragon et ici, étendu sur cette pierre, qu'il avait échangé une promesse contre un cœur neuf… Qu'il avait berné la mort au prix d'un parjure !

Il avait également menti pour obtenir ce qu'il désirait de Bowen. Bowen et le dragon… S'il avait été surpris de retrouver le premier, le second lui avait causé un véritable choc. La vision d'un tel monstre surgissant de la chute d'eau était déjà assez impressionnante, mais quand il avait déployé ses ailes, dévoilant la cicatrice rouge de son poitrail, Einon l'avait reconnu.

Il avait hurlé... Mais la mort n'était pas venue. Il avait alors compris que ce n'était pas uniquement la cicatrice qui lui avait ouvert les yeux. Quand le dragon s'était dressé au-dessus de lui, une intuition douloureuse avait transpercé son cœur affolé... Le cœur que lui avait donné le dragon.

Celui-ci avait-il eu la même ? Était-ce cela qui l'avait retenu de l'écraser ? Dans tous les cas, pourquoi l'avait-il laissé fuir ?

C'était en cherchant la fille qu'il avait découvert Bowen... et le dragon. Les trois acteurs de son passage de l'état de prince mourant à celui de roi vivant, réunis en un même lieu. Une coïncidence pour le moins troublante. Mais ce ne pouvait être que le hasard qui avait conduit Bowen et la fille jusqu'au repaire du dragon. Il se demanda s'ils avaient survécu à la fureur du monstre.

Il n'avait vu nulle trace d'eux quand il était retourné à la chute d'eau avec Brok et toute une compagnie de soldats, seulement les cadavres en décomposition des deux hommes tués par Bowen. À vrai dire, il ne savait pas très bien ce qui l'avait incité à revenir. Peut-être espérait-il trouver en ce lieu les réponses aux questions qui le tourmentaient. Peut-être escomptait-il tuer le dragon, purger son âme de ses péchés au moyen d'un accès de violence aveugle, comme il en avait l'habitude. Peut-être encore désirait-il juste savoir si le dragon l'avait lavé de ses autres péchés en tuant Bowen et la fille... Mais ses interrogations étaient demeurées sans réponse et son âme était toujours aussi noire.

– Quelle paix règne en ce lieu... n'est-ce pas, mon fils ?

La caverne n'était point si déserte, en définitive. Aislinn apparut sur la corniche, dans une flaque de lumière tombée d'une fissure dans le toit de la caverne, et abaissa vers lui son regard si poignant.

– J'y viens parfois chercher la solitude...

La solitude ? Mais elle était *toujours* seule, même à la cour quand le château grouillait d'invités.

– Tu n'as pas trouvé le dragon dehors ?

– Non, marmonna Einon, dépité que sa mère l'ait surpris en cet endroit.

Devant elle, il se sentait démuni et transparent.

– Bowen ? Kara ?

– Non plus. Rien que les cadavres de mes hommes. Le dragon a dû les dévorer.

– Et il aurait dédaigné tes soldats ? Quel piètre convive !

Il devina qu'elle se gaussait de lui, même si aucun sourire n'éclairait son visage.

– Et moi, pourquoi ne m'a-t-il pas mangé, mère ? Pourquoi m'a-t-il laissé en vie ? J'ai pourtant brisé le serment que je lui avais fait.

– C'est vrai.

Il perçut à son ton qu'elle avait cessé de se moquer.

– Alors, pourquoi ?

– Je ne puis te répondre.

– Vous ne pouvez pas… ou vous ne *voulez* pas ? Le dragon était l'emblème de votre clan. C'est vous qui m'avez conduit ici. Il doit bien y avoir une réponse !

– Peut-être réside-t-elle en ton cœur, mon fils.

Un nuage passa alors devant le soleil, replongeant Aislinn dans la pénombre.

23

LE TERTRE

La brume empêchait de distinguer quoi que ce soit. Gilbert se demanda si c'était lui ou Merlin qui tremblait ainsi. Il baissa les yeux vers la patte mutilée qui les enserrait. L'air brassé par les ailes du dragon sifflait à ses oreilles en froissant ses parchemins.

– Que Dieu nous garde ! pria-t-il pour la douzième fois au moins en se signant.

– Tout va bien, Gilbert, lui assura Bowen, invisible dans le brouillard.

– Bien ? répéta le moine d'un ton dubitatif. Il s'en est fallu d'un cheveu qu'on ne me fende le crâne. En plus, je vous retrouve acoquiné avec une paire de fripons…

– Je ne suis pas une friponne ! fit la voix indignée de Kara.

– Et pour couronner le tout, me voilà enlevé par un dragon ! acheva Gilbert sans se laisser démonter.

– Il vous a sauvé la vie ! protesta encore Kara.

– Pour mieux nous égarer dans ce terrible brouillard.

– Nous ne sommes pas égarés.

La voix ferme de Draco fit taire Gilbert sur-le-champ, de même que la vision qui se dessina alors devant ses yeux à travers la brume soudain moins dense.

Des fûts de pierre se dressaient en rond au sommet de la colline. Draco piqua vers le sol et les déposa délicatement au centre du cercle.

D'une ruade, Merlin expédia Gilbert sur la mousse avant de filer vers les pierres levées. Bowen tendit une main secourable au pauvre moine mais celui-ci, las d'être traité comme un enfant, se releva sans son aide. Tirant sur sa soutane, il promena un regard intimidé sur le décor noyé de brume.

– Quel endroit sinistre, murmura-t-il. Un vrai repaire de démons.

– Au contraire, moine.

Gilbert se retourna en même temps que Bowen et la fille dans la direction d'où provenait la voix du dragon. Ils trouvèrent celui-ci perché sur le plus imposant des monolithes. Le regard levé vers le ciel, il semblait surveiller l'approche de la nuit.

– Ce ne sont pas des démons qui hantent ce lieu, reprit-il d'une voix sourde.

– Quoi… quoi donc, alors ? demanda Gilbert, sans véritable envie de connaître la réponse.

– Un esprit plus fort que la mort… Il perpétue à jamais la glorieuse mémoire de celui qui porta le nom de ma race.

– Qui ? ne put s'empêcher de demander Gilbert.

– Pendragon.

– Pend… *Arthur* Pendragon ? répéta le prêtre, abasourdi, comprenant tout à coup où il se trouvait.

S'étant signé, il s'avança vers les pierres avec un respect mêlé de crainte, citant des bribes de la légende à jamais gravée dans sa mémoire et dans son cœur :

– Dans le val d'Avallon, au faîte d'un tertre, Arthur repose parmi ses frères d'armes…

– … en un verger de pierres, acheva Bowen.

Gilbert sourit au chevalier dont le visage cendreux n'exprimait que trop le désarroi.

– La Table Ronde de Camelot ! fit-il d'une voix frémissante d'émotion tandis que des larmes roulaient sur ses joues rubicondes.

Debout au centre du cercle, il se mit à désigner les pierres tour à tour :

– C'est ici que siégeaient Gauvin, et là, Perceval… Galaad… Messire Kay puis Lancelot, à la droite… du roi Arthur !

Son index tremblant indiquait la plus haute des pierres… Celle sur laquelle s'était posé Draco.

– J'ai fini par te trouver, Arthur. Fasse le ciel que le terme de ma quête marque l'avènement d'un nouveau Camelot !

Adossé à la pierre de Lancelot, Bowen regardait d'un œil maussade Gilbert agenouillé avec Kara au pied de la pierre d'Arthur. Draco, toujours perché au sommet de celle-ci, n'avait d'yeux que pour le ciel noyé d'étoiles.

– Que ton esprit descende sur tous ceux qui gardent vivant le souvenir de ton règne glorieux, ô roi béni de Dieu.

La voix de Gilbert, pour une fois dépouillée de son emphase, traduisait une ferveur toute de retenue.

– Que la lame d'Excalibur tinte aux oreilles de tes ennemis... Amen. Prête, ma fille ?

S'étant relevé, il aida Kara à en faire autant puis se tourna vers Bowen :

– Et vous, Bowen ? demanda-t-il d'un ton où perçait l'espoir.

Bowen contempla à nouveau les pierres, aussi impressionné que les autres... mais pas au point de céder à leur folie. Il secoua la tête.

– Mais enfin, mon fils... C'est ici *Avallon* ! Le royaume des ombres de la Table Ronde. Un présage divin !

– Ce ne sont ni les ombres ni les présages qui gagnent les batailles, objecta Bowen. Tu t'en apercevras quand tu voudras lever une... armée, lança-t-il à Kara d'un ton railleur. Tu as déjà pu mesurer le courage des gens de ton propre village... Quand il s'agit de bombarder une jeune fille de légumes pourris, ils sont très forts. Sinon...

– Il faut bien commencer quelque part, lui rétorqua-t-elle avec sang-froid. Nous souhaiteras-tu bonne chance, Draco ?

Le dragon ne lui répondit pas directement, occupé à contempler les étoiles qui perçaient le voile nébuleux de la nuit.

– Regarde, Bowen... Ta constellation.

– Celle qui m'a inspiré ton nom, acquiesça Bowen, ne sachant où il voulait en venir.

– Ce sont plus que de simples étoiles, reprit Draco d'une voix si solennelle que Bowen en frissonna. Il y a longtemps, quand l'humanité était encore jeune, le plus sage d'entre nous prit pitié de l'homme et partagea avec lui nos secrets. Sentant venir la mort, le vieux sage réunit tous les dragons autour de lui et leur fit jurer de toujours veiller sur l'homme. À la seconde où il rendit son dernier souffle, une nouvelle étoile s'alluma dans le ciel.

Les paroles de Draco cheminaient lentement à travers le brouillard jusqu'à Bowen, telles des ombres étranges, si fascinantes qu'il ne pouvait que les accueillir dans un silence anxieux.

– Au fil du temps, d'autres âmes scintillantes – celles des dragons qui avaient tenu leur promesse – rejoignirent celle du vieux sage au firmament. Mais l'homme devint arrogant et finit par récuser nos conseils. Et les étoiles furent de plus en plus rares à éclore dans le ciel pour repousser les ténèbres.

Bowen leva les yeux à son tour vers la constellation qui palpitait de tous ses feux. Draco poussa un soupir chargé de toute la tristesse du monde :

– Toute ma vie, j'ai rêvé de me rendre digne de ceux-là qui brillent à jamais tout là-haut. Un jour, enfin, j'ai eu l'occasion d'accomplir un sacrifice qui devait réconcilier l'homme et le dragon et m'assurer une place parmi mes frères défunts... Mais mon sacrifice fut la cause de mon malheur.

La lumière se fit alors dans l'esprit de Bowen :

– C'était toi ! s'exclama-t-il. C'est un peu de ton cœur qui bat dans la poitrine d'Einon !

Draco écarta les écailles de son poitrail, dévoilant sa cicatrice écarlate :

– Oui. C'est cette moitié de cœur qui m'a coûté mon âme. J'avais perçu sa nature sanguinaire, mais je m'imaginais que ce cœur pouvait le changer. J'étais si naïf...

Bowen éclata d'un rire bref, puis une vague de mélancolie vint noyer son amertume :

– Naïf ? Pas plus que moi... J'ai toujours aspiré à servir de grands rois et de nobles idéaux. Quand je devins écuyer, l'Ancien Code n'était déjà plus qu'une relique. Mais les rêves ont la vie dure et ils continuent à distiller leur venin dans les cœurs bien après qu'ils soient tombés en poussière.

Quand Draco se posa au centre du cercle, son regard était si plein de pitié que Bowen détourna la tête.

– Il y a trop longtemps que je vis dans la peur, expliqua Draco. Peur de mourir, d'être confronté au mal que j'ai semé...

Incapable de soutenir son regard, Bowen leva les yeux vers la constellation qui portait son nom, momentanément voilée par des nuages sombres. L'orage tonnait au loin.

– Je vous accompagne, reprit Draco à l'intention des deux autres.

Bowen sortit du cercle, cherchant refuge dans l'ombre des pierres.

– Adieu, Bowen, fit la voix de Draco par-dessus le grondement du tonnerre.

Adieu... Il était seul à présent. Seul.

24

PENDRAGON

La pluie survint, torrentielle et belliqueuse. Kara, Gilbert et Merlin s'abritèrent sous un rocher en surplomb tandis que Draco, insensible au déluge, demeurait perché au sommet. Kara s'assoupit au bout de quelques minutes, laissant Gilbert s'affairer autour des cartes et des récits des campagnes romaines qu'il exhumait sans relâche de son sac de parchemins.

Réveillée en sursaut par un coup de tonnerre, elle découvrit Gilbert occupé à étudier un plan de bataille à la lueur du maigre feu qui grésillait sous l'assaut de la pluie.

Elle se pelotonna dans la couverture que lui avait donnée le moine et sourit en songeant à la réaction de Hewe quand elle reparaîtrait saine et sauve avec Draco. Son œil unique allait en jaillir de son orbite !

Hewe n'était pas un poltron : il avait fomenté la rébellion avec son père et combattu bravement à ses côtés. Le village ne comptait aucun lâche parmi ses habitants, mais les blessures infligées par Einon étaient mal cicatrisées. C'était le découragement, non la peur, qui les retenait d'agir. S'ils avaient eu quelque espoir, ils n'auraient pas hésité à reprendre les armes. Cet espoir, c'était elle qui allait le leur apporter en la personne de Draco.

Le moine avait raison : Avallon était un signe du destin, de même que sa rencontre avec Draco et Bowen. Mais pourquoi ce dernier avait-il refusé de se rendre à l'évidence, lui qui n'avait pas hésité à se dresser contre Einon quand tout espoir était perdu ? Son absence était la seule ombre à son bonheur. Comment pouvait-on être à la fois aussi vaillant et entêté ?

Le visage tourmenté du chevalier se mit à danser derrière ses paupières closes. Le sommeil la réclamait, mais un nouveau coup de tonnerre l'empêcha de répondre à son appel… À moins que ce ne fût le mugissement de l'air au-dessus de sa tête. Sur une impulsion, elle se précipita dans la nuit et la pluie.

– Kara ?

Un bruissement de parchemin derrière elle lui indiqua que Gilbert venait également de se lever. Elle se retourna, ruisselante de pluie, et tendit l'index vers le ciel. Un éclair dessina alors la silhouette de Draco, volant à tire-d'aile en direction de la colline. Un second éclair illumina le visage perplexe de Gilbert. La pluie était glacée, comme l'espoir niché dans le cœur de Kara.

Le vent mugissait ; la pluie perçait la brume de mille coups de lance. Blotti sous le monolithe d'Arthur, Bowen s'enveloppa dans sa cape pour se protéger du vent glacé.

– Devoir... devoir...

Bowen crut d'abord à une hallucination, une déformation du bruit de l'eau ruisselant sur les pierres, mais quand le même murmure se fit de nouveau entendre, il se leva d'un bond et se mit à scruter la nuit.

Un chevalier se tenait debout au pied de la pierre qui lui faisait face... Non : il *flottait* devant elle, aussi blafard et impalpable que la brume elle-même. La pluie le cinglait, le vent le faisait trembler. D'instinct, Bowen porta la main à son épée, mais la silhouette fantomatique ne se détacha pas de la pierre. Selon Gilbert, c'était Gauvain qui siégeait à cette place.

– Un chevalier est brave par devoir...

Les mots émanaient de l'apparition. Une autre voix enchaîna :

– Et son cœur, empli de vertu...

Bowen se retourna. Un second spectre surgit au pied de la pierre de Perceval puis un troisième, à la place de Kay.

– Son épée défend l'opprimé... murmura messire Kay.

– Sa force soutient le faible... fit l'ombre de Galaad, flottant devant une autre pierre.

Puis ce fut le tour de Bevidere :

– Sa bouche ignore le mensonge...

Les voix des spectres se répondaient et se mêlaient dans la nuit.

– Son courroux pourfend le méchant ! fit une nouvelle voix, juste derrière lui.

Bowen se retourna juste comme Lancelot surgissait du néant. Le voyant pointer un index livide sur la pierre d'Arthur, Bowen gagna le centre du cercle en titubant. À la fois terrible et majestueux, le fantôme d'Arthur se détacha de la pierre, dressant sa lourde épée. La lumière dorée qui irradiait de la lame traversait sa silhouette immatérielle. Bowen tomba à genoux, le cœur battant à tout rompre. La tempête elle-même parut plier devant la voix rugissante du roi :

– Dans le cercle de la Table
Et sous l'épée sacrée
Le chevalier promet
De se soumettre au Code
Éternel comme la Table
Un anneau par l'honneur scellé.

Les spectres poursuivirent l'évocation des devoirs du chevalier, peu à peu rejoints par les âmes de leurs autres compagnons défunts. Bientôt, leurs voix formèrent une cacophonie assourdissante à laquelle se mêlaient la pluie et le tonnerre. Tout en psalmodiant, les spectres se mirent à tourbillonner autour de Bowen en une danse effrénée.

Bowen crut que son cœur allait éclater. Trempé par la pluie et les larmes, il récita le Code d'un trait, jusqu'à en perdre le souffle, afin de couvrir le chœur dément des spectres :

– Un chevalier est brave par devoir… Son cœur, empli de vertu… Épée défend l'opprimé… Soutient le faible… Ignore le mensonge… !

Il se tut brusquement. Seuls sa voix et le bruit de la pluie résonnaient encore à l'intérieur du cercle de pierres. Les spectres avaient disparu. Seul Arthur était encore visible.

– Son courroux pourfend le méchant… reprit-il en abaissant lentement son épée dont la lumière avait pâli.

À son tour, Arthur disparut, avalé par la nuit, le brouillard et la pierre. Mais Bowen perçut tout à coup sa voix tout près de son oreille :

– Le bien ne périt point
S'il reste un homme qui s'en souvienne.

Bowen se releva et s'approcha de la pierre en chancelant, joignant sa voix à celle du spectre :

– Les paroles ne s'envolent point
S'il reste une voix pour les redire.

Bowen se laissa tomber contre la pierre et l'entoura de ses bras, puisant du réconfort dans son contact.

– Le Code à jamais resplendit
S'il reste un cœur pour nourrir sa flamme.

Un coup de tonnerre éclata, un éclair zébra le ciel, illuminant une imposante silhouette, posée au sommet de la pierre telle une nouvelle apparition…

C'était Draco. Bowen tendit les bras vers lui. En réponse, Draco déploya ses ailes immenses et les referma sur le chevalier.

Ils demeurèrent ainsi, enlacés autour du symbole de leur rêve un temps perdu et de leur espoir ressuscité. La pluie tombée du ciel, en purifiant leurs âmes, avait à jamais scellé leur union.

25

UN CHEVALIER DE L'ANCIEN CODE

Encouragé par les acclamations des villageois, Hewe assaillait Gilbert de violents coups de bâton, l'obligeant à reculer. Le pauvre moine n'y comprenait rien : certes, Hewe était plus lourd que lui, mais cela faisait des années qu'il s'entraînait contre des adversaires imaginaires, suivant scrupuleusement les indications du diagramme, avec des branches d'arbre ou même à mains nues, dans la campagne ou en chevauchant Merlin. Du moins parvenait-il à se défendre, mais Dieu ! qu'il avait mal aux mains... Et comment adapter sa position quand les coups pleuvaient si rapprochés ? Où ce paysan avait-il appris à combattre ?

Un nouveau coup le renversa aux pieds de Merlin qui se mit à braire, pour la plus grande joie des spectateurs. Il sembla à Gilbert que ceux-ci auraient quand même pu lui montrer plus de considération.

– On aurait mieux fait d'attendre Draco, dit Kara en s'agenouillant pour l'aider à se relever. Je suis certaine qu'il ne tardera plus.

Son ton manquait pourtant de conviction. Gilbert lui-même ne comptait point trop dessus : nulle part, au cours de ses longues années de recherches, il n'avait trouvé trace de la légende que leur avait rapportée Draco. La littérature aussi bien que la tradition biblique démentaient formellement ses allégations. Que faisait-il de Persée, de Siegfried, sans parler de saint Georges ? À en croire le dragon, ce vaillant chevalier n'aurait jamais mérité sa canonisation. Et pourtant, c'était lui qui les avait conduits à Avallon…

Gilbert se releva et prit le parchemin que lui tendait Kara. Si les silhouettes des combattants étaient d'un dessin sommaire, les instructions concernant le maniement du bâton étaient on ne peut plus claires.

– Ah !

Écartant les bras d'un air scandalisé, Gilbert se retourna vers Hewe :

– C'est bien ce qu'il me semblait ! C'est pare, pare, frappe, et non pare, frappe, frappe. Tu enfreins les règles du combat, mon fils !

D'un coup de bâton, Hewe lui fit tomber le parchemin des mains :

– Qu'importe la règle, pourvu qu'on gagne ! Et tu veux que nous te suivions contre Einon ? Tu nous mènerais tout droit en enfer ! ricana-t-il en crachant au sol.

À défaut de réparer l'affront fait à son honneur, Gilbert s'évertua à défroisser son vélin.

– Quand tu auras vu le dragon, tu changeras certainement de refrain, lança Kara d'un ton hargneux qui ne fit qu'amplifier l'hilarité des assistants.

Pour des opprimés, ceux-ci étaient décidément bien joyeux, songea Gilbert en échangeant des regards perplexes avec Kara. Le retour de celle-ci n'avait pas manqué d'étonner les villageois. Mais s'ils n'avaient pas douté un instant qu'elle ne soit parvenue à échapper au dragon, ils n'avaient ajouté aucune foi au reste de son histoire, bien qu'un homme d'Église ait appuyé son dire.

– Si ton dragon finit par arriver, vous ne serez plus là pour l'accueillir, brailla Hewe. En voilà assez de tes divagations, Kara !

Comme il les menaçait de son bâton, une flèche se planta dans celui-ci.

Tous les regards se tournèrent vers un cavalier arrêté dans la prairie au-delà du ruisseau. Ayant abaissé son arc, il franchit le pont au galop et vint se placer entre Gilbert, Kara et Hewe.

Gilbert mit du temps à reconnaître Bowen. Il était lavé et rasé de frais et son équipement, quoique toujours aussi élimé, avait été rapiécé. Même l'épée dans son cercle semblait avoir retrouvé un peu de son éclat, mais c'était surtout la flamme qui brillait dans ses yeux qui le désignait comme un digne représentant de l'Ancien Code.

– Garde tes forces pour combattre Einon, lança-t-il à Hewe en se penchant afin de récupérer sa flèche.

– Personne ne voudra se dresser contre Einon !

– Si… moi ! rétorqua Bowen, souriant.

Gilbert se retourna vers Kara, mais celle-ci n'avait d'yeux que pour le chevalier.

– Avec quelle armée ? railla Hewe.

– C'est lui qui la recrutera, répondit Bowen en désignant un point lointain au-delà du pont.

Draco apparut alors à l'horizon, paré des mille reflets de son armure d'écailles. À la lumière du jour naissant, celle-ci flamboyait à l'égal du soleil.

SIXIÈME PARTIE

LA RÉBELLION

Le ciel est à portée de main
Les rêves sont faits pour qu'on les vive
L'homme conquiert son lendemain
Quand Dieu soutient son bras chétif.

Gilbert de GLOCKENSPUR,
Psaume des Survivants.

26

SUITE DES MALHEURS DE FELTON

– Tu as faim, l'oiseau ?

Brok ôta le chaperon du faucon perché sur son gant et lui caressa le crâne en roucoulant. Révolté par ce spectacle, Felton songea néanmoins que les plumes de l'oiseau auraient été du plus bel effet sur un chapeau. Cet après-midi l'avait profondément écœuré. Il s'était rendu chez Brok afin de discuter des affaires du royaume, non pour prendre part à sa chasse. Mais messire Brok avait insisté. Non qu'il accordât beaucoup de prix à la compagnie de Felton, mais celui-ci constituait une cible de choix pour les brutes qu'il avait réunies autour de lui. En effet, si le gibier avait été rare, les plaisanteries n'avaient cessé de fuser. Et juste comme il abordait enfin l'affaire qui le préoccupait, Brok l'avait interrompu afin de cajoler ce démon emplumé.

– ... Il en disparaît chaque jour de nouveaux, messire Brok, reprit Felton. Plus d'une centaine, rien que dans mon village. Le roi souhaite que vous meniez une enquête.

– Pourquoi serait-ce à moi de retrouver vos brebis égarées, Felton ? marmonna Brok en soufflant des baisers au faucon qui tirait les poils de sa barbe.

– Il ne s'agit pas que de moi, grommela Felton. Tous les villages sont concernés.

– Pas le mien.

– Néanmoins, Einon m'a chargé de vous en informer…

– C'est fait. À présent, silence ! le coupa Brok. Ne vous inquiétez pas, Felton. Nous retrouverons vos fuyards… Va, ma beauté !

Avec une jubilation sanguinaire, Brok regarda l'oiseau prendre son essor et se lancer à la poursuite d'un corbeau. Comme il atteignait sa proie, une flèche se ficha dans sa gorge et il tomba comme une pierre.

– Quel coup splendide ! s'exclama Felton.

– Imbécile ! grommela Brok en lui jetant un regard noir.

Poussant un cri rageur, il cravacha son cheval et s'enfonça dans la forêt où l'oiseau était tombé, suivi par toute sa troupe. Felton jugea plus sage d'en faire autant.

La pierre frappa l'épaule du mannequin de paille, délogeant le corbeau qui s'y était perché. Hewe lui lança une autre pierre pour faire bonne mesure, mais il était déjà hors d'atteinte.

– À toi, moine, annonça Hewe du bout des lèvres.

Gilbert entendit pouffer derrière lui. Il dirigea son attention sur le mannequin de paille à l'autre bout de la clairière. Comme il paraissait loin ! Il se mit en position et encocha une flèche, tentant de se rappeler les instructions qu'Hewe lui avait aboyées quelques secondes plus tôt.

Il aurait dû être parfaitement heureux, car la rébellion allait bon train. Depuis que la rumeur d'une armée secrète avait couru dans tout le pays, les volontaires n'avaient cessé d'affluer avec leurs familles. Les prairies autour du village s'étaient couvertes de tentes et d'abris de fortune. Bowen avait eu vite fait de mettre au pas cette troupe hétéroclite et désorganisée. Chaque homme était rattaché à une unité et devait effectuer des tâches d'intérêt général – telles que ravitailler le camp ou fabriquer des armes – en dehors de ses périodes d'entraînement. Les femmes et les enfants eux-mêmes aidaient à confectionner des flèches et à collecter les métaux qui, une fois fondus, serviraient à façonner des épées et des pointes de lances.

Quant à Gilbert, il faisait office d'historien, de scribe et de guide spirituel. Il aidait Bowen à dresser des cartes, des plans de batailles et tenait le rôle à jour. Il soutenait le moral parfois vacillant des troupes à grand renfort d'éloquence et de sermons électrisants. La nuit, quand la prairie se couvrait de dizaines de feux de camp, seul en tête-à-tête avec sa muse, il trouvait encore l'énergie de célébrer sur un parchemin la glorieuse épopée à laquelle il lui était donné de participer.

S'il ne ménageait pas ses remerciements et ses louanges au Très-Haut, il rêvait en secret de jouer un rôle plus actif dans l'aventure. Eu égard à son habit, Bowen avait voulu le dispenser de l'entraînement, mais Gilbert avait refusé et s'en était expliqué dans une strophe :

« Le ciel est à portée de main
Les rêves sont faits pour qu'on les vive
L'homme conquiert son lendemain
Quand Dieu soutient son bras chétif. »

Mais s'il ne ménageait pas ses efforts, jusqu'ici, le résultat de son entraînement l'avait déçu. Il avait renoncé au bâton, sa dextérité restant en deçà de sa compréhension de l'exercice. Il s'était avéré aussi inefficace avec une lance ou une massue entre les mains. À l'épée, il s'était également montré médiocre. Il commençait à craindre que son rôle dans la future bataille ne s'arrête à bénir les combattants et à enterrer les morts.

Son dernier espoir résidait dans le tir à l'arc. Là, au moins, on pouvait rester caché derrière un arbre ou un rocher et prendre la mesure de la situation avant de passer à l'action, sans qu'un adversaire vous harcèle et vienne saper votre tactique.

Il avait accompagné Hewe et ses compagnons dans la forêt pour prendre part à l'entraînement. La fraîcheur et le silence du lieu contrastaient agréablement avec la chaleur de la forge, les coups frappés sur le métal et le brouhaha de voix dont résonnait le village.

– Place ta main plus haut, à moins que tu ne vises les hérissons !

Le ton condescendant d'Hewe troublait autant Gilbert que les croassements du corbeau fugitif. Comme il tendait avec précaution la corde de son arc, il entendit les autres ricaner dans son dos. Il concentra son attention sur la cible.

– Tu ne vises pas du bon œil, bougonna Hewe.

Gilbert le soupçonna d'en rajouter pour épater la galerie.

– Ça t'est plus facile qu'à moi, railla-t-il en priant le Seigneur de lui pardonner cette saillie si peu charitable.

Hewe le foudroya de son œil unique et reprit avec une lenteur délibérée, comme s'il s'adressait à un demeuré :

– Vise avec ta flèche et ôte tes doigts de l'empenne ! Quand tu voudras…

En soupirant, Gilbert se conforma à ses instructions. Vu dans le prolongement de la flèche, le mannequin lui apparut plus large et moins éloigné qu'il ne l'avait cru. Il tira… Tchak ! La flèche atteignit l'homme de paille en plein cœur. Gilbert poussa un cri de surprise ravie et se retourna vers les paysans bouche bée. Trev – un gaillard guère plus haut que son arc – émit un sifflement admiratif qui lui valut un coup d'œil furieux d'Hewe.

– La chance des débutants… Recommence !

Gilbert encocha une nouvelle flèche, respectant à la lettre les recommandations d'Hewe, et tira. Cette fois, le trait se planta entre les yeux du mannequin.

– Un talent naturel, opina Trev.

– Ferme ça, grogna Hewe en l'écartant d'une bourrade.

Il arracha l'arc des mains de Gilbert et l'examina d'un œil suspicieux.

– Ça me plaît ! s'exclama Gilbert. Et toi qui disais que c'était difficile…

– Recommence, glapit Hewe en lui jetant son arc.

Gilbert ne demandait pas mieux. La corde de l'arc vibra gaiement, décochant une nouvelle flèche qui alla se planter dans le bas-ventre du mannequin. Un tressaillement parcourut l'assistance.

– Quand je vous dis que c'est un talent naturel ! répéta Trev.

– Autre chose ? demanda Gilbert à Hewe.

L'Ours dirigea son œil unique vers le ciel où le corbeau décrivait des cercles en poussant des cris moqueurs.

– Une cible mouvante, dit-il avec un sourire en coin. Ce sacré corbeau…

Les paysans, estomaqués, poussèrent des « oh ! » et des « ah ! » mais Gilbert, mis en confiance, releva le défi sans hésiter. Comme sa flèche fendait l'air, un second oiseau apparut, visant également le corbeau. Avec un cri perçant, une des deux créatures ailées plongea vers le sol, la gorge traversée d'une flèche. Gilbert se précipita afin de récupérer sa proie.

– Regardez ! C'est un faucon !

Le moine revint en courant, agitant fièrement la flèche et le faucon empalé dessus.

– Tu visais le corbeau, lui rappela Hewe.

– Il l'aurait eu, si ce faucon ne s'était pas interposé, intervint Trev.

– Toi, on ne t'a rien demandé, le rembarra Hewe.

La discussion fut alors interrompue par l'irruption de la troupe des chasseurs dans la clairière. Gilbert dissimula vivement le faucon derrière son dos.

– Lequel d'entre vous a tué mon fau… ?

Dédaignant d'achever sa phrase, le chevalier désigna l'épée qu'Hewe serrait dans son poing :

– Ce chien a une épée ?

– Ils en ont tous, messire Brok, précisa un gandin en qui Gilbert reconnut lord Felton.

Felton s'approcha d'Hewe et le toisa avec mépris du haut de son cheval :

– Seuls les chevaliers ont le droit de porter l'épée. Où as-tu volé celle-ci ?

– Je l'ai fabriquée, rétorqua sèchement Hewe.

Sans se formaliser de ce manquement à l'étiquette, Felton partit d'un grand rire, bientôt imité par ses compagnons à l'exception de Brok.

– J'aimerais voir ce chef-d'œuvre de plus près. Donne-la-moi, commanda Felton en tendant la main.

Hewe s'inclina, brusquement tout sourires :

– Avec plaisir, messire.

D'un geste vif, il tira l'épée de son fourreau et l'abattit sur la main de Felton, la tranchant net.

– Votre curiosité est satisfaite ?

Felton baissa les yeux vers son poignet d'où le sang giclait à gros bouillons et glissa de sa selle, sous le regard incrédule de ses compagnons.

– Maintenant, essaie un peu de mettre tes sales pattes sur notre bien ! gronda Hewe.

La réaction ne se fit pas attendre : voyant une dizaine d'épées se tendre vers eux, Gilbert se demanda avec inquiétude si Hewe avait bien calculé les risques.

– Fuyez ! cria l'Ours à ses hommes.

Gilbert ne se le fit pas dire deux fois.

27

LA DÉCOUVERTE DE BROK

Tout comme Gilbert, Kara recherchait l'arme la mieux adaptée à ses besoins. Pour l'heure, elle s'entraînait à manier la hache. Jusqu'ici, elle avait joué de malchance avec les couteaux et les poignards. Mais si elle parvenait un jour à frapper Einon avec ceci, elle ne risquerait pas de le manquer. Croyant le voir devant elle, elle fit tournoyer la hache au-dessus de sa tête avec une énergie farouche. Emportée par son élan, elle chancela sur ses jambes.

– Doucement…

Des bras robustes l'emprisonnèrent, l'empêchant de tomber. Elle reconnut Bowen.

– Oh ! Merci… murmura-t-elle, intimidée.

Les boucles de son surcot s'enfonçaient dans son dos, pourtant elle ne bougea pas. Lui non plus ne semblait pas pressé de la laisser aller.

Au contraire, il la considérait d'un œil tendre et vaguement stupide. Craignant d'avoir l'air aussi bête que lui, elle se détourna mais il ne relâcha pas pour autant son étreinte. Elle frissonna quand il glissa un genou entre ses cuisses pour les écarter.

– Là… Assure ton assiette.

Il lui prit les poignets afin de la guider dans le maniement de la hache.

– Tu la lèves… .

Leurs deux corps oscillèrent d'arrière en avant.

– Puis tu frappes… comme ça !

Le mouvement descendant de la hache faillit la déséquilibrer, mais Bowen la retint. Elle lui en fut reconnaissante. La tête lui tournait un peu – sans doute était-elle restée trop longtemps au soleil. Le visage de Bowen était enfoui dans ses cheveux. En se retournant, elle lui frôla la joue de ses lèvres.

– Un coup à fendre un crâne en deux ! commenta-t-elle d'une voix troublée.

– Comme un pudding, acquiesça-t-il sans la lâcher.

Avait-il l'intention de lui apprendre un autre mouvement ? À vrai dire, rien ne pressait. Elle pouvait très bien attendre.

L'apparition de Gilbert les tira de cette incertitude.

– Bo… Bo… K-K-Kara ! bredouilla-t-il en accourant vers eux.

Il agitait frénétiquement une flèche avec un faucon mort empalé dessus, de sorte que les plumes volaient partout.

– Qu… qu… quoi ? fit Bowen en le prenant par les épaules, ce qui eut pour effet immédiat de le calmer.

– Les hommes d'Einon ! cracha Gilbert en désignant de sa flèche la forêt au-delà de la prairie.

Bowen prit la hache des mains de Kara et s'éloigna en hâte après leur avoir lancé :

– Trouvez Draco !

Ayant repris son souffle, Gilbert sourit à Kara et lui montra le corps flasque de l'oiseau :

– Regarde, un faucon !

Avec un soupir, Kara se mit en devoir de trouver le dragon.

Brok se rua sur le plus petit des paysans, étonné de voir combien il courait vite sur ses jambes fluettes. Ces chiens enragés paieraient chèrement leur effronterie. Peu lui importait Felton – il aurait volontiers laissé cet idiot se vider de son sang – mais ce faucon était le meilleur qu'il ait jamais eu. En prenant la fuite, ces canailles avaient encore abattu trois de ses hommes avec leurs arcs. S'ils croyaient s'en tirer en se réfugiant dans leur village, ils se trompaient. Les traits de la plupart étaient gravés dans sa mémoire et quant aux autres… Eh bien, le sacrifice de quelques innocents suffirait sans doute à les faire sortir de leur tanière.

Le nabot avait atteint l'orée du bois. L'imbécile ! Il n'avait aucune chance en terrain découvert. Brok éperonna son cheval, l'épée au poing. Mais comme il débouchait de la forêt, il tira d'un coup sec sur les rênes.

Il venait de découvrir le campement des paysans fugitifs dont parlait Felton… Il y en avait des centaines, tous armés. Un groupe accourait à la rencontre du borgne et de sa clique qui dévalaient la pente devant lui. Leur chef n'était autre que Bowen.

Tout à coup, un rugissement emplit la vallée, donnant l'alerte à tout le camp... Brok eut la surprise d'apercevoir un dragon, perché sur un escarpement rocheux surplombant le village. Au signal de Bowen, le monstre prit son essor et vola à tire-d'aile vers la forêt.

Brok préféra ne pas l'attendre. Il cravacha son cheval et s'enfonça sous le couvert du bois à la suite de ce qui restait de son escorte. Il n'avait pas prévu un gibier de cet acabit...

– Je ne suis pas concerné, disait-il... Ah ! Laissez-moi rire !

Attirée sur son balcon par les piailleries de Felton, Aislinn se dissimula derrière une tapisserie afin d'observer la scène.

– Pendant ce temps, la rébellion s'organisait juste sous son nez ! reprit Felton en agitant son moignon vers Brok. Le sombre crétin ! La brute écervelée ! Tout est de sa faute, sire ! Regardez ma main...

– Silence, braillard. Si tu ne veux pas que je fasse subir le même sort à ton cou...

– Silence, tous les deux !

Einon tourna vers Brok un regard éclairé par la flamme d'un souvenir lointain.

– Bowen... et le dragon, murmura-t-il en laissant courir ses doigts sur sa poitrine.

Il sembla à Aislinn qu'un frisson s'emparait de lui. Bowen et le dragon... Enfin, la chance semblait lui sourire. L'heure était venue. Elle rentra dans sa chambre et là, dans l'ombre de la croix flanquée des deux dragons, elle rédigea quatre lettres qu'elle expédia le soir même par courrier. Quatre lettres destinées à cinq hommes. Elle était sûre qu'ils viendraient, alléchés par le dragon. Puis elle s'agenouilla au pied de l'autel et implora la miséricorde divine. Les yeux précieux des deux dragons brillaient d'un feu étrange à la lueur du cierge.

SEPTIÈME PARTIE

LE SERMENT

Sa bouche ignore le mensonge.

L'Ancien Code.

28

L'ÉPÉE DANS LE CERCLE

Perchés sur les ruines de la citadelle romaine, les dragons que Bowen avait tués étaient semblables à des statues. Il y avait tant de mélancolie dans leurs voix qu'il tomba à genoux, les suppliant de lui pardonner et de cesser leur chant.

Mais leurs yeux immenses et tristes ne reflétaient qu'un mépris douloureux. Soudain, ils déployèrent leurs ailes à l'unisson. Leur frottement évoquait un râle d'agonie. Puis ils fondirent sur lui en un tourbillon chatoyant.

La melopée funèbre, le bruissement des ailes, le sifflement de l'air résonnaient jusque sous son crâne, composant une symphonie d'une beauté déchirante. Tel Ulysse avec les sirènes, Bowen crut perdre la raison. Il poussa un cri, mais celui-ci s'engloutit dans cet océan de désespoir. Il tira son épée et frappa en aveugle, perçant, lacérant, traçant autour de lui un sillon de lumière écarlate.

Bientôt, le brouillard rougeâtre envahit tout l'espace, de même que l'écho de la lugubre chanson. Soudain, une lame argentée traversa le rideau pourpre et buta contre la sienne, le jetant à genoux. Dans le prolongement de l'épée, il discerna la silhouette blafarde d'Einon. Bowen bondit sur ses pieds et attaqua, mû par le désir de tuer. Son épée était plus vive que l'éclair, que le vent du nord ou qu'une étoile filante... Pris à son tourbillon, Einon se trouva vite débordé. Quand la lame de Bowen s'enfonça dans sa poitrine, il l'agrippa, chancela... et sourit ! Bowen tira la poignée vers lui, mais la main d'Einon se transforma alors en une patte écailleuse et sa griffe raya l'acier avec un crissement infernal. Bowen releva la tête et vit Draco s'écrouler devant lui. Le brouillard se mit alors à rougeoyer et s'engouffra en tournoyant dans la blessure du dragon.

Bowen fut à son tour aspiré par le vortex et sombra dans un gouffre de noirceur sans fond. Il voulut hurler le nom de Draco, mais aucun son ne franchit ses lèvres. Seule la plainte lancinante du dragon parvenait à pénétrer les ténèbres, s'insinuant jusqu'au tréfonds de son âme. Bientôt, elle fut si forte qu'on aurait dit un carillon sonnant à toute volée sous son crâne.

Il s'éveilla en sursaut, le visage et la poitrine ruisselants de sueur. Le bruit assourdissant qui l'avait tiré du sommeil retentit à nouveau. Sous ses paupières à demi soulevées, il vit que la lumière du jour entrait à flots dans sa tente. Puis il distingua la silhouette de Kara, debout sur le seuil.

– Notre clairon ! dit-elle en lui montrant la corne de bélier qu'elle tenait à la main. Joli timbre, vous ne trouvez pas ?

Bowen s'abstint de répondre. Il avait très mal dormi et se sentait affreusement fatigué. Il se rallongea sur son lit de camp, bien décidé à se rendormir, mais Kara lui balança ses chausses sur la tête.

– Il fait grand jour, seigneur chevalier, fit-elle d'un ton un peu trop enjoué. Tout le monde est levé… sauf vous.

Pendant qu'il se contorsionnait pour enfiler ses chausses sous sa couverture, Bowen eut l'idée de prier Kara de se retourner, mais il ne put émettre que des sons inarticulés. Sans se soucier de ses gesticulations, elle lui enfonça un quignon de pain dans la bouche.

– Le petit déjeuner !

Bowen grogna.

– Trop sec ?

Lui ayant ôté le pain de la bouche, elle le plongea dans un gobelet de vin.

– Et voilà ! dit-elle en lui fourrant à nouveau le pain dans la bouche.

Il était de la veille, de même que le vin.

– Dépêchez-vous ! Le temps presse, le houspilla-t-elle. Un brin de toilette…

Le contact de l'eau glacée sur son dos arracha à Bowen sa première parole de la journée :

– Jésus !

Il se leva d'un bond en retenant ses chausses.

– Trop froid ? demanda Kara en lui tendant la cuvette avec un linge humide.

– Surtout trop rapide !

Bowen saisit la serviette et en frotta ses yeux ensommeillés.

– Pourquoi tant de hâte ?

– Il y a tellement de choses à faire !

D'une bourrade, elle le fit asseoir sur le lit de camp et lui lança sa tunique :

– Superviser l'entraînement, dresser des plans de bataille, régler les problèmes qui se posent...

– Quels problèmes ? interrogea Bowen en passant son pourpoint.

– Cette barbe, par exemple...

Se glissant derrière lui, elle lui tira la tête en arrière et empoigna sa hache. Bowen se dégagea vivement.

– Ne soyez pas inquiet, dit-elle en abaissant lentement la hache. J'ai bien retenu la leçon.

– Je t'ai appris à couper les têtes, pas à leur faire la barbe !

Kara haussa les épaules en reposant la hache :

– Fort bien. Puisque vous ne souhaitez pas avoir l'air qui sied à un général victorieux...

– Je ne le suis pas encore, lui rappela-t-il. Garde-toi d'un excès de confiance.

– C'est vous qui me rendez confiante.

Son sourire avait l'éclat du soleil qui illuminait l'intérieur de la tente et auréolait sa chevelure.

– Venez...

Bowen prit la main qu'elle lui tendait et se laissa conduire hors de la tente. Une délégation menée par Hewe et Gilbert les attendait à l'extérieur. Sans lui lâcher la main, Kara leva vers Bowen un regard vibrant de fierté :

– Demain, vous brillerez comme un astre pour nous conduire à la victoire...

À son signal, Hewe dévoila une armure flambant neuve, cotte de mailles, surcot, heaume et bouclier. Ce dernier, ainsi que le surcot, arborait l'emblème de l'épée dans le cercle auquel on avait surajouté un motif étoilé… La constellation du Dragon.

– Ils l'ont fabriqué pour vous, expliqua Kara. Gilbert l'a dessiné, Hewe l'a façonné et poli…

– C'est Kara qui en a eu l'idée, précisa Gilbert.

Trop ému pour parler, Bowen prit l'écu qu'il lui tendait et se tourna vers Kara. Incapable de soutenir plus longtemps la beauté de ses yeux, il baissa les siens et admira le bouclier, laissant courir ses doigts sur les étoiles. Il se sentait à la fois flatté et indigne de cet honneur. Arthur et Draco… Il dirigea son regard vers les collines, cherchant le dragon, mais il n'était nulle part en vue.

Quelque chose frôla alors son visage. Surpris, il pivota sur ses talons… Une vieille femme avait posé sa main sur sa joue en signe de révérence. D'autres femmes, des enfants, des combattants approchèrent à leur tour pour le toucher ou lui exprimer leur gratitude. C'en était trop… Bouleversé, Bowen se précipita sous sa tente. Il entendit acclamer son nom au-dehors. Le bouclier tremblait entre ses mains. Comme ils avaient foi en lui…

– Ils veulent vous voir dedans.

Se ressaisissant, Bowen se retourna vers Kara qui lui tendait son surcot et son haubert.

– Voulez-vous que je vous aide ?

– S'il te plaît…

Kara tint la cotte de mailles pendant qu'il l'enfilait.

– Comme votre cœur bat vite, remarqua-t-elle.

Ses mains reposaient sur sa poitrine, lissant la cotte de mailles.

– Ils espèrent tant de moi... Et si je ne leur donne pas la victoire ?

– Dans tous les cas, vous leur aurez donné plus qu'ils n'avaient jamais osé demander.

Bowen la regarda boucler son surcot de ses doigts robustes. Comme elle était belle... et si proche. Quand elle se pencha pour tendre la dernière sangle, ses cheveux se répandirent en une vague étincelante, juste à portée de sa main. Mais, comme il allait les caresser, elle se redressa et prit du recul pour mieux le voir. Perdant courage, il laissa retomber sa main.

– Voici... dit-elle en repoussant ses cheveux de son visage. C'est parfait.

– Il manque pourtant quelque chose.

– Quoi donc ?

– La coutume veut qu'un chevalier arbore les couleurs de sa dame ; un foulard ou un ruban remis en gage d'amour.

– Votre cœur appartient à une dame ? demanda Kara d'une voix hésitante.

– Je serais très honoré d'arborer tes couleurs.

Bowen se rapprocha et enfouit sa main dans ses boucles emmêlées. Troublée, elle se détourna.

– Je... je ne puis rien vous offrir. Je ne suis qu'une paysanne.

– Je t'aime, lui avoua-t-il tout à trac.

La voyant se raidir, il la retourna doucement vers lui. Ses yeux pailletés d'or exprimaient l'incrédulité et une angoisse confuse.

– Pourquoi... ? murmura-t-elle.

– Pourquoi pas ? répliqua-t-il.

Mais quand il approcha ses lèvres des siennes, elle se dégagea.

– Je n'ai rien à vous offrir, martela-t-elle, des larmes plein les yeux. La seule chose que je possédais, Einon me l'a ravie.

– Ça n'a pas d'importance, assura Bowen en lui prenant les épaules.

– Pour moi, si ! Mon unique trésor, la fleur de mon innocence… Einon l'a piétinée !

– Ce n'est pas à toi d'avoir honte, insista Bowen sans parvenir à l'apaiser.

– Il est facile de venger son honneur, soupira Kara. Mais cet affront-là, le vol d'une jeunesse, rien ne peut le réparer.

– Je jure de le laver dans le sang d'Einon, déclara Bowen en s'agenouillant.

Touchée par la solennité de son serment, Kara lui offrit sa main pour qu'il y dépose un chaste baiser.

29

LE CADEAU D'UNE MÈRE

Bowen chevauchait sur l'étroit sentier menant au sommet de la butte. La vallée étincelait de dizaines de feux dans la lumière du crépuscule. De la musique, des cris et des rires montaient du camp… Qui aurait dit que certains de ces hommes mourraient le lendemain ?

Draco avait pris possession de ce pic solitaire où il passait désormais ses journées. D'ici, son regard perçant embrassait l'horizon. Avec lui comme sentinelle, il y avait peu de chances pour qu'on les attaque par surprise.

Depuis que leur camp avait été découvert, l'ennemi n'avait encore lancé aucune offensive. Einon avait assez bien retenu les leçons de tactique de Bowen pour savoir que le terrain et le nombre jouaient en sa défaveur. Il laissait à Bowen le soin d'entamer les hostilités. Eh bien, il n'aurait plus longtemps à attendre.

Bowen perçut le chant de Draco avant même d'apercevoir celui-ci. Lové sur une corniche, il contemplait le camp d'un œil rêveur.

– Bonsoir, Bowen, fit-il sans se retourner. J'ai entendu dire qu'une centaine de familles avaient rejoint le camp aujourd'hui. Nous sommes à la veille de la bataille et il en vient encore !

– J'ai peur qu'ils ne soient pas suffisamment entraînés, soupira Bowen. Tout est allé si vite…

– La passion compensera leur défaut d'expérience.

La voix du dragon, à la fois sereine et pleine d'assurance, apaisa l'inquiétude de Bowen.

– Tu as bien travaillé, reprit Draco en lui souriant.

Bowen aurait voulu se réjouir avec lui, mais son rêve de la nuit le hantait encore. Il se pencha afin de décrocher son bouclier orné de griffes et le lança sur les rochers aux pieds de Draco.

– Ça n'a pas toujours été le cas.

– Nos fautes réciproques n'étaient que le fruit de notre ignorance. Je suis certain que Dieu t'a pardonné.

Bowen mit pied à terre et s'agenouilla devant Draco :

– Ce n'est pas Son pardon que je sollicite, mais le tien.

Le regard du dragon était plein de mansuétude :

– Ton âme est sans tache, chevalier de l'Ancien Code.

Bowen ramassa le bouclier, cause de sa honte, et le tendit à Draco :

– Que dois-je faire de ceci ?

– J'ai une idée…

Draco sourit à nouveau et se pencha vers Bowen :

– Grimpe !

Bowen obéit et se cramponna à son cou. Le dragon déploya ses ailes gracieuses. Quand il prit son envol, Bowen sentit le vent caresser son visage.

Ils montèrent plus haut qu'ils n'étaient jamais allés ensemble. La nuit et son escorte d'étoiles gagnaient peu à peu du terrain sur le crépuscule. La constellation du Dragon brillait comme une parure de diamants sur un écrin de velours noir.

– Comme un message d'espoir, dit Bowen, exprimant tout haut sa pensée.

– L'espoir n'est pas si loin, Bowen, lui répondit Draco en coulant un regard plein de nostalgie vers les étoiles. Regarde en bas !

Bowen s'exécuta… Ce qu'il vit alors lui coupa le souffle. Le paysage flambait de milliers de feux, pareils à des étoiles tombées du ciel.

– L'espoir est là, Bowen… C'est à l'homme qu'il appartient de faire le monde. Le temps des dragons est révolu.

– Pas pour toi ! protesta Bowen. Si nous l'emportons demain, nous aurons besoin de toi.

– Vous gagnerez, affirma Draco. Mais vous n'aurez plus besoin de moi. Écoute-les, chevalier de l'Ancien Code. Le futur est dans leurs chants, leurs rires et les cris de leurs enfants. Écoute… et regarde.

Peut-être était-ce juste la plainte du vent qui rendait les paroles de Draco aussi sibyllines, toutefois Bowen sentit un frisson lui parcourir l'échine.

– Que vois-tu ? demanda-t-il en contemplant les points lumineux qui trouaient l'obscurité.

– Tout, répondit Draco. Tout cela t'appartient, à présent.

La nuit était sale et pesante. Depuis sa fenêtre, Aislinn pouvait voir Einon et ses chevaliers s'affairer à leurs préparatifs guerriers. La cour avait tout d'une ruche. Les armuriers et les forgerons transpiraient au-dessus des brasiers, des charrettes chargées de provisions franchissaient par colonnes les portes du château.

En robe de chambre, une torche à la main, Einon courait d'un lieu à l'autre, supervisant tout. Quand lui et sa suite s'approchèrent d'une charrette arrêtée sous sa fenêtre, elle surprit des bribes de leur conversation :

– … Des villes entières désertées, rapporta Brok de sa voix rude. C'est par centaines que les paysans disparaissent…

– Et avec eux disparaissent mes récoltes et mon bétail ! le coupa Einon en se hissant sur la charrette.

Sa torche éclaira un maigre tas de pommes. Il en prit une, mordit dedans et recracha avec une grimace. De dégoût, il jeta la pomme contre le mur du château où elle demeura collée.

La lumière vacillante de la torche faisait paraître son visage encore plus blême. La rage qui brûlait dans ses yeux se teinta d'une interrogation quand il releva la tête. Aislinn s'éloigna de la fenêtre, mais ce n'était pas elle qu'il regardait ainsi. Il scrutait le ciel nocturne comme s'il espérait percer ses ténèbres et répandre un peu de clarté dans son âme tourmentée. Avec un frisson, il glissa la main dans l'échancrure de sa robe afin de toucher sa poitrine.

La voix onctueuse de Felton surgit du vacarme ambiant. Il s'avança vers le roi avec un mouvement emphatique du poignet. Son moignon était recouvert d'un manchon de cuir incrusté de pierreries qui étincelaient à la lueur des torches. Aislinn avait remarqué qu'il en possédait plusieurs de couleurs différentes, assortis à sa garde-robe. Celui de ce soir était du même brun que sa tunique en daim.

– Ne vous inquiétez pas, sire... Ces quelques pouilleux ne pèseront pas lourd face à nous.

– Quelques pouilleux ? grommela Brok. Des centaines d'hommes bien armés et brûlant d'en découdre.

– Je m'en remets à votre avis, messire Brok... Après tout, ils sont sur vos terres. Quoi qu'il en soit, un seigneur vaut bien cent paysans.

– Seulement cinquante, en ce qui vous concerne, rectifia Brok en serrant son moignon.

Felton se dégagea et brandit avec fierté son bras mutilé :

– Du moins ai-je prouvé ma valeur à mon roi ! Auriez-vous peur, Brok, pour prêcher ainsi la prudence ?

Piqué au vif, Brok se rua sur lui mais Einon sauta de la charrette et s'interposa. Éloignant Brok de sa torche, il passa un bras protecteur autour des épaules de Felton.

– Ce brave Felton, dit-il en lui tapotant la joue. Un régiment à lui seul...

Le voyant sourire, Felton pouffa, aussitôt imité par les autres. Griffant sauvagement la joue qu'il venait de caresser, Einon le projeta sans prévenir contre la charrette.

– Idiot ! glapit-il en lui renversant la tête sur la jante de la roue.

Le regard effaré de Felton croisa alors celui d'Aislinn. À la lueur de la torche, elle distingua des zébrures sanglantes sur sa joue.

– Je connais leur chef ! aboya Einon en relâchant Felton qui s'affaissa au pied de la charrette, le souffle coupé.

Puis il se retourna vers les autres, leur criant :

– Vous êtes tous des imbéciles ! Le seul homme intelligent de ce royaume est mon ennemi. J'ai bien l'intention de le détruire, mais je ne ferai pas l'erreur de le sous-estimer. Ni lui ni le dragon. À présent, disparaissez !

Pendant que les chevaliers se dispersaient sans demander leur reste, Einon s'engouffra dans le château. Aislinn attendit, devinant où il se rendait. En effet, quelques secondes plus tard, les fenêtres de l'escalier du donjon s'éclairèrent d'une lueur tremblotante qui se déplaçait vers le sommet.

La reine se retourna alors vers les cinq hommes qui se tenaient derrière elle :

– Suivez-moi.

Einon leva sa torche pour chasser les ténèbres de la chambre en construction. Sa flamme dansait au son de la musique du vent, un sifflement rauque qui étouffait le vacarme montant de la cour. L'unique volet oscillait sur ses gonds en gémissant puis claquait contre le mur. Ce bruit lugubre lui rappela le choc du marteau sur l'enclume dans la carrière.

Le souvenir de cet enfer le fit songer à Kara. Malgré sa pratique des femmes, celles-ci demeuraient un mystère pour Einon. La seule qu'il ait véritablement côtoyée, sa propre mère, était encore celle qu'il comprenait le moins. Il avait toujours été intimidé par sa beauté et par son regard sagace. On aurait dit qu'elle avait la faculté de lire les secrets cachés au fond des âmes. Kara était pareille, d'une beauté seulement digne d'un roi. Il comprenait pourquoi son père avait épousé sa mère et pourquoi il l'avait traitée comme il l'avait fait… Pour lui montrer qui était le maître. Pour dompter la peur qu'elle lui inspirait. Malgré cela, le regard de sa mère n'avait rien perdu de sa fougue.

La flamme de la torche dansait dans le vent, telle la crinière flamboyante de Kara. Elle lui appartenait… Pourtant elle se trouvait auprès de Bowen, liée à lui par le double sceau de sa trahison. Ils se voyaient chaque jour. Parlaient-ils souvent de lui ? Complotaient-ils sa mort ensemble ?

Une douleur lancinante lui perça le cœur. Réprimant un cri, il jeta la torche sur un tas de sable pour l'éteindre. Quand l'obscurité se referma sur lui, il glissa la main sous sa robe de chambre et la pressa sur sa poitrine pantelante. Il ne voulait pas que Bowen lui parle, il ne voulait pas qu'il la voie, qu'il s'imprègne de son regard. Il ne voulait pas qu'il sache ce qu'il lui avait fait et dit la nuit qu'il avait passée avec elle. Elle était à lui seul !

Quand tout serait fini, il piquerait la tête de Bowen sur un pieu et il posséderait la fille devant lui. Pendant qu'elle se débattrait sous lui, la tête ensanglantée les fixerait de ses yeux morts. Cela suffirait sans doute à étouffer la flamme qui brillait dans son regard. Après ça, il aurait cessé de la craindre.

Ses doigts suivirent le tracé de la cicatrice sur sa poitrine. Soudain, il leva les yeux vers le ciel. Une onde mystérieuse paraissait se propager à travers la nuit.

– N'aie pas peur du dragon, mon fils.

Einon tressaillit. Il pivota sur ses talons et vit sa mère émerger de l'escalier, une torche à la main.

– Je ne crains rien ni personne !

Comment faisait-elle pour deviner ainsi ses pensées ?

– Parfois, il me semble le sentir tout près... Mais je n'ai pas peur !

– Tu n'as rien à redouter, réitéra la reine en tendant le bras afin d'éclairer les cinq hommes dont les silhouettes massives et inquiétantes se profilaient derrière elle.

Tous étaient armés jusqu'aux dents. Einon interrogea sa mère du regard.

– Le cadeau d'une mère à son fils, expliqua Aislinn. Messires Uhlric, Ivor, Cavan et les frères Tavis et Trahern. Les meilleurs dans leur spécialité.

Les cinq hommes saluèrent Einon qui demanda :

– Et quelle est leur spécialité ?

– La chasse aux dragons.

Déconcerté par cette attention, Einon leva vers sa mère un regard suspicieux qui se teinta bien vite d'une jubilation maligne. Sa mère… si secrète, si solitaire et pourtant si respectueuse des liens du sang. De même qu'elle lui avait sauvé la vie quelques années plus tôt, elle se rangerait à ses côtés dans l'épreuve qui l'attendait. Sur une impulsion, il lui prit la main et la baisa. En relevant la tête, il vit le ciel onduler derrière elle comme une tenture de velours noir malmenée par le vent.

L'obscurité infiltrait les écailles de Draco, occultant leur brillant naturel et le rendant invisible. Bowen lui-même n'aurait su dire où s'arrêtait le dragon et où commençait la nuit. Il avait l'impression de chevaucher un lambeau de ciel.

Grâce à sa tenue de camouflage, Draco pouvait survoler sans risque le château d'Einon dont l'ombre austère s'étirait au flanc de la montagne. Ses remparts étaient si larges que les hommes pouvaient y défiler dix de front. Einon avait inclus les vieilles ruines romaines dans sa forteresse mais l'architecture mastoc de celle-ci, véritable défi au paysage et au bon goût, gâchait leur élégance… Un monument à la mesure de son arrogance et de son ambition.

– Des murailles solides, commenta Bowen en survolant l'ensemble d'un regard morne.

Comme il regrettait les murs croulants et les herbes hautes où il avait enseigné l'art du combat à un jeune garçon… et échoué à lui inculquer un idéal.

– Solides, oui, acquiesça Draco. Mais moins que ton plan. Tu n'as rien à craindre d'Einon… Demain, je serai au cœur de la mêlée !

Son intonation mélancolique n'échappa pas à Bowen :

– Que veux-tu dire par là ?

– Ton bouclier, fit Draco sans répondre. Jette-le aux quatre vents.

Bowen détacha son bouclier de son bras et l'envoya tournoyer dans la nuit. Draco l'arrosa d'un jet de flammes, provoquant une explosion de lumière rouge dans laquelle les griffes se consumèrent avec un éclat surnaturel.

Quand le trait de feu traversa le ciel, le silence se fit d'un coup dans la cour du château.

– Une comète, murmura un des tueurs de dragons d'un ton craintif.

Einon aussi eut peur : une comète annonçait toujours quelque désastre ou la mort d'un souverain.

– Ce n'est pas une comète, leur assura Aislinn. Regardez ! Cela reste en suspens.

– Qu'est-ce que c'est, alors ? chevrota Einon.

– Je me souviens d'avoir entendu les anciens de mon clan en parler quand j'étais enfant, reprit la reine d'une voix paisible en suivant la lumière d'un regard fasciné. C'est un phénomène fréquent dans les terres du Grand Nord d'où est issu mon peuple. On dit que ce sont les torches des morts qui reviennent du paradis afin de bénir les vivants. Je crois que c'est ton père, Einon.

– Mon père ?

– C'est Freyne, murmura sa mère en posant une main sur son épaule. Il est venu te dire qu'il comptait sur toi pour détruire ses ennemis et accomplir ce qu'il n'a pas pu faire : tuer le dragon !

– Le dragon... répéta Einon comme en transe.

– Les miens disent qu'on peut confier au vent des messages pour les morts, reprit Aislinn tout contre son oreille. Parle à ton père, Einon. Jure-lui que tu tueras le dragon.

– Père, chuchota Einon, je te jure que ce dragon mourra !

Comme le vent emportait son serment, la lueur mystérieuse s'éteignit brusquement, laissant le ciel juste éclairé par les étoiles. La cour retentit à nouveau de mille voix excitées. Einon se retourna vers sa mère, des questions plein la tête. Jamais elle ne lui avait paru aussi belle qu'à la lueur de cette torche. Un sourire énigmatique flottait sur ses lèvres et le regard qu'elle fixait sur lui était plein d'une tendresse tragique. D'une caresse, elle apaisa la tension qui crispait sa joue.

– Il t'a entendu, mon fils.

Se pouvait-il que le vent ait si vite transmis son message ? Einon plongea de nouveau son regard dans la nuit. Le ciel semblait vivant au-dessus de sa tête.

HUITIÈME PARTIE

LA BATAILLE

Son courroux pourfend le méchant.

L'Ancien Code.

30

PREMIER SANG

Les flèches enflammées ricochaient sur les murailles. Einon s'amusait de voir Bowen caracoler d'un flanc à l'autre de sa pitoyable armée en criant des ordres. Les rebelles étaient apparus au pied du château peu après midi. Einon et ses généraux assistaient au spectacle depuis les remparts.

– Il semble que messire Brok ait surestimé leur nombre, pouffa Felton en agitant son manchon noir, de la même couleur que son armure.

– J'en ai vu plus que ça, grommela Brok.

Une nouvelle volée de flèches acheva sa course pathétique contre un parapet. L'une d'elles parvint toutefois à franchir le mur. Einon étendit le bras et la cueillit en plein vol de sa main gantée.

– Ils n'ont guère progressé en quatre ans, remarqua-t-il d'un ton blasé.

– Ils seront bientôt lassés et retourneront chez eux, renchérit Felton avec un sourire narquois adressé à Brok.

– Pourquoi attendre ? reprit Einon. Je te charge de les chasser. N'as-tu pas dit qu'un noble valait cent paysans à lui seul ? Les forces sont égales. Quand même, laisses-en quelques-uns pour nous…

Felton déglutit, mal à l'aise. Mais Brok était trop préoccupé pour s'en réjouir.

– Il y en avait davantage, insista-t-il. Et où est donc le…

Il se tut, pâlit brusquement et leva vers le ciel un regard abasourdi. Une ombre immense venait d'occulter le soleil. Comme Einon regardait à son tour, un flot de flammes balaya les remparts, dispersant les soldats. Einon et son état-major coururent s'abriter. À travers les flammes, ils virent le dragon planer au-dessus du château.

Un nouveau déluge de feu souleva les acclamations des rebelles. Einon se tourna vers les tueurs de dragons. Cavan – il était vêtu d'une cotte de mailles en écailles et coiffé d'un casque bordé de dents de dragons – dressa une catapulte géante qu'Uhlric arma avec un épieu terminé par une pointe d'acier. Les frères Tavis et Trahern manœuvrèrent l'engin suivant les indications d'Ivor qui scrutait le ciel, guettant la réapparition du dragon.

Contre toute attente, celui-ci émergea d'un nuage de fumée et largua une boule de feu juste au-dessus d'eux, provoquant une avalanche de pierres et d'éléments d'échafaudages. Assommé par une poutre enflammée, Uhlric s'écroula contre la catapulte, déclenchant le système de mise à feu. L'épieu traversa la poitrine d'Ivor avant de se ficher dans un mur. Le chasseur demeura à se balancer dans le vide, serrant dans sa main sa hache désormais inutile.

S'étant ressaisis, ses compagnons entraînèrent un groupe de soldats vers une plate-forme supportant quatre autres catapultes armées de grappins.

Cavan donna l'ordre de tirer. Le dragon esquiva deux des grappins et captura les autres entre ses griffes. Puis il monta en chandelle, tendant les chaînes derrière lui. Sentant la plate-forme trembler sous leurs pieds, les hommes sautèrent au sol. Les moins rapides périrent écrasés contre le mur où la plate-forme acheva sa course.

Livide, Einon dégaina son épée et hurla à ses chevaliers :

– Eh bien ? Qu'attendons-nous pour anéantir ces chiens ?

Au son des trompes, tous les hommes gagnèrent leur poste. Einon dévala l'escalier menant à la cour où l'attendait son cheval. Comme il sautait en selle, il leva les yeux et vit Cavan courir sur les remparts en faisant tournoyer une chaîne munie d'un crochet à chaque extrémité. Quand le dragon plongea, il lança la chaîne et parvint à attraper une de ses pattes arrière. Sans lui laisser le temps d'assurer sa prise, le dragon enleva Cavan au bout de la chaîne et le projeta contre une tour. Sous le choc, les crocs ornant le casque du chasseur se plantèrent dans son crâne épais.

Le chasseur mort glissa le long du mur et s'écrasa au sol aux pieds du cheval d'Einon. Ayant jeté un coup d'œil distrait au cadavre, le roi reporta son attention sur le dragon. Le grappin avait accroché le rebord d'une fenêtre. Pris au piège, le dragon décrivait des cercles furieux en crachant des flammes sur les trois chasseurs survivants qui le visaient de leurs lances. Einon se fit la réflexion que son château avait toutes les chances d'être détruit avant que ces rustres n'atteignent leur cible, mais il avait des problèmes plus urgents à régler.

– Les portes ! commanda-t-il.

Quand celles-ci furent ouvertes, il aperçut Bowen et ses hommes un peu plus bas sur la route. Il grimaça de rage. Bowen espérait l'attirer dans les bois, pensant que le terrain lui serait plus favorable. Malgré tout l'entraînement auquel il avait pu les soumettre, ces manants ne feraient pas le poids face à des guerriers exercés. Bowen lui lança un regard de défi par-delà la distance. Il affichait cet air suffisant qu'Einon lui avait si souvent vu dans sa jeunesse. Il croyait pourtant lui avoir rabattu son caquet la fois où ils s'étaient affrontés devant la chute d'eau. Cette fois, il saurait lui faire courber la tête… définitivement.

– Le fou… Croit-il m'effrayer avec sa bande de singes savants ? marmonna Einon en aparté. En avant ! hurla-t-il à ses hommes en leur indiquant le chemin de son épée. Je veux voir cette route jonchée des cadavres de ces chiens ! Mais le chevalier, laissez-le-moi !

La troupe s'ébranla dans un grondement de tonnerre, les fantassins emboîtant le pas aux cavaliers. Au même instant, l'armée des paysans prit la fuite en direction de la forêt sans porter un seul coup.

Einon partit d'un rire dément :

– Sus aux lâches !

Depuis sa fenêtre, Aislinn vit les paysans en déroute fuir vers la forêt avec Einon à leurs trousses. Mais l'attitude du dragon lui fit suspecter quelque ruse : accroché à sa chaîne, il suivait la retraite des rebelles sans plus se soucier des lances des chasseurs. On aurait dit qu'il souriait.

31

LE SANG COULE À FLOTS

Bowen attendait à l'orée de la clairière. La forêt entière résonnait des cris des hommes et du galop des chevaux.

Ce matin-là, quand ils s'étaient mis en route peu avant l'aube, Bowen débordait de confiance. Les bannières claquaient au vent, Kara et Gilbert chevauchaient à ses côtés et les hommes marchaient d'un bon pas derrière Hewe. Au sommet de la colline, il s'était retourné afin de contempler leur alignement impeccable qui s'étendait à perte de vue jusqu'au village. Les femmes, les enfants et ceux qui restaient afin de les protéger s'étaient massés des deux côtés de la route. Draco avait alors survolé la procession, agitant une aile en signe d'amitié. Un millier d'armes tendues à bout de bras avaient répondu à son salut et l'aube avait surgi dans une immense clameur d'allégresse.

Mais l'inactivité augmentait sa nervosité. Il escomptait que l'outrecuidance d'Einon causerait sa défaite. Pour lui avoir enseigné la stratégie, il savait qu'Einon s'attendait à être confronté au gros des troupes rebelles dans la forêt. Le fait qu'il ait mordu à l'hameçon n'indiquait que trop le mépris dans lequel il tenait ses adversaires. Mais Bowen, lui, avait-il surestimé leur courage ?

Quand Einon et ses hommes pénétrèrent dans la clairière, Bowen leva son bouclier neuf vers le soleil, suscitant les acclamations de son escorte.

Le même cri de guerre jaillit alors de chaque arbre et de chaque buisson, formant un vacarme assourdissant. Hewe se laissa tomber d'un arbre au bout d'une corde dans le dos de la cavalerie d'Einon, un fagot enflammé à la main. Il plongea sa torche dans une tranchée remplie de poix dissimulée sous des branchages. Le feu encercla la clairière, coupant la route aux cavaliers. Le mur de flammes gagna en hauteur, semant la panique parmi les chevaux. La seule issue se trouvait du côté de Bowen et des centaines de paysans qui émergeaient à présent du sous-bois afin de grossir les rangs de sa petite troupe. À entendre les cris qui montaient de l'arrière, Bowen comprit que ses hommes venaient d'attaquer les fantassins coupés de leur avant-garde. À son signal, les rebelles chargèrent en masse. Certains attendaient que les chevaliers sautent le mur de feu sur leur coursier pour les cueillir au bout de leur pique, d'autres leur tombaient sur le dos à grands coups de haches et d'épées. Chaque fois que l'un d'eux s'évadait du cercle de flammes, d'autres rebelles accouraient afin de l'achever en combat au corps à corps.

À la vue de ce spectacle, le cœur de Bowen se gonfla de fierté : il n'avait pas surestimé ses hommes.

Felton s'éloigna en tapinois. Il avait perdu son heaume et son cheval dans la mêlée. À vrai dire, il se demandait comment il avait fait pour échapper aux flammes et à tous ces sauvages déchaînés. À trois reprises, il avait dû faire le mort pour éviter d'avoir à se battre. Il n'aspirait plus qu'à fuir, ou du moins à trouver une cachette. Après tout, il était désavantagé par son infirmité. Einon était déloyal d'envoyer ainsi un homme blessé au combat. S'il avait déjà perdu une main au service de son roi, il n'entendait point y risquer sa vie.

Au détour d'un tronc, il se trouva nez à nez avec une fourche pointée sur lui. En reculant, il s'étala dans un fourré tandis que la fourche se plantait dans l'arbre.

– Grâce ! Grâce !

Felton se traîna aux genoux de son adversaire, brandissant son moignon :

– Pitié pour un pauvre infirme qu'on a obligé à... *Toi !*

Son vainqueur n'était autre que son ancienne maîtresse ! La fureur s'empara de lui, lui faisant oublier sa frayeur.

– Traîtresse ! grinça-t-il en se relevant. Après tout ce que j'ai dépen... fait pour toi !

La fille se cramponna à la fourche, s'efforçant de l'arracher du tronc. D'un coup d'épée, Felton trancha le manche. La fille recula, serrant l'extrémité de celui-ci.

Felton avança, se faisant la réflexion qu'elle était décidément bien mal fagotée. Son corps superbe disparaissait sous des vêtements d'homme trop grands pour elle. En y regardant de plus près, il eut la surprise de reconnaître un de ses costumes et ses bottes en cuir de vachette ! La duplicité de cette fille ne connaissait-elle point de limites ?

Comme il levait son épée, il fut pris d'un doute : quel dommage de percer une peau aussi satinée… Sans parler de ses vêtements !

Il entendit alors un bruit sourd dans son dos. Presque aussitôt, une douleur aiguë lui traversa la fesse gauche. Poussant un jappement, il porta la main à sa blessure et sentit sous ses doigts l'extrémité empennée d'une flèche.

– Tu dois tendre l'autre joue, pécheur !

Perché sur une branche d'arbre, l'homme qui venait de parler posa une seconde son arc afin de se signer. Felton reconnut alors le moine du champ de blé et, à sa droite, la brute borgne qui lui avait coupé la main.

– Alléluia ! s'exclama le nabot assis à la gauche du moine en se signant également.

Felton avait les doigts trempés de sang. Dieu merci, c'était moins grave que sa main. Et pourtant… que n'aurait-il pas enduré pour son roi !

Sa mutilation l'avait plongé dans un état de choc. Il aimait encore mieux ça que le goût de vomi qui refluait maintenant dans sa gorge. Il lui sembla qu'il allait tomber en pâmoison. La fille l'y aida d'un coup de manche de fourche sur la mâchoire. Il glissa au sol, adossé au tronc de l'arbre. La flèche se brisa sous lui, s'enfonçant un peu plus dans sa chair. Le visage de la fille se brouilla devant ses yeux, puis tout devint gris autour de lui. Un tintement le ramena à la conscience, le temps de voir la coquine lui subtiliser sa bourse.

– Celle-là, tu ne me la reprendras pas ! dit-elle en secouant la bourse devant le regard vague de Felton.

Tout compte fait, son costume la mettait très en beauté… Ou était-ce le flou artistique qui nimbait sa silhouette ? De quoi parlait-elle, au juste ? De sa… sa bourse ?! Felton agita le bras en signe de protestation. Les yeux de la belle s'agrandirent à la vue de son manchon incrusté de pierreries. D'un geste vif, elle l'arracha de son poignet. Le brouillard s'épaissit devant les yeux de Felton tandis que le rire de la fille s'éloignait. Était-ce lui qui gémissait ainsi ? Pourtant, la douleur avait cessé et l'obscurité qui se pressait autour de lui était infiniment apaisante…

Hewe poussa un soupir exaspéré : ce satané moine venait encore de le devancer. Sa vivacité ne cessait pas d'étonner Hewe, de même que la précision de son tir. Toutefois, ses flèches n'étaient jamais mortelles. Hewe trouvait scandaleux de ne pas tirer le maximum d'un talent aussi exceptionnel.

Cette fois, Gilbert visait un cavalier qui poursuivait un paysan en poussant des cris sauvages. La flèche sectionna l'étrivière du cavalier. Désarçonné, celui-ci s'écrasa lourdement sur le sol. Le paysan sauvé fondit sur lui à coups de massue.

– L'orgueil est un péché mortel, mon fils, fit Gilbert en secouant tristement la tête.

– Amen ! renchérit Trev en se signant.

Hewe fronça les sourcils. Cet imbécile prêtait au moine le pouvoir de marcher sur les eaux et s'était décrété ni plus ni moins que son disciple. D'ici peu, il passerait la sébile entre deux flèches.

Dépité, Hewe se mit en quête d'une nouvelle cible. Au même moment, Brok chargea une phalange de paysans en brandissant son fléau d'armes. Hewe visa, banda son arc... Une flèche frappa alors la massue, obligeant Brok à lâcher prise. Encore un coup de Gilbert.

– Heureux les miséreux ! s'exclama Gilbert comme les paysans se ruaient sur leurs ennemis.

– Hosanna au plus haut des cieux ! fit son disciple en écho.

Brok parvint à s'extraire de la mêlée. Gilbert allait lui décocher une autre flèche quand Hewe lui fila une bourrade.

– La vengeance m'appartient... grommela-t-il, citant la Bible à son tour.

La flèche d'Hewe passa au large et Brok disparut dans le sous-bois.

– ... dit le Seigneur, poursuivit Gilbert en secouant la tête.

– ... et c'est une calamité entre les mains d'un incompétent, acheva Trev.

Hewe préféra se taire. Il lança son carquois à Gilbert puis sauta de l'arbre en tirant son épée, décidé à poursuivre ses proies sur un terrain où la concurrence était moins rude.

Draco se sentit brusquement attiré vers le bas. Sur les remparts, il vit une dizaine d'hommes pendus à sa chaîne. Il cracha des flammes dans leur direction, mais l'un des chasseurs les dévia avec son bouclier. Il ne se trouvait plus qu'à quelques pieds des deux brutes qui continuaient à le bombarder de piques qu'il esquivait sans mal. Mais à quoi bon ?

À travers les cimes des arbres, il distinguait le feu allumé par Bowen et ses hommes. Le plan des rebelles avait fonctionné à la perfection. Des éléments isolés de l'armée royale commençaient à émerger de la forêt, blessés et sans arme. Seule la présence d'Einon au cœur de la mêlée évitait que la déroute fût complète.

Draco s'arc-bouta contre le vide. La victoire n'était plus qu'à une portée de javelot et se rapprochait à chaque traction exercée sur la chaîne. Il n'assisterait pas au succès de Bowen et de Kara ; il ne partagerait pas leur bonheur ni la liesse des rebelles. Se souviendraient-ils seulement de lui ? Pour lui, il n'y aurait pas de triomphe… Juste un néant obscur que n'éclairerait aucun astre.

Draco tira d'un coup sec sur la chaîne afin de reprendre de l'altitude. Les soldats lâchèrent prise ou furent enlevés dans les airs quand la chaîne arracha l'appui de fenêtre. Enfin libre, Draco piqua droit sur le soleil.

Un moment de répit, une ultime satisfaction… La mort serait sa récompense, non sa délivrance. Il partirait en pleine gloire, à l'heure de son choix, et non sous les coups de ces assassins sordides. Bowen, Kara et les rebelles pouvaient compter sur lui. Il accomplirait son devoir. Mais, pour l'heure, il avait besoin du vent et de la caresse du soleil. Il continua de s'élever vers lui, regrettant de ne pouvoir se fondre à tout jamais dans son cœur incandescent.

32

L'ŒUVRE DE SATAN

Fumée, vacarme et confusion... Chevaux hennissants, chocs des métaux, sifflement des flèches. Cris des vivants, râles d'agonie, brassage chaotique d'armes et de corps ensanglantés.

Einon réussit à s'extraire de la mêlée. Son armée était en déroute, vaincue par le nombre, la vaillance... l'intelligence. À deux reprises il avait aperçu Bowen sans parvenir à l'approcher. Pas une seconde, il n'avait contrôlé la situation. Bowen avait gagné sur toute la ligne.

Les deux haches croisèrent leurs manches. Kara vit deux soldats accourir au secours de son adversaire. En voulant se dégager, elle trébucha et tomba à la renverse. Comme les deux spadassins allaient l'achever, un cavalier surgit entre eux et les envoya rouler dans la poussière d'un double coup de pied. C'était Bowen !

Kara se releva d'un bond. Sans laisser à son adversaire le temps de réagir, elle abattit sa hache sur son crâne et profita de ce qu'il s'écroulait pour le désarmer. Elle sourit à Bowen qui avait sauté de son cheval pour la rejoindre.

– Comme un pudding ! s'écria-t-elle en manœuvrant ses deux haches avec une adresse consommée.

– Un autre pudding derrière toi ! lui cria Bowen en embrochant un des deux soldats qui s'était relevé. Ne tourne jamais le dos à un ennemi, sauf s'il est mort, l'admonesta-t-il tandis que le second spadassin recevait le renfort de quatre de ses compagnons.

Les trois qui se précipitèrent sur Bowen se retrouvèrent bien vite au nombre de deux.

– On va voir si ton sang et aussi rouge que tes cheveux, garce, railla un des deux autres en s'avançant vers Kara.

– Fais voir le tien !

Le fil de la hache traça un sillon pourpre sur la gorge du soudard qui s'effondra dans l'herbe près de la victime de Bowen.

– Le combat est tout de même plus équilibré, commenta Bowen en repoussant ses deux adversaires.

– Du tout ! s'esclaffa Kara. L'avantage a toujours été pour nous, ajouta-t-elle en expédiant le dernier assaillant au tapis.

Soudain, un cavalier passa entre eux telle une flèche et lança son cheval à l'assaut de la butte menant à la route.

– Einon ! s'exclama Kara.

Elle jeta une de ses haches en direction du cavalier, mais celui-ci était déjà trop loin. Une clameur féroce la fit se retourner. Elle vit alors Bowen exécuter une manœuvre hardie qui le débarrassa de ses deux adversaires d'un seul coup d'épée. Soudain, le soudard blessé se dressa devant elle, l'épée à la main. Elle recula et la lame passa à quelques centimètres de son visage. Même affaibli, l'homme restait dangereux. De son épée, il parvint à immobiliser la hache de Kara. Un poignard apparut alors dans son autre main mais, comme il allait frapper, ses yeux se révulsèrent et son corps s'affaissa aux pieds de Bowen. Celui-ci suivait d'un regard mécontent la fuite d'Einon en direction du château.

– Gilbert !

Le moine émergea du sous-bois, chassant devant lui quelques-uns des hommes d'Einon à coups de flèches bien ajustées. Il s'était bien amusé. Entendant crier son nom, il se retourna et aperçut Bowen et Kara près d'un monceau de cadavres. Apparemment, eux non plus n'avaient pas perdu leur temps. Ils s'approchèrent en agitant frénétiquement les bras. À son tour, il leur adressa un salut joyeux de la main.

– Einon ! Einon ! hurla Bowen en pointant l'index vers un cavalier galopant sur la route.

Gilbert reconnut le roi. Aussitôt, il tira une flèche de son carquois. Au même moment, Einon se retourna sur sa selle. Sa poitrine formait une cible immanquable. Gilbert hésita : pour la première fois, il avait conscience du pouvoir que lui conférait son adresse.

– Tire ! Tire !

Bowen et Kara étaient maintenant tout près. Gilbert tendit la corde de son arc ; ses doigts étaient blancs aux jointures.

– Tu... ne... tueras... point, murmura-t-il, faisant écho à la voix de sa conscience.

Toutefois, sa main ne trembla pas. La flèche alla tout droit se planter dans le cœur d'Einon, mais le cri de douleur qui retentit alors ne venait pas de celui-ci... C'était la voix de Draco !

Gilbert et ses compagnons levèrent brusquement les yeux et virent le dragon stoppé en plein vol. Sa poitrine rougeoyait ! Puis il perdit de l'altitude et disparut derrière les hautes murailles du château.

– Draco ! hurla Bowen en faisant mine de s'élancer.

Kara le retint par le bras et lui montra la route. Einon était toujours en selle ; il ne paraissait même pas souffrir de sa blessure. Lui aussi avait assisté à la chute de Draco. Il baissa les yeux vers la flèche qui perçait sa poitrine et l'arracha calmement tandis qu'une lueur de compréhension s'allumait dans son regard pâle.

– Einon !

Repoussant Kara, Bowen se précipita, l'épée à la main. Alerté par son cri, Einon tourna la tête. Il sourit à sa vue et chargea dans sa direction.

Une plainte retentissante provenant du château les arrêta net dans leur élan. Une expression paniquée se peignit sur le visage d'Einon, un cri terrible fusa de sa bouche :

– Noooon !

Piquant des deux, il repartit au grand galop sans plus se soucier de Bowen.

– Reviens te battre, lâche ! hurla celui-ci, fou de rage.

Gilbert lut dans les yeux de Kara l'écho de ses propres pensées funestes.

– La flèche est allée droit au cœur, Gilbert.

Gilbert opina en se signant :

– L'œuvre de Satan...

À travers un écran de fumée, de poussière et de douleur, Draco vit les trois chasseurs fondre sur lui pour l'achever. Il était dit qu'il retournerait au néant sous un amas de poutres écroulées et de pierres fumantes, sans pouvoir se défendre. Une lance creva la fumée au-dessus de lui, mais une épée dévia le coup. Draco entendit les sabots d'un cheval claquer sur les pavés et une voix commander :

– Non ! Je le veux vivant et enchaîné !

– Pourquoi ? bougonna un des chasseurs.

– Pour qu'il ne lui arrive rien, répondit Einon en s'agenouillant près de la tête de Draco.

Celui-ci souleva à demi les paupières. En voyant le sourire démoniaque du jeune roi, il sut qu'il avait percé le secret de son cœur.

– Non... gémit-il.

– Si. Te voilà sain et sauf... pour l'éternité, railla Einon en lui flattant le col.

Draco ne put s'empêcher de frémir.

NEUVIÈME PARTIE

LE CŒUR DE DRACO

Le bien ne périt point
S'il reste un homme qui s'en souvienne
Les paroles ne s'envolent point
S'il reste une voix pour les redire
Le Code à jamais resplendit
S'il reste un cœur pour nourrir sa flamme.

L'Ancien Code.

33

LE SAUVETAGE

La chanson mélancolique de Draco se répandait dans la nuit, jusqu'à la forêt où campaient les rebelles.

– Mais pourquoi le garde-t-il en vie ? gémit Bowen, désemparé. Il doit le torturer pour qu'il pleure ainsi !

– Non, répondit Kara d'un ton neutre. Einon ne lui fera aucun mal.

Bowen leva vers elle un regard interrogatif. Kara lança un coup d'œil à Gilbert qui opina gravement, puis elle prit la main de Bowen qui eut tout à coup l'impression d'être un petit garçon auquel sa mère s'apprête à dévoiler des nouvelles graves.

– « Moi vivant, Einon ne mourra pas », cita-t-elle. Vous vous rappelez ? C'est ce que Draco m'a dit un jour…

Bowen s'en souvenait. C'était près du marécage, après que Kara en eut appelé à leur sens moral. La réponse de Draco avait alors sonné comme une excuse.

– J'ai vu Draco tomber… Rien ni personne ne l'avait touché. Gilbert venait juste de tirer sur Einon.

– Que veux-tu dire ? la pressa Bowen d'une voix tendue.

Avec patience, Gilbert entreprit de lever le voile qu'il avait volontairement jeté sur son esprit :

– C'est au moment où ma flèche perçait le cœur d'Einon que Draco a crié et est tombé.

Bowen les dévisageait d'un air incrédule, refusant de se rendre à l'évidence.

– Ne comprenez-vous pas ? le supplia Kara, des larmes plein les yeux. C'est son cœur… Le cœur du dragon. Pour qu'Einon meure, il faut d'abord tuer Draco !

– Non, non… protesta obstinément Bowen. Gilbert aura manqué sa cible. Et puis, ça n'a aucune importance. Tout ce que je vois, c'est que Draco est vivant.

Il grimpa sur une souche et s'adressa à ses hommes :

– Je vais au secours du dragon. Qui m'accompagne ?

Aucun volontaire ne se présenta. Devant cette foule de visages fermés, Bowen songea que c'étaient les mêmes hommes qui, quelques heures plus tôt, contemplaient d'un œil satisfait le carnage qu'ils venaient de perpétrer. Cette victoire – la première de toute leur existence – leur avait rendu leur dignité. À présent, pas un seul n'osait le regarder en face.

– La bataille est terminée, chevalier, remarqua Trev en désignant le château d'un air sombre.

– Nul ne peut vaincre l'invincible, renchérit Hewe, couvert de sang de la tête aux pieds. Qu'espères-tu encore de nous ?

– Un peu plus de loyauté envers un ami... lui rétorqua Bowen,... et envers vous-mêmes.

Comme il se détournait, écœuré, il se trouva face à face avec Kara.

– Je viens avec vous, déclara-t-elle en lui tendant son épée.

– Moi aussi, fit Gilbert en ramassant son arc. Cette ballade ne peut rester inachevée. Que l'issue en soit heureuse ou tragique, il ne sera pas dit qu'elle aura manqué de panache.

34

UNE TRISTE FIN

Tout son corps se ressentait encore de sa chute, des harpons des chasseurs, des fers et des chaînes qui le retenaient prisonnier dans la cour du château.

Les chasseurs s'étaient rondement acquittés de leur mission. Il soupira. Une poutre brisée était restée coincée sous lui et lui piquait la cuisse au moindre mouvement. Heureusement, ses liens ne lui permettaient guère de bouger. Ses quatre pieds et sa queue étaient maintenus au sol par des fers ; la chaîne passée autour de son cou l'empêchait de cracher des flammes sur ses geôliers.

Dans leur genre, ces brutes altérées de sang étaient des artistes… Au début, ils avaient pris ombrage de l'exigence d'Einon. Puis ils avaient compris que la torture pouvait être aussi divertissante que la tuerie et s'étaient alors attelés à la tâche avec un enthousiasme féroce, le harcelant de leurs piques, raclant ses chairs à vif avec des débris métalliques. Ainsi, ils faisaient concilier leur plaisir avec le service du roi.

Einon n'avait que faire de ces égratignures, de ces meurtrissures superficielles. Ils n'étaient unis que par les grandes douleurs… Celles qui pénétraient jusqu'au cœur. Mais ce cœur connaissait également des tourments que seul le donneur pouvait éprouver. Draco en faisait à présent l'amère expérience. À chaque pulsation, c'était comme un coup de lance qui lui perçait le flanc, éveillant le spectre cruel de son erreur passée.

Le menton sur la pierre brute, il contemplait le mur devant lui. Du coin de l'œil, il apercevait Uhlric qui montait la garde, appuyé sur sa lance.

– Un dragon, c'est juste bon à tuer, l'entendit-il grommeler entre ses vilaines dents jaunes. Et ce fou qui veut garder celui-ci en vie…

Il secoua sa tignasse hirsute et cracha d'un air dégoûté. Espèce de porc… songea Draco. Tu es déjà las de me torturer ? Comme tu as dû te sentir frustré, au long de ces années de pénurie… Et pourquoi pas, après tout ? Il aurait été facile de provoquer cet imbécile. Quelques sarcasmes sur l'honneur de sa mère ou, mieux, sur ses talents de chasseur, et cette cervelle d'oiseau se ruerait sur lui, sa lance dressée, ses lèvres pustuleuses déformées par un rictus. Einon et lui partageraient alors leur dernière douleur, la plus forte de toutes… Draco se sentait prêt à l'endurer. Son heure était venue.

Un bruit de pas le tira brusquement de ses réflexions. Uhlric aussi avait entendu. Comme il se dirigeait vers la porte située dans le dos du dragon, celui-ci vit un sourire éclore sur son visage. Draco avait déjà deviné qui se dissimulait dans l'ombre du passage voûté.

– Oh ! C'est vous, fit la voix bourrue d'Uhlric. Z'êtes venue jeter un coup d'œil au joujou du roi ?

Au cri étouffé qui suivit sa question, Draco comprit qu'Uhlric venait d'être confronté à une surprise de taille. Il le vit réapparaître, la démarche titubante, les deux mains plaquées sur la gorge. Le sang filtrait entre ses doigts ainsi qu'entre ses dents serrées. Il s'écroula sur le sol dans un grand fracas d'armure. Ses doigts inertes lâchèrent sa lance qui roula presque jusqu'au mufle de Draco.

Du coin de l'œil, celui-ci vit une mince silhouette se glisser le long du mur. Il entendit une respiration haletante.

– Ne reste pas dans l'ombre, Aislinn. Approche, que je te voie.

Aislinn s'avança, rengainant sa dague poissée de sang.

– Tu sais la raison de ma venue ? demanda-t-elle d'un ton paisible.

– Oui.

– Une triste fin…

– La seule possible, affirma Draco d'un ton résigné. En lui offrant mon cœur, j'ai pris sur moi toutes ses douleurs et le poison qui infestait sa poitrine. Son agonie même, c'est moi qui la vivrai à sa place. J'ai trop longtemps différé cet instant.

– Qui oserait t'en blâmer ?

Elle s'assit près de lui et effleura son mufle meurtri de ses doigts légers.

– La mort sans l'immortalité…

– Ce n'était pas l'unique raison. Avant de faire disparaître Einon, je voulais être sûr que l'humanité ne répéterait pas mon erreur en laissant prospérer de nouveaux tyrans. Qu'elle se rappellerait que dans les ténèbres les plus épaisses brille toujours une lumière…

Draco tenta de relever la tête, mais ses liens l'empêchaient d'apercevoir le ciel.

– Les étoiles brillent-elles cette nuit ? soupira-t-il.

– Oui, monseigneur.

Aislinn tourna son regard vers le ciel. La clarté lunaire qui baignait son visage faisait étinceler les larmes dans ses yeux.

– Dans ce cas, il n'est pas utile que mon âme monte au ciel.

– Je suis la seule coupable, seigneur dragon. C'est par ma faute, par la faute d'un cœur aveugle de mère que tu as renoncé à l'éternité.

– C'est moi qui l'ai décidé. Fais vite, à présent.

Aislinn était issue d'un peuple habitué à obéir aux dragons. Elle se leva et ramassa la lance d'Uhlric, bien que celle-ci fût lourde à son bras.

– Pardonne-moi, dit-elle en se retournant vers Draco.

– Frappe droit au cœur.

Draco se souleva autant que possible, dévoilant sa poitrine. Mais comme Aislinn levait sa lance, une main la lui arracha.

Einon surgit de l'ombre tel un démon de l'enfer. Une rage froide étincelait dans ses yeux. Aislinn soutint son regard sans broncher.

– Je sais pourquoi tu as fait venir les chasseurs… Pour qu'ils le tuent. Tu voulais ma mort !

Sans son ironie coutumière, sa voix évoquait celle d'un enfant trop gâté, brusquement confronté à une réalité inacceptable.

– Je voulais réparer l'erreur que j'ai faite il y a des années en sauvant un être qui ne méritait pas de vivre.

– Une parole indigne d'une mère, rétorqua Einon d'un ton glacial.

D'instinct, Aislinn recula. Son fils s'avança vers elle, l'obligeant à céder encore du terrain. Ce sinistre pas de deux les entraîna bientôt hors de la vue du captif, mais leurs silhouettes continuèrent à se profiler sur le mur devant lui. Impuissant, Draco vit une ombre gigantesque brandir une lance…

Il ferma les yeux devant ce spectacle horrifiant. Mais il ne put éviter d'entendre le râle d'agonie d'Aislinn, ni d'éprouver au plus profond de son être le chagrin déchirant d'un cœur en proie à la plus terrible des trahisons.

35

LA FAVEUR D'UNE DAME

L'écho pathétique des lamentations de Draco tourbillonnait entre les parois de la citerne.

– Draco !

Bowen poussa la grille et se précipita dans l'escalier qui menait à une porte en bois.

– Pas par là ! lui souffla Kara en s'élançant à sa suite, Gilbert sur ses talons.

Elle fit coulisser le guichet de la porte, révélant l'intérieur d'une cour. Draco était invisible mais on l'entendait gémir.

– C'est trop dangereux, reprit-elle.

Ils se retournèrent en entendant grincer la grille au bas de l'escalier. Hewe prit pied dans la citerne, accompagné par Trev et une demi-douzaine d'autres hommes.

– Il y en a d'autres qui attendent dehors, expliqua Hewe. Il va falloir leur ouvrir.

– Si on ne se fait pas tous tuer d'abord, bougonna Trev.

– Au moins, on mourra en hommes, lui rétorqua l'Ours.

Il entrouvrit la porte, risqua un coup d'œil derrière et fit signe à ses hommes de passer. Comme il allait les suivre, Bowen l'arrêta. Il aurait voulu le remercier, prononcer les paroles d'encouragement qu'exigeaient les circonstances, mais l'émotion le rendait muet. L'Ours grimaça un sourire et abattit sa grosse patte sur son épaule.

– Allez sauver votre dragon, messire chevalier, lui lança-t-il en tirant la porte derrière lui.

Un examen plus approfondi de la citerne révéla à Bowen l'existence de deux passages ouvrant dans le mur d'en face.

– Lequel ? demanda-t-il à Kara.

– Celui-ci conduit à la chambre d'Einon, dit-elle en désignant celui de gauche. De là, on surplombe toute la cour.

Ils longèrent la margelle jusqu'au côté opposé. Par l'ouverture du corridor, Bowen entrevit un escalier éclairé par des torches. Comme il allait s'avancer, Kara le retint. Elle dénoua le cordon de cuir qui entourait son cou et le lissa amoureusement entre ses mains.

– Un souvenir de mon père, expliqua-t-elle. Bien sûr, ce n'est pas un ruban de soie mais…

Ses yeux bruns plongèrent dans ceux de Bowen.

– Mais si vous souhaitez toujours porter mes couleurs…

– J'en serai très honoré.

Elle noua le cordon autour de son avant-bras.

– Emportez également ceci…

S'étant hissée sur la pointe des pieds, elle déposa un baiser sur les lèvres de Bowen qui l'entoura de ses bras. Gilbert toussota :

– Moi, je ne suis pas pressé… mais je crains que Draco ne puisse attendre très longtemps.

Ramenés à la réalité, les amoureux se séparèrent et Bowen s'avança le premier dans le passage.

Brok trouva Einon auprès du dragon, occupé à donner des instructions aux frères Tavis et Trahern.

– Si quelqu'un touche à la moindre de ses écailles, je vous fais écorcher vifs !

Les chasseurs accueillirent la menace avec un calme stoïque. En ayant fini avec eux, Einon se retourna vers Brok.

– Eh bien ? lui souffla-t-il à l'oreille.

– Comme vous l'aviez annoncé... Le passage de la citerne.

– Seul ?

– La fille est avec lui...

Cette nouvelle parut ragaillardir Einon. Brok se gratta la barbe et reprit :

– ...Ainsi que quelqu'un d'autre que je n'ai pas pu identifier. Je suis venu vous trouver sitôt après l'avoir vu franchir l'entrée du corridor. Dois-je faire le nécessaire ?

– Et me priver de ce plaisir ? Certes, non !

Il s'agenouilla près de la tête du dragon :

– Sois tranquille, ton sauveteur arrive. Je savais qu'il viendrait. Après tout, vous êtes frères d'armes, et Bowen est un chevalier de l'Ancien Code.

Le dragon se débattit, en vain. Les deux chasseurs s'esclaffèrent à grand bruit tandis qu'Einon s'évanouissait dans la nuit.

36

L'ULTIME LEÇON

La dalle de pierre coulissa au-dessus de Bowen, déversant dans l'escalier un flot de lumière pourpre. En gravissant les dernières marches, Bowen comprit qu'elle provenait d'une cheminée dont la dalle formait le contrecœur. Il bondit dans la chambre et fut accueilli par un éclat de rire. Einon reposait nonchalamment sur son lit, l'épée à la main.

– Quelle bonne surprise ! gloussa-t-il. Je m'attendais à votre visite, messire chevalier, mais pas à celle de ma fiancée…

Au même moment, Gilbert passa la tête par la trappe, relançant l'hilarité d'Einon :

– Et voici un prêtre pour célébrer notre mariage.

– Plutôt tes funérailles, Einon !

Einon sauta vivement du lit, si bien que la lame de Bowen ne rencontra que le drap.

– Ou les tiennes, menaça Einon en parant à la botte de son adversaire.

Bowen ressentit la violence du choc dans tout l'avant-bras, mais il riposta aussitôt. Les deux hommes entamèrent autour de la pièce un ballet rythmé par le cliquetis de leurs lames.

Deux gardes firent irruption dans la chambre, attirés par le bruit. Du coin de l'œil, Bowen vit Kara et Gilbert intercepter leur charge. Einon le repoussa vers la cheminée, l'obligeant à faire un bond de côté pour ne pas tomber dans la trappe béante. Einon était doué. Il avait bien retenu ses leçons.

– Nous nous connaissons par cœur, s'esclaffa Einon, comme s'il avait lu dans ses pensées. Mais je suis plus jeune et plus vif.

Pour preuve, il exécuta une virevolte et cueillit au bout de son épée un fagot embrasé qu'il lança sur Bowen. Celui-ci esquiva en chancelant. Einon avait raison ; il était déjà las de combattre. S'arc-boutant au manteau de la cheminée, il allongea au roi un coup de pied qui l'envoya bouler dans l'escalier secret. Bowen se retourna alors vers ses compagnons pour voir Kara planter sa hache dans le ventre de l'un des gardes.

– Comme un pudding ! s'exclama-t-il en s'élançant derrière Einon.

Celui-ci gisait, faisant mine d'être sans vie, en travers des marches. Bowen se pencha sur lui et faillit être décapité. Fou de rage, il porta un coup furieux à Einon qui détourna froidement sa lame et le fit refluer vers la citerne. Bowen sentait l'épuisement le gagner.

– Bats-toi avec ta tête, pas avec ton cœur, persifla Einon. Aurais-tu oublié tes propres préceptes ?

Cette raillerie ne fit qu'augmenter la fureur de Bowen. Einon avait touché un point sensible : l'élève était passé maître.

– Du sang froid dans tes veines… reprit Einon en se moquant.

Bowen visa sa tête ; Einon esquiva sans peine et abattit sa lame sur le mollet de son adversaire.

– … Du sang chaud sur ta lame !

Bowen chancela tout au bord de la citerne. Il se ramassa, franchit l'eau d'un bond et se rétablit sur la margelle, devant l'issue du second passage. Même Einon parut impressionné.

– Je vois que tu as encore des choses à m'enseigner, ricana-t-il.

Bowen sourit ; sa blessure avait réveillé son ardeur combative.

– J'ai encore une leçon à te donner.

– Et laquelle, s'il te plaît ?

– Celle qu'a reçue ton père à l'heure de sa mort.

Les lèvres d'Einon se retroussèrent sur un cri de rage. En un éclair, il fut sur Bowen. Les deux s'enfoncèrent dans le tunnel dans un ballet d'étincelles bleutées.

Voyant Bowen s'engouffrer dans l'escalier, Kara se précipita à sa suite. C'est alors que la voix de Gilbert parvint à ses oreilles :

– Pare, pare, frappe…

Acculé contre le mur, Gilbert maintenait tant bien que mal le second garde à distance. Son visage rougeaud ruisselait de sueur. C'était moins l'adresse – toute relative – du malheureux moine que son décompte minutieux qui lui avait jusqu'ici sauvé la vie en égarant son adversaire.

– Pare, pare, frappe… Pare, pare…

Surmontant enfin son effarement, le garde désarma Gilbert.

– Frappe !

La hache de Kara s'abattit sur le garde qui rejoignit par terre l'épée de Gilbert.

– Pardon, Seigneur… balbutia Gilbert en se signant.

Tout à coup, il blêmit et s'affaissa, laissant une traînée sanglante sur le mur derrière lui.

– Gilbert !

Kara s'agenouilla près de lui et vit que le côté droit de sa soutane était déchiré et souillé de sang.

– Tu es blessé !

– Je ne suis décidément pas doué pour l'escrime, soupira Gilbert. Laisse ça ! gronda-t-il en donnant une tape sur les doigts de la jeune femme.

Aussitôt, il regretta son geste :

– Je te demande pardon. Ce n'est pas aussi grave qu'il y paraît. Cela va aller.

– En es-tu sûr ?

Gilbert surprit son coup d'œil impatient en direction de l'escalier.

– Cours retrouver Bowen, mon enfant, dit-il en souriant. Il a plus besoin de toi que moi… Sans oublier Draco. Je vous rejoindrai quand je me serai reposé.

Au moment de s'engager dans l'escalier, Kara se retourna une dernière fois vers le moine et vit qu'il avait posé son arc en travers de ses genoux.

– Ne t'inquiète pas. Si quelqu'un approche, il n'ira pas loin. Avec *ça*, je suis à mon affaire. Va !

Kara dévala les marches. Gilbert avait raison ; la blessure ne paraissait pas très profonde et Bowen avait besoin de son aide. Le silence était effrayant. Elle n'entendait que le claquement de ses talons sur la pierre. Saisie d'un sinistre pressentiment, elle courut jusqu'à la citerne. Personne !

Felton ne parvenait pas à dormir. Couché sur le dos, son derrière lui faisait mal. Sur le ventre, c'était sa mâchoire qui le lançait. À vrai dire, il n'était pas fatigué. Il avait dormi tout son content sur le champ de bataille, grâce à l'effrontée ribaude. En un sens, il lui en était reconnaissant.

Un bruit de pas lui fit dresser l'oreille. En se penchant par-dessus le rempart, il vit la fille aux cheveux rouges traverser la cour au pas de course. Comment était-elle entrée ? Elle s'engagea dans l'escalier. Il se dissimula derrière un mur, tira son épée et attendit. Tap, tap, tap, faisaient ses bottes sur les marches. Un pas léger et rapide… mais pas assez au goût de Felton. La position accroupie était pénible à ses fesses.

Kara s'arrêta au sommet de l'escalier, hésitant sur la direction à prendre. Elle sentit d'abord une lame sur sa gorge, puis la présence d'un homme dans son dos, tapi dans l'ombre telle une araignée… Une araignée estropiée. Malgré son visage tuméfié, elle reconnut Felton.

– Voilà qui devrait me regagner la faveur du roi, exulta-t-il.

Sa main mollit alors, laissant choir l'épée. Kara fit volte-face, prête à faire usage de sa hache, mais Felton vacillait déjà sur ses jambes. Son regard s'éteignit et il s'abattit comme une masse. Hewe apparut derrière lui, son épée dégoulinante de sang. Il se retourna et fit signe à ses hommes, embusqués au pied de l'escalier.

– À charge de revanche, lui dit Kara.

Hewe secoua la tête :

– C'est moi qui suis ton obligé. Ton père aurait été fier de toi.

Il la salua de son épée puis s'élança derrière ses hommes. Ce cher vieil Ours… Son père aurait été fier de lui aussi. Faisant tournoyer sa hache, Kara enjamba le corps de Felton et s'avança sur les remparts.

Les gardiens de la poterne eurent tôt fait de rejoindre leurs camarades du chemin de ronde en enfer. La troupe à l'extérieur avait reçu le signal de se rapprocher des portes pour attendre leur ouverture. Hewe souleva la barre, repoussa les battants… et se cassa le nez sur une seconde porte ! Avant qu'Hewe et ses hommes aient eu le temps de les réduire au silence, les gardiens de celles-ci sonnèrent l'alarme.

En entendant la trompe, Kara comprit qu'Hewe avait été découvert. Il était urgent qu'elle retrouve Bowen. Tandis qu'elle tentait de se repérer, elle aperçut sur le mur devant elle une ombre énorme brandissant un fléau d'armes !

Elle fit volte-face en levant sa hache, mais Brok la désarma d'un coup de masse. Le choc la projeta contre la poitrine d'un autre guerrier. Comme elle s'écartait avec un cri, le fléau de Brok s'écrasa sur son camarade. On entendit craquer ses os, pourtant l'homme ne broncha pas.

Il était déjà mort, empalé sur un épieu contre le mur. Kara constata alors que ses pieds ne touchaient pas le sol, ce qui le faisait paraître plus grand qu'il n'était. En même temps, elle remarqua l'énorme hache qu'il serrait encore dans son poing.

D'un bond, elle fut sur lui et empoigna le manche de la hache, s'efforçant de faire lâcher prise au cadavre. Brok leva à nouveau son fléau d'armes. S'aidant des deux mains, Kara souleva le bras du mort afin de parer au coup avec la hache. La masse s'abattit sur la hampe, la brisant net. Par contrecoup, le mort desserra son étreinte et la hache heurta le sol dans un grand fracas. Comme elle se précipitait pour la ramasser, Kara sentit le fléau siffler près de son oreille. Elle se releva, tenant la hache à bout de bras devant elle. La boule cloutée ricocha sur la lame avant de s'écraser sur le visage de Brok. Le craquement des os broyés étouffa le cri du mourant qui s'effondra dans une mare de sang.

Une clameur confuse montant de la cour témoignait de la violence du combat opposant Hewe et ses hommes aux gardes du château. À travers le vacarme, Kara entendit un raclement métallique non loin d'elle. À force de chercher, elle finit par apercevoir Draco dans l'ombre du donjon, au-delà de la citerne d'où elle venait d'émerger. Les anneaux et les chaînes qui l'emprisonnaient étaient maintenus par d'épaisses pointes de fer plantées dans le sol de la cour.

Il était gardé par deux barbares armés de lances. De même que leur prisonnier, les deux brutes observaient avec une attention inquiète un spectacle qui semblait avoir le donjon pour théâtre. Kara tendit l'oreille et discerna un cliquetis rythmé. Son cœur bondit dans sa poitrine : quoique terrible, ce bruit signifiait que Bowen était encore en vie ! En y regardant mieux, elle distingua par les ouvertures de la tour deux silhouettes qui s'affrontaient dans l'escalier à la lueur des torches.

La sonnerie de la trompe et les échos du combat étaient parvenus jusqu'à Bowen et Einon.

– Mes rebelles vont prendre ton château d'assaut, jubila Bowen en repoussant son adversaire vers le sommet de l'escalier.

– Tu ne vivras pas assez longtemps pour assister à leur défaite, lui rétorqua Einon en se fendant.

Bowen para au coup et plongea sa lame dans le bras d'Einon. Celui-ci chancela et se trouva acculé à une fenêtre béante. Bowen se rua vers lui, le renversant contre le rebord de pierre. Par-dessus son épaule, il vit Draco qui se débattait dans ses chaînes en contrebas.

– Vois comme il s'agite, siffla Einon. C'est à lui que tu fais du mal, et non à moi !

– Mensonge ! rugit Bowen en le poussant un peu plus vers le vide.

– Et cela, c'est aussi un mensonge ? fit le roi en levant son bras blessé.

Le sang avait séché et l'entaille était déjà presque refermée. Bowen eut un mouvement de recul. Einon en profita pour le charger, contraignant le chevalier à gravir les marches à reculons.

– Silence, dragon !

Tavis se tourna vers Trahern qui haussa les épaules, visiblement aussi effaré que son frère. Quelques secondes plus tôt, le dragon avait gémi et sa patte avait subitement rougi. Pourtant, ni l'un ni l'autre frères ne l'avaient touché. L'affrontement aux portes du château, le duel dans la tour et les simagrées d'un dragon qu'il leur était interdit de tuer… Tout cela commençait à leur porter sur les nerfs. Au matin, ils ramasseraient leurs hardes et repartiraient comme ils étaient venus. Ainsi en avaient décidé Tavis et Trahern.

Soudain, une escouade de gardes royaux passa devant eux au pas de course, se dirigeant vers les portes. Tavis regarda à nouveau son frère qui secoua la tête et cracha. Le jour lui semblait tarder.

Ces gardes étaient des durs à cuire. Deux des hommes d'Hewe étant blessés, le combat se déroulait maintenant à quatre contre trois. Tout à coup, Hewe entendit du bruit derrière lui : des soldats en renfort. Non... Ça ne pouvait pas s'achever ainsi, pas si près du but.

– Sus ! s'exclama-t-il en chargeant l'un des gardes.

Le garde s'affaissa avant qu'il l'ait touché, le flanc traversé d'une flèche. Une seconde transperça la cuisse d'un autre, et une troisième, le bras du dernier, évitant à Trev d'avoir la tête tranchée d'un coup d'épée.

Déjà, Gilbert retendait la corde de son arc. Hewe remarqua qu'il flageolait sur ses jambes.

– Ne reste pas planté là, espèce de grande saucisse ! gronda le moine. Ouvre donc les portes !

Puis il tomba à genoux, sans cesser pour autant de bombarder les renforts de ses flèches.

– Les portes ! cria Hewe à ses hommes en se précipitant vers Gilbert.

Quelques secondes plus tard, les troupes rebelles s'engouffraient dans la cour du château.

Le dragon se débattait avec frénésie en se lamentant :

– Vas-tu cesser de battre, maudit cœur ?

– Compte sur moi pour le faire tenir tranquille ! ricana Trahern.

– Qu'est-ce que tu attends ? Fais vite !

C'en était trop... Un dragon qui suppliait qu'on le tue ! Trahern recula, considérant le dragon avec suspicion.

Bien qu'il n'ait pu bouger la tête, celui-ci coulait des regards désespérés vers le donjon. Les deux frères l'imitèrent et virent les duellistes tout au sommet de la tour, seulement éclairés par les étincelles qui jaillissaient du choc de leurs épées.

Bowen combattait ses soupçons avec la même ardeur qu'il mettait à repousser les attaques d'Einon. Il ne voulait pas savoir comment avait guéri la blessure d'Einon, ni pourquoi Draco se démenait ainsi. Il y avait forcément une explication logique... La mort d'Einon dissiperait le mystère.

Sur un coup de taille, la lame d'Einon se brisa contre un mur. Ravalant ses doutes, Bowen lui plongea son épée dans le cœur. Il blêmit, chancela mais ne tomba pas... Puis, comme dans les pires cauchemars de Bowen, un sourire étira ses lèvres... Un sourire auquel répondit aussitôt le hurlement de Draco.

De saisissement, Bowen lâcha son épée, comme si elle était ensorcelée. Le cri de Draco avait de quoi glacer le sang, mais moins que le spectacle d'Einon retirant calmement l'épée de sa poitrine. Pris de vertige, Bowen recula tandis qu'Einon pointait vers lui la lame ensanglantée :

– Idiot ! Ton combat était perdu d'avance. Je suis immortel !

Éclatant d'un rire dément, il chargea avec une sauvagerie redoublée. La lame déchira la tunique de Bowen, juste comme celui-ci sautait sur un échafaudage pour lui échapper.

– Bowen !

Kara apparut au sommet de l'escalier. Bowen saisit au vol la hache qu'elle lui jetait et l'abattit sur la lame d'Einon. Sous le choc, le roi se trouva propulsé tout au bord du vide. Lancée à toute volée, la hache passa à deux doigts de sa tête et alla se planter dans l'unique volet de la pièce. Bowen bondit sur le rebord de la fenêtre afin de la déloger, mais ses efforts furent vains.

Sitôt son équilibre rétabli, Einon lui fonça dessus. Agrippant à deux mains le manche de la hache, Bowen sauta à califourchon sur le volet qui pivota au-dessus du vide. Emporté par son élan, Einon fut défenestré.

Bowen le vit tournoyer dans la nuit, renversant plusieurs échafauds dans sa chute, puis traverser le toit en bois de la citerne avant de s'abîmer dans l'eau profonde.

Le vacarme était à peine retombé qu'une plainte déchirante monta de la cour, couvrant le tumulte de l'invasion rebelle. Bowen baissa les yeux et vit que le corps de Draco rougeoyait sous le coup d'une intense souffrance.

– Draco ! hurla-t-il.

Il tendit la main à Kara afin qu'elle le tire. Au même moment, la hampe de la hache céda sous son poids.

– Bowen ! s'écria Kara, voyant qu'il lui échappait.

Il demeura quelques secondes suspendu dans le vide, se cramponnant d'une main au manche brisé, puis le fer de la hache acheva de se déloger et Bowen plongea à son tour dans les ténèbres.

– Silence, lézard ! aboya Trahern en menaçant de sa lance le dragon qui se tordait au sol. Si tu ne te tais pas, ordre du roi ou pas, je jure de te fracasser le crâne !

– Le roi a coulé à pic, imbécile, cracha le dragon en même temps que quelques flammèches. Qui crois-tu qui vient de tomber ? Il n'est plus là pour t'empêcher de me tuer !

– Le roi ? répéta Trahern d'un air incrédule en lançant un regard vers le toit saccagé de la citerne.

– Tu parlais de me fendre le crâne, abruti ? le provoqua Draco, grimaçant de douleur. Qu'est-ce que tu attends ?

Trahern se moquait bien de savoir si Einon se trouvait ou non au fond de la citerne. Il était plus que las de se faire insulter par un dragon dément pendant que le combat faisait rage tout autour d'eux. Il leva sa lance mais Tavis, méfiant, arrêta son bras :

– Tout doux, frère…

– Je ne laisserai pas ce reptile me narguer plus longtemps !

– Lâches ! railla Draco. Et ça se prétend chasseurs de dragons !

Les deux frères se retournèrent vers lui comme un seul homme.

– Même enchaîné, je ne ferai qu'une bouchée de vous ! renchérit Draco en vomissant un jet de flammes.

Tavis, qui se trouvait dans sa ligne de mire, eut la barbe roussie. Le dragon lui décocha un sourire narquois.

– Frappe donc, crétin !

Cette fois, c'en était trop. Tavis leva sa lance à bout de bras…

37

LE PRIX DE LA VICTOIRE

Dans sa chute, Bowen parvint à se raccrocher à une corde qui pendait de la tour. Il eut la main écorchée et crut que son épaule allait se démettre, toutefois il tint bon. Entraînée par son poids, la corde fila dans la gorge d'une poulie, le rapprochant à toute allure de Draco.

Les écailles du dragon rougeoyaient encore par plaques. Bowen le vit cracher du feu sur deux géants qui le menaçaient de leurs lances. L'un des deux hommes leva le bras, prêt à frapper. Bowen se laissa tomber sur lui et lui trancha la gorge de sa hache. À peine fut-il rétabli sur le sol que l'autre brute se rua vers lui, poussant un cri vengeur. Un jet de flammes le transforma en torche vivante et son cadavre calciné s'affaissa sur les pavés aux pieds de Bowen.

– Pour un peu, il était trop tard !

Bowen se précipita vers Draco et abattit sa hache sur ses entraves. Au troisième coup, les cadenas cédèrent.

– Non, trop tôt, dit Draco en étirant son cou endolori.

– Quoi ?

Au même moment, Bowen sentit une présence dans son dos. Il se retourna et vit Kara au pied de l'escalier du donjon.

– Tu aurais dû les laisser, reprit Draco. À présent, c'est *toi* qui vas devoir le faire.

– Quoi ? répéta Bowen, abasourdi.

Son esprit baignait dans un épais brouillard. Il se tourna à nouveau vers Kara qui s'avançait vers eux, grave et muette.

– Einon et moi partageons le même cœur... À la vie, à la mort.

– C'est faux !

– Tu l'as vu de tes propres yeux. Chacun de nous éprouve les douleurs de l'autre. Mais la source de vie se trouve en moi. Pour qu'Einon meure, il faudra d'abord me tuer.

– Non ! Einon est *déjà* mort ! Quand j'aurai fini de te détacher, j'irai pêcher son corps au fond de la citerne et je te le montrerai !

Il pivota vers Kara, l'implorant :

– Dis-lui que j'ai raison !

– Je... je ne sais pas.

– Tu l'as vu tomber !

– Je sais ce que j'ai vu ! fit-elle, des larmes plein les yeux. Mais je crois ce que dit Draco... Peut-être Einon n'est-il pas vraiment mort.

– Il est vivant ! renchérit le dragon.

– Dans ce cas, je le tuerai à nouveau !

– Non... C'est *moi* que tu dois tuer.

Bowen semblait totalement désemparé.

– Même si tu avais raison, cela ne changerait rien. Tu entends ? Nos rebelles... Notre pitoyable petite troupe a pris le château d'assaut. Vivant ou mort, Einon est vaincu. Nous avons gagné !

– La victoire ne sera pas totale tant qu'Einon n'aura pas été détruit. Si tu refuses, alors détache-moi et je le ferai moi-même.

– Il n'en est pas question !

– Libère au moins cette patte, supplia Draco, que j'arrache cette horrible chose de ma poitrine !

– Il y a sûrement un autre moyen !

– Aucun !

Draco désigna du menton le pic qui se profilait derrière la muraille du château.

– Un jour, sur cette montagne, tu as juré de mettre ton bras et ton épée à mon service. Je te supplie à présent d'être fidèle à ton serment, chevalier !

Tout à coup, Draco grimaça de douleur.

– Il approche ! Il vient t'en empêcher !

Bowen fit volte-face vers la citerne sur laquelle Kara était déjà penchée. Elle releva la tête et la secoua : rien...

– Frappe avant qu'il ne soit trop tard ! gémit Draco.

– Tu es le dernier... balbutia Bowen, ébranlé par ses supplications.

– Mon temps est révolu.

– Tu es mon ami.

– C'est en ami que je te le demande... Frappe donc !

– Je ne peux pas ! fit Bowen d'une voix tremblante. Je ne veux pas précipiter ton âme en enfer !

– Dans ce cas, je t'y obligerai !

Poussant un rugissement, Draco se jeta sur Bowen en faisant claquer ses mâchoires. Bowen recula. Draco le provoqua de nouveau, mais le chevalier se contenta encore d'esquiver.

– Défends-toi, espèce de lâche ! l'insulta Draco. Tue-moi, ou c'est moi qui vais te tuer !

Un déluge de flammes s'abattit aux pieds de Bowen. Kara hurla, mais le chevalier demeura ferme.

– Bats-toi ! vociféra le dragon, mais sa voix exprimait davantage le désespoir que la colère.

Bowen jeta la hache qui ricocha sur les pavés de la cour. Draco vomit de nouvelles flammes, plus rapprochées. Bowen eut un mouvement de recul.

– Ramasse cette hache !

Cette fois, la boule de feu explosa sur le mur juste derrière lui. Au même moment, Draco eut un spasme et poussa un geignement.

– Non ! s'écria Kara, en larmes. C'est moi qui vais le faire, Draco !

Bowen fit volte-face pour l'empêcher de récupérer la hache, mais quelqu'un le devança…

Einon jaillit de la citerne dans un geyser d'eau, meurtri, sanglant mais bien vivant ! Ses yeux pâles flamboyaient de haine.

Il s'avança vers Kara, pétrifiée, l'empoigna par le bras et l'attira à lui, appliquant l'épée de Bowen sur sa gorge. Bowen ramassa la hache d'un geste vif.

– Oui ! l'encouragea Draco.

– Non ! aboya Einon. Ou c'est elle qui meurt.

À cet instant, l'avant-garde des rebelles fit irruption dans la cour, Hewe et Trev soutenant Gilbert blessé. Ils s'arrêtèrent net à la vue de Kara et d'Einon, qui les salua d'un éclat de rire.

Avec l'énergie du désespoir, Draco enfonça ses crocs acérés dans sa patte mutilée. Le rire d'Einon s'étrangla dans sa gorge, sa main droite se crispa, lâchant l'épée.

Alors, Bowen se résigna à admettre la vérité et il sut ce qu'il lui restait à faire... Il se jeta en avant, arracha Kara à l'étreinte d'Einon puis, se détournant, il leva la hache au-dessus de Draco.

Le dragon se souleva avec peine, exposant la cicatrice rouge sur sa poitrine.

– Ne tourne jamais le dos à un ennemi... fit la voix sifflante d'Einon derrière lui. Sauf s'il est mort !

Bowen l'entendit dégainer un poignard. Lancée à la volée, la hache tournoya en l'air avant de se planter dans la poitrine de Draco qui s'enflamma aussitôt d'une lueur pourpre. Le dragon s'écroula de toute sa masse ; il leva vers Bowen un regard chargé de gratitude, puis ses paupières retombèrent. Bowen sentit le poignard d'Einon glisser le long de son dos en l'effleurant à peine. Il se retourna, les yeux noyés de larmes.

Le poignard avait roulé au sol. Einon serrait convulsivement sa poitrine avec une expression incrédule, la bouche ouverte sur un cri muet. Il tendit la main vers Bowen, lui agrippant l'épaule, mais le chevalier se dégagea :

– Le mort, c'est *toi*.

Comme pour lui donner raison, Einon s'affaissa alors sur le sol. Bowen eut l'impression que la vie désertait son propre cœur. Il entendit Hewe crier aux rebelles qui se pressaient dans la cour :

– Le tyran est mort ! Nous sommes libres !

La clameur triomphante que soulevèrent ces paroles parut lointaine, presque irréelle, à Bowen. Il s'agenouilla près du dragon et lui caressa doucement la tête.

– Ta victoire, Draco, lui souffla-t-il. Dommage que tu ne puisses y assister. Déjà, ils ont oublié son prix. Bientôt, le souvenir de ton sacrifice s'évanouira dans le néant, comme ta pauvre âme. Je serai seul à me rappeler.

C'était compter sans Kara et Gilbert. Délaissant les réjouissances, ils s'approchèrent afin de prendre part à la veillée funèbre. Appuyé sur son arc, le moine murmura quelques formules latines avant de se signer. Kara s'agenouilla près de Bowen qui enfouit son visage contre la joue froide de Draco.

– Maintenant que tu nous as abandonnés, qu'allons-nous faire de notre liberté ? questionna-t-il d'un ton amer. Vers qui allons-nous nous tourner ?

– Vers les étoiles, Bowen… Vers les étoiles…

La voix était chaude, rassurante… C'était celle de Draco. Bowen releva vivement la tête. Ni Kara ni Gilbert ne l'avaient entendue, à en juger par les regards stupéfaits qu'ils lui jetèrent. Avait-il l'air si étrange ? Peut-être était-il devenu subitement fou ?

Mais la lumière qui se refléta alors sur son visage n'avait rien d'une illusion… Une clarté surnaturelle qui émanait de la blessure de Draco et se répandait peu à peu autour de lui, auréolant son corps d'un halo rougeâtre. Bowen et Kara reculèrent. Les rebelles eux-mêmes se turent brusquement et tournèrent leurs visages vers la nuée étincelante qui avait franchi les murailles du château et poursuivait maintenant son ascension vers le ciel. Puis elle piqua derrière les montagnes et son rayonnement embrasa l'horizon tout entier.

Une musique s'éleva… *La chanson de Draco !* Pas la melopée des jours de douleur, mais le chant clair et joyeux qu'il avait entonné pour Kara derrière la chute d'eau.

Bowen dirigea vers le ciel un regard plein d'espoir et d'attente. La lumière au-delà des montagnes se concentra en une traînée chatoyante qui éclipsait les étoiles dans sa course effrénée à travers le ciel. Parvenue au centre de la constellation du Dragon, elle explosa dans un tourbillon aveuglant, donnant naissance à un nouvel astre incandescent.

À cette seconde, le chant de Draco s'éteignit. Kara se jeta dans les bras de Bowen en sanglotant. Gilbert se signa tandis qu'un tonnerre d'acclamations se déchaînait dans l'assistance. Bowen ne pouvait détacher son regard de la nouvelle étoile, plus brillante encore que ses sœurs, qui éclairait également les visages de Kara et de Gilbert. Tous trois semblaient baigner dans un océan de quiétude qui contrastait avec la liesse de leurs compagnons.

Bowen songea qu'ils devaient paraître bien petits, vus du paradis… La lumière qui pleuvait sur eux était aussi chaleureuse et apaisante qu'un sourire. Comme il la regardait, elle gagna peu à peu en intensité, repoussant les ténèbres autour d'elle, jusqu'à inonder le ciel de sa tendre clarté.

Cinéma

Livre après livre, film après film, J'ai lu édifie l'étonnante bibliothèque du cinéma.

Les titres sont présentés par ordre alphabétique.

Abyss
CARD Orson Scott 2657/4
L'accompagnatrice
BERBEROVA Nina 3362/4
Adieu ma concubine
LEE Lilian 3633/4

A l'Opéra de Pékin, où les rôles féminins sont traditionnellement tenus par des hommes, Dieyi triomphe dans celui de la favorite. Mais Xiaolou, son compagnon de scène, lui préfère la belle Juxian de la Maison des Fleurs.

Un grand roman qui inspira le film Palme d'or au Festival de Cannes en 1993.

Alien
FOSTER Alan Dean 1115/3
AlienS
FOSTER Alan Dean 2105/4
Alien 3
FOSTER Alan Dean 3294/4
Les amies de ma femme
ADLER Philippe 2439/3
Angélique
GOLON 2488/7, 2489/7 & 2490/7
Les anges gardiens
FERDJOUKH Malika 4204/2
L'année de l'éveil
JULIET Charles 2866/3
L'autre
CHEDID Andrée 2730/3
Beignets de tomates vertes
FLAGG Fannie 3315/7
Blade Runner
DICK Philip K. 1768/3
La brute
des CARS Guy 47/3
Carrie
KING Stephen 835/3
Charlie
KING Stephen 2089/5
Christine
KING Stephen 1866/4
Le club de la chance
TAN Amy 3589/4
Conan le Barbare
HOWARD Robert E. 1449/3 (avec Sprague de Camp)
Conan le destructeur
HOWARD Robert E. 1689/2 (avec R.Jordan)
La couleur pourpre
WALKER Alice 2123/3
Courage under fire
SHEANE DUNCAN Patrick 4285/4
Crossing Guard
RABE David 4072/5
Croc-Blanc
LONDON Jack 2887/3
Cujo
KING Stephen 1590/4
Cyrano de Bergerac
ROSTAND Edmond 3137/3
Dallas
RAINTREE Lee 1324/5
Danse avec les loups
BLAKE Michael 2958/4
La demoiselle d'Avignon
HEBRARD Frédérique 2620/4
Demolition Man
OSBORNE Richard 3628/4

Dans un futur d'une violence terrifiante, un flic surnommé Demolition Man en raison de ses méthodes, affronte un meurtrier sanguinaire.

Le dernier des Mohicans
COOPER Fenimore J. 2990/5
2001-l'odyssée de l'espace
CLARKE Arthur C. 349/2
Le diable au corps
RADIGUET Raymond 2969/1
Dragonheart
POGUE Charles Edward 4287/4
Elisa
FERNANDEZ-RÉCATALA 3980/4
E.T. L'extraterrestre
SPIELBERG Steven 1378/3
E.T. La planète verte
SPIELBERG Steven 1980/3
Etat second
YGLESIAS Rafael 3629/6
L'été en pente douce
PELOT Pierre 3249/3
Excès de confiance
ELLISON James 4245/3
Farinelli
CORBIAU Andrée 3955/3
Forrest Gump
Winston Groom 3816/4
Le Fugitif
DILLARD J.-M. 3585/4
Frankenstein
SHELLEY Mary 3567/3
Gaston Phébus
De BEARN Myriam & Gaston 2772/6, 2773/7 & 2774/5
Germinal
ZOLA Emile 901/3
Geronimo
CONLEY Robert J. 3714/3
Golden Girl
NASH Alanna 4241/6
Le grand chemin
HUBERT Jean-Loup 3425/3
L'homme sans visage
HOLLAND Isabelle 3518/3
Ils voulaient la lune
SHEPARD Alan 4115/7
Independence Day
DEVLIN & EMMERICH 4286/6
Le jardin secret
HODGSON BURNETT Frances 3655/4
J'étais empereur de Chine
PU-YI 2327/6
JF partagerait appartement
LUTZ John 3335/4
JFK
GARRISON Jim 3267/5 Inédit

Cinéma

Jonathan Livingston
le goéland
BACH Richard 1562/1 Illustré
Joy
LAUREY Joy 1467/2
Joy & Joan
LAUREY Joy 1703/2
Joy (Le retour de)
LAUREY Joy 3388/3
Junior
FLEISCHER Leonore 3876/3
Kramer contre Kramer
CORMAN Avery 1044/3
Lancelot,
le premier chevalier
CHADWICK Elizabeth 4030/4
La lectrice
JEAN Raymond 2510/1
La liste de Schindler
KENEALLY Thomas 2316/6
Little Big Man
BERGER Thomas 3281/8
Love story
SEGAL Erich 412/1
La machine
BELLETTO René 3080/6
Madame Bovary
FLAUBERT Gustave 103/3
Le Magicien d'Oz
BAUM Frank 1652/1
Maman j'ai encore raté
l'avion
SINGER A. L. 3387/2
Le mari de
l'Ambassadeur
HEBRARD Frédérique 3099/6
Meurtre à la une
DIEHL William 4247/6
1492
La conquête du paradis
THURSTON Robert 3403/3
Milliardaire malgré lui
SUNSHINE Linda 3831/4
Misery
KING Stephen 3112/6
Les nuits fauves
COLLARD Cyril 2993/3

Les oiseaux se cachent
pour mourir
McCULLOUGH Colleen 1021/4
& 1022/4
Oliver's story
SEGAL Erich 1059/2
Orphée
COCTEAU Jean 2172/1
Où sont les hommes ?
Mc MILLAN Terry 4037/8
Peter Pan
BARRIE James M. 3174/2
Peur Bleue
KING Stephen 1999/3
Présumé innocent
TUROW Scott 2787/7
Priez pour nous
DUROY Lionel 3138/4
Le Prince des marées
CONROY Pat 2641/5 & 2642/5
Pulsions
DePALMA Brian 1198/3
Les quatre filles
du Dr March
ALCOTT Louisa M. 3877/3
La reine Margot
DUMAS Alexandre 3279/3
Rends la monnaie, papa !
FAUCHER Elizabeth 3746/3
Richard au pays des livres
magiques
STRASSER Todd 3875/4
Robocop
NAHA Ed 2310/3
Running Man
KING Stephen 2694/3
Sauvez Willy
HOROWITZ Jordan 3627/4
Sauvez Willy - 2
HOROWITZ Jordan 4078/4
La servante écarlate
ATWOOD Margaret 2781/5
Shining
KING Stephen 1197/5
Simetierre
KING Stephen 2266/6
Le sixième jour
CHEDID Andrée 2529/3

Stargate
DEVLIN Dean 3870/6
Striptease
HIAASEN Carl 4284/7
Le temps de l'innocence
WHARTON Edith 3393/5
The Player
TOLKEN Michael 3483/3
37°2 le matin
DJIAN Philippe 1951/4
Les Trois Mousquetaires
DUMAS Alexandre 3461/7
Un mari, c'est un mari
HEBRARD Frédérique 823/2
Un Indien dans la ville
Le NABOUR Eric 3979/3
Une journée en enfer
CHIEL Deborah 4031/3
Vingt mille lieues sous les
mers
VERNE Jules 3654/5

Science-Fiction

Depuis 1970, J'ai lu explore les vastes territoires de la Science-Fiction pour mettre à la portée d'un très vaste public des chefs-d'œuvre méconnus. De la *hard science* à l'*heroic fantasy*, des auteurs classiques à l'avant-garde cyberpunk, des maîtres américains à la nouvelle génération des auteurs français, tous les genres sont représentés sous la désormais célèbre couverture argent et violet.

ANDERSON Poul

La reine de l'air et des ténèbres
1268/3
La patrouille du temps
1409/3

ATWOOD Margaret

La servante écarlate
2781/5

AYERDHAL

L'histrion
3526/6 Inédit
Balade choreïale
3731/5 Inédit

Sur une planète lointaine, une terrienne et une non-humaine s'affrontent ou font alliance, en fonction des détours d'une politique subtile.

Sexomorphoses
3821/6 Inédit
Genèses
4279/5

Une sélection de nouvelles par les auteurs français de S-F les plus importants en 1996 : Ayerdhal, Pierre Bordage, Richard Canal, Jean-Claude Dunyach, Serge Lehman, Jean-Marc Ligny, Jean-Louis Trudel, Elisabeth Vonarburg, Bernard Weber...

Parleur
4317/10 Inédit

BELLETTO René

Le temps mort
4095/4

Un recueil de dix nouvelles fantastiques, premier ouvrage de Belletto, couronné en 1974 par le prix Jean Ray.

Isaac Asimov

Isaac Asimov (1920-1992)
Auteur majeur de la S-F américaine, Isaac Asimov est né en Russie. Naturalisé américain, il fait des études de chimie et de biologie, tout en écrivant des romans et des nouvelles qui deviendront des best-sellers. Avec les robots, il trouve son principal thème d'inspiration.

Les cavernes d'acier
404/4

Les cavernes d'acier sont les villes souterraines du futur, peuplées d'humains qui n'ont jamais vu le soleil. Dans cet univers infernal, un homme et un robot s'affrontent.

Les robots
453/3
Face aux feux du soleil
468/3
Tyrann
484/3
Un défilé de robots
542/3
Cailloux dans le ciel
552/3
La voie martienne
870/3
Les robots de l'aube
1602/3 & 1603/3
Le voyage fantastique
1635/3
Les robots et l'empire
1996/4 & 1997/4
Espace vital
2055/3
Asimov parallèle
2277/4 Inédit
Le robot qui rêvait
2388/7

La cité des robots
- La cité des robots
2573/6 Inédit
- Cyborg
2875/6
- Refuge
2975/6

Robots et extraterrestres
- Le renégat
3094/6 Inédit
- L'intrus
3185/6 Inédit

Deuxième volet d'une série passionnante, par deux jeunes talents de la S-F parrainés par Asimov.

- Humanité
3290/6 Inédit

Robots temporels
- L'âge des dinosaures
3473/6 Inédit (Par F. WU)
- Le dictateur - Le guerrier
4048/7 Inédit (Par F. WU)
- L'empereur - L'envahisseur
4177/7 Inédit
(Par F. WU)

La trilogie de Caliban
- Le robot de Caliban
3503/6
- Inferno
3799/5 Inédit
- Utopia
4304/6 Inédit

Science-Fiction

BISSON
Johnny Mnemonic
4079/4

BLAYLOCK JAMES
Homunculus
3052/4 Inédit FANTASY
Reliques de la nuit
4049/8 Inédit FANTASY

BRIN DAVID
Marée stellaire
1981/6 Inédit
Le facteur
2261/5 Inédit
Elévation
2552/5 & 2553/5
Les Galactiques décident de donner une leçon aux humains, mais Robert et Athaclena, la mutante, contre-attaquent.

BROOKS TERRY
Le glaive de Shannara
3331/8 Inédit FANTASY
Après la dernière guerre des races, les habitants des Quatre Terres sont parvenus à reconstruire une civilisation. Mais les forces du Mal veillent et, pour empêcher un nouveau désastre, Shea doit s'emparer du glaive de Shannara.
Les pierres des elfes de Shannara
3547/7 Inédit FANTASY
L'enchantement de Shannara
3732/8 Inédit FANTASY
Royaume magique à vendre !
- Royaume magique à vendre !
3667/6 FANTASY
- La licorne noire
4096/5 Inédit FANTASY
Le Spectre et le Sort
4277/5 Inédit FANTASY (Sept.)

BUTLER OCTAVIA E.
La parabole du semeur
3948/6 Inédit

CADIGAN PAT
Mise en abyme
4134/5 Inédit

CANAL RICHARD
Swap-Swap
2836/3 Inédit
Ombres blanches
3455/4 Inédit
Aube noire
3669/5
Le cimetière des papillons
3908/4 Inédit
La malédiction de l'éphémère
4156/4

CARD ORSON SCOTT
Abyss
2657/4
La stratégie Ender
3781/5
La voix des morts
3848/6
L'extermination des Doryphores par Ender est à présent considérée comme une gigantesque erreur. Lorsqu'une nouvelle race d'extraterrestres est découverte sur la planète Lusitania, les humains délèguent pour établir des contacts avec celui qu'on nomme le Porte-Parole des Morts et qui n'est autre qu'Ender...
Xénocide
4024/8
Troisième volume des aventures d'Ender le Stratège, surnommé la Voix des Morts. Un virus mortel menace les humains qui ont colonisé la planète Lusitania. Mais le détruire revient à anéantir les indigènes, pour la reproduction desquels ce virus est indispensable. Ender parviendra-t-il à éviter un nouveau xénocide ?

CARROLL JONATHAN
Le pays du fou rire
2450/4

CHERRYH C.J.
Hestia
1183/3
Chasseurs de mondes
1280/4
Les adieux du soleil
1354/3
Les seigneurs de l'Hydre
1420/4 Inédit
L'opéra de l'espace
1563/3 Inédit
Chanur
1475/4 Inédit
L'épopée de Chanur
2104/4 Inédit
La vengeance de Chanur
2289/4 Inédit
Le retour de Chanur
2609/7 Inédit
L'héritage de Chanur
3648/8 Inédit
La pierre de rêve
1738/3
L'œuf du coucou
2307/3
Cyteen
2935/6 & 2936/6 Inédit
Politicienne habile, Ariane Emory vise l'immortalité, l'apanage des dieux, pour mener à bien ses projets.
Volte-Face
3144/5
Forteresse des étoiles
3330/7
Temps fort
3417/7 Inédit
Les portes d'Ivrel
3631/4 FANTASY
Le puits de Shiuan
3688/5 Inédit FANTASY
Les feux d'Azeroth
3800/4 Inédit FANTASY
La porte de l'exil
3871/8 Inédit
Les chants du néant
4155/7 Inédit

COCHRAN & MURPHY
Le maître de l'éternité
3814/9 Inédit FANTASY

Arthur C. Clarke

Né en 1917 en Angleterre, Arthur C. Clarke vit depuis de nombreuses années à Ceylan. Cet ancien président de l'Association interplanétaire anglaise, également membre distingué de l'Académie astronautique, a écrit une cinquantaine d'ouvrages, dont certains sont devenus des classiques de la Science-Fiction.

2001 : l'odyssée de l'espace
349/2
Quelque part, du côté d'un satellite de Saturne, une source inconnue émet des radiations d'une extraordinaire puissance. Une mission secrète va entraîner Explorateur I et son équipage aux confins du cosmos, leur permettant de percer le mystère des origines de la vie.

2010 : odyssée deux
1721/4

2061 : odyssée trois
3075/3

Les enfants d'Icare
799/3
L'astronef s'était posé sur Terre sans que nul s'en aperçoive et, maintenant, ses occupants imposaient leur volonté aux hommes. L'existence de l'humanité n'était-elle pas menacée ?

Avant l'Eden
830/4

Terre, planète impériale
904/4

L'étoile
966/3

Rendez-vous avec Rama
1047/3

Rama II
3204/7 Inédit *(avec Gentry Lee)*

Les jardins de Rama
3619/6 Inédit *(avec Gentry Lee)*
Lorsque Rama II, l'astronef d'origine extraterrestre, quitte le système solaire, il emporte à son bord trois humains, dont la mission est de reconstituer une colonie, loin de leur planète d'origine. Mais l'entreprise va s'avérer périlleuse.

Rama révélé
3850/8 Inédit *(avec Gentry Lee)*
Suite et fin du cycle de *Rama*. Arthur Clarke livre ici une explication exhaustive et surprenante de la création de l'univers.

Les fontaines du Paradis
1304/4

Les chants de la Terre lointaine
2262/4

Base Vénus
Lorsqu'elle reprend conscience, Sparta s'aperçoit que trois ans de son existence ont totalement disparu de sa mémoire. Plus troublant encore : elle se découvre d'étranges pouvoirs. Comme si son corps et ses perceptions avaient été reconfigurés... A la recherche de son passé, Sparta rejoint alors l'orbite de Vénus.

- Point de rupture
2668/4 Inédit
- Maelström
2679/4 Inédit
- Cache-cache
3006/4 Inédit
- Méduse
3224/4 Inédit
- La lune de diamant
3350/4 Inédit
- Les lumineux
3379/4 Inédit

Le fantôme venu des profondeurs
3511/4 Inédit

La Terre est un berceau
3565/7 *(avec Gentry Lee)*

Le marteau de Dieu
3973/3

Science-Fiction

CURVAL Philippe
Le ressac de l'espace
595/3

DARTEVELLE Alain
Imago
3601/4

DE HAVEN Tom
Chroniques du vagabond
- D'un monde l'autre
3186/5 Inédit FANTASY
Parmi les clochards de Crane Park, Jack frappe par son étrangeté. Il prétend être venu d'un monde parallèle par une déchirure de l'atmosphère et se promène avec une guêpe qui lui obéit comme un chien...
- Le Mage de l'Apocalypse
3308/5 Inédit FANTASY

DEMUTH Michel
Les Galaxiales
693/4

DEVLIN Dean
Stargate
3870/6 Inédit

DICK Philip K.
Loterie solaire
547/2
Dr Bloodmoney
563/4
Le maître du Haut Château
567/4
En 1947, les Alliés capitulent. Hitler impose sa tyrannie à l'est des Etats-Unis, les Japonais s'emparent de l'ouest. Cependant une étrange rumeur circule : un homme vivant dans un Haut Château a écrit un livre racontant la victoire des Alliés en 1945.
A rebrousse-temps
613/3
Les clans de la lune alphane
879/3
L'homme doré
1291/3
Le dieu venu du Centaure
1379/3
Le message de Frolix 8
1708/3
Blade Runner
1768/3
Un Blade Runner, c'est un tueur chargé d'éliminer les androïdes qui s'infiltrent sur Terre...
Le temps désarticulé
4133/3
Aux États-Unis, dans les années cinquante, Ragle Gumm, qui mène une existence paisible dans une petite ville vit une expérience troublante : la réalité commence à se disloquer autour de lui...

DICK & NELSON
Les machines à illusions
1067/3

DICKSON Gordon R.
Le dragon et le georges
3208/4 Inédit FANTASY
Une histoire d'amour est-elle vraiment concevable entre une jeune fille et un effroyable dragon ?
Le Chevalier Dragon
3418/7 Inédit FANTASY
Le dragon à la frontière
3620/6 FANTASY

FARMER Philip José
Les amants étrangers
537/3
L'univers à l'envers
581/2
Des rapports étranges
712/3
La nuit de la lumière
885/3
Le soleil obscur
1257/4

FOSTER Alan Dean
Alien
1115/3
AlienS
2105/4
Alien 3
3294/4

GALOUYE Daniel F.
Simulacron 3
778/2

GIBSON William
Neuromancien
2325/4
Comte Zéro
2483/4
Mona Lisa s'éclate
2735/4
Gravé sur chrome
2940/3
Lumière virtuelle
3891/6

HABER Karen
L'héritage du mutant
3813/4 Inédit

HALDEMAN Joe
La guerre éternelle
1769/3

HAMILTON Edmond
Les rois des étoiles
432/4
Le retour aux étoiles
490/4

HARRISON Harry
Le rat en acier inox
3242/3

HEINLEIN Robert A.
Une porte sur l'été
510/3
Etoiles, garde à vous
562/4
Double étoile
589/3
Vendredi
1782/5
uLe chat passe-muraille
2248/6
Au-delà du crépuscule
2591/7 Inédit

HOUGRON Jean
Le Naguen
4005/6

4287

R.I.D. Composition 91400 Gometz-la-Ville
Achevé d'imprimer en Europe (France)
par Brodard et Taupin à La Flèche (Sarthe)
le 5 septembre 1996. 6270Q
Dépôt légal septembre 1996. ISBN 2-290-04287-0
Éditions J'ai lu
84, rue de Grenelle, 75007 Paris
Diffusion France et étranger : Flammarion